河出文庫

古典新訳コレクション

古事記

池澤夏樹 訳

河出書房新社

目次

中巻

下巻

古事記

この翻訳の方針——あるいは太安万侶さんへの手紙

親愛なる太安万侶（おほのやすまろ）さま

初めてお便りします。

ぼくはあなたが生きた時代から千三百年後の世に生まれた者です。

この千三百年という数字を前にしてぼくは息を呑（の）みます。人が二十歳で子を生むとしたら、これはおよそ六十五世代に相当するわけで、親から子へという連鎖がそんなにも長く途切れることなく続いてきた、ということに感動を覚えるのです。ぼく自身はせいぜい四代か五代までしか祖先を遡（さかのぼ）れないとしても。

自分がここにいる以上は親があり祖先があった。この国に住むすべての人に祖先があった。それは理屈としては当然のことだけれども、時間の地平線の果てに霞むほど遠い時代に生きた人々の波瀾（はらん）の日々や切ない思いが『古事記』という書物を通じて今の時代まで伝わったことに改めて驚くのです。

しかし『古事記』はあなたの時代の日本語で書かれたテクストです。長い歳月の間に語彙も文法も大きく変わりました。たぶん発音もぜんぜん違うのでしょう。もうぼくたちはあなたが書かれた文章をそのままでは読めなくなってしまった。それでも読みたい、日本語による最初の文学を読み、あなたの時代の人たちが何を思い、どんな風に行動していたか、それを知りたい。そのためにはぼくたちの時代の言葉に訳さなければならない。

あなたと同じように言葉の技術者であるぼくは、これまでいろいろな翻訳をしてきました。英語や現代ギリシャ語やフランス語で書かれた文学作品を日本語に移してきました。

それならば古代の日本語を訳すこともできると考えたのですが、これはことのほかむずかしい仕事でした。

それは、原作者であるあなたの存在があまりに近く親しく感じられたからだと思います。漢字を用いて日本語を記述するという難事を前にしたあなたの息づかい(しかもその文字は、まったく系統を異にする中国語という言葉を書くために発明されたものでしたね)、筆を持って考えてためらう手つき、表現手段を求めて全知力を投入しての苦闘、原資料を生かすことと創造性のバランス、そういう執筆の一段階ずつが一つ一つこちらに響いてくる。それを無視してただ現代のぼくたちが読みやすいおもしろストーリーを用意すればいいというものではない。あなたの日本語はぼくにとってグローバルに文化を共有する現代の英語やフランス語よりも遠かったのです。架橋は容易ではありませんでした。

この訳のためにぼくは工夫を重ねました。これは舗装された道はなく、登山道さえなく、密林を踏み分けるような読みかたを嫌でも強いられる仕事でした。そして結局は険峻（けんしゅん）を承知の直登（ちょくとう）ルートがいちばんの近道らしいと気付きました。

ぜんたいの基本方針としてあまり自分の言葉を補わず、あなたの文体ないし口調をなるべく残すことを心掛けました。

しかしそれではぼくらに意味が伝わらないところが多く残る。あなたの時代について、ぼくらは知らないことばかりなのです。学者が研究を重ねて謎の多くを解明してくれました。それはありがたいのですが、これまでの作家たちの現代語訳は普通の読者が知らないことの説明を本文に織り込んできました。

しかしそうするとどうしても文体が間延びして温（ぬる）い緩（ゆる）いものになってしまう。また注釈としても不充分で中途半端。そこでぼくは思い切って脚注という方式を採ることにしました。その結果が本文と脚注から成るこのページ構成です。まるで教科書か参考書？　そういう不満の声が出るかもしれないとは思いましたが、あなたの意図を取りこぼしなく現代に伝えるにはこのやりかたしかない。

（イギリスから不思議の国に行ったアリスという少女は「脚注って脚で書くの？」と問うたものですが、これは余談。）

現代語訳の基礎として使ったのは本居宣長の『古事記伝』という礎石の上に構築された西郷信綱さんの『古事記注釈』です。読み下しについてもテクストは西郷さんのものに依りました。正直に申し上げると、学識なきぼくが作った脚注の多くは西郷さんの説を踏襲したものです。まこと先達(せんだつ)はあらまほしきかな。先達と立てるどころか大業の簒奪(さんだつ)だと西郷先生に叱られるかもしれませんが。（こういう言葉の遊びはあなたもお好きでしたね。）

最も大きな困難はテクストの多様性にありました。

『古事記』には三種類の、形式において互いに関係の薄いテクストが混在していますね。

まずは中心となる「神話・伝説」、
次に、延々と神名・人名が羅列される「系譜」、
そして、「歌謡」。
それぞれに応じた翻訳の文体が必要になる。
「神話・伝説」はストーリーの色が濃い。島々が造られ、万象が成り、そこに天から神が降りて来て、さまざまな駆け引きの果てに天皇の統治が始まる。多くの戦いがあり、陰謀があり、更に多くの恋がある。「上巻」の神たちのふるまいは言ってみれば太い直線ばかりですが、「中巻」と「下巻」の人間たちの世になるとそれがしなやかな曲線を描くようになる。あなたは弱き者の悲哀の例をいくつも取り上げましたね。後世のぼくたちにとっては最も読みやすくおもしろい部分です。
そこに「歌謡」が挟まれる。物語の途中で登場人物が詠んだとされるけれど、たいていは既成の歌をそこに嵌め込んだのであって、その場にそぐわないことも少なくない。あなたの苦労が透けて見えるようです。それでも「歌謡」はそれ自体が魅力に満ちていますし、『古事記』ぜんたいを華やかなものにしている。これによって我々は『万葉集』より古い形の歌を知ることができるのです。何よりも歌謡にはあなたの時代の音の響きが残っています。たくさんの人が集った宴会の雰囲気も伝

わります。

神名・人名については後で詳しく説明します。

神話・伝説については困難の一つはあなたの語法をどこまで残すかという点にありました。

あなたの息づかいを感じたというのは、つまり千三百年前の朗誦者(ろうしょうしゃ)の肉声を聞いたということです。あなたはそれが感じ取れるほど巧みに自分たちの言葉を漢字に移した。文字で書き残すことが大事だという判断の一方で、あなたが使った原資料には口承文芸の色が濃かった。それが聞き取れるのです。

　於レ是亦、高木大神之命以覚白之、天神御子、自レ此於二奥方一莫レ使二入幸一。荒神甚多。今自レ天遣二八咫烏一。故、其八咫烏引道。従二其立後一応二幸行一。

というのが原文ですね。

本居宣長の『古事記伝』を軸とする西郷信綱の読み下しは——

是に亦、高木大神の命以ちて覚し白さく、「天つ神の御子、此れより奥つ方に莫入り幸しそ。荒ぶる神甚おほかり。今、天より八咫烏を遣はさむ。故、其の八咫烏引道きてむ。其の立たむ後より幸行でますべし」とまをしたまひき。

という風な文体です。

誰かが話す時、この例でわかるようにあなたはそれを直接話法で伝える。宣長はほぼほとんどの場合、「まをす」や「問ふ」や「言ふ」を発言の前後で繰り返しましたね。

引用符（「……」のこのカギ括弧）という便利な記号がなかった時、これはこの二つの「まをす」に挟まれた部分がその人の発言であると示す、という機能があったのではないかと推測します。ならば「……」を使って一つを省くか？　その一方でこれが生むリズムの効果が無視できない。こちらを大事にしたい。

だからぼくも宣長にならって

ここでタカギが諭して言うには——

「天つ神の子よ、この先に行ってはいけない。荒ぶる神がうじゃうじゃ居る。

天から八咫烏を送るから、八咫烏が導くとおりその後を追って進みなさい」と言った。

という風に「言う」を前後で繰り返すことにしました。

その他にも翻訳を進める途中でむずかしい判断をいくつも強いられました。

例えば、「生む」という表現をどう扱うか？

『古事記』は「生む」と「生まれる」、「成る」の場面に満ちています。ぜんたいがこの国土の豊饒を褒め讃える姿勢に貫かれている。とりわけ神々や天皇の系譜はまず「生む」ところから始まっている。

　此の天皇、葛城之曾都毘古の女、石之日売命（大后）を娶して、生みませる御子……

と「天皇が……を妻として……生んだ」という形式であなたは書かれた。「生みませる」は「お生みになった」であって「生ませた」ではない。生理的には妻が子を

「産んだ」かもしれないが、しかし『古事記』において大事なのは父が誰かですね。だからその子を生んだのは父であって母ではない。訳文は――

葛城之曾都毘古（カヅラキノソツ・ビコ）の娘、（のちに大后となる）石之日売命（イハ・ノ・ヒメのミコト）を妻として生んだ子は、

としました。

さて、「系譜」はあからさまに政治的です。持統天皇が政権を確立して、それを神話的な権威で補強するために、いわば権力保持のためのツールの一つとして日本語による文学を採用した。その要請に応えたのが稗田阿礼さんとあなたで、背景には反抗しがちな地方豪族を中央政権に束ねるという意図がありましたね。アマテラスを中心とする天のヒエラルキーをそのまま地に下ろして、豪族たちの祖先をそれに組み込む。そのために神の数は限りなく増え、天皇の子孫の数も増殖した。その名が羅列されることになった。

羅列はたぶんとても起源の古い文体です。

その一端は帳簿というごく実用的な文字の使用にあったのでしょうが、それと同時に口承文芸の中でも単調な繰り返しに近いリズム感が耳に心地よいのでしばしば用いられました。有名なのは『古事記』より更に千数百年古いホメロスの『イーリアス』の中の「船軍の型録」と呼ばれる部分です。ここにも政治的な意図があって、アガメムノンがいかに多くの国々からトロイ攻撃のための軍勢を召集したかが誇らしげに語られます。あるいは「マタイによる福音書」の冒頭、アブラハムからイエスまで四十二代の系図、またオペラ「ドン・ジュアン」の中の、彼が征服した各国の女たちの数。

しかし、それにしても『古事記』の神の名・人の名のリストはすごい。登場する神だけで三百十二名を数えます。

そこで大事なのは、『古事記』では固有名詞にいちいち意味があるということです。

天照大御神（アマテラス・オホミカミ）は「天にあって照り輝く神」の意ですし、建速須佐之男命（タケ・ハヤ・スサノヲのミコト）は「タケは勇猛、ハヤは勢いがあること、スサも止まるところを知らず『荒れすさぶ』ところから来る」とぼくは脚注に記しました。また伊邪那岐神（イザナキのカミ）と伊邪那美神（イザナミのカミ）という名には「互いを性交に誘う」という意味がある。

これまでの『古事記』の現代語訳ではたいてい固有名詞の羅列は読まなくてもいいものとして処理していました。しかしそれは筋が違う。序文によれば、そもそも『古事記』が書かれた最大の理由は「みなみなの家に伝わる帝紀と旧辞は今では事実を離れてずいぶん嘘が混じっている」からそれを正す、と天武天皇が言ったところにあった。系譜は大事です。煩雑だから読者は読み飛ばしてかまわないけれど、読む気になったら読める形にしておきたい。

そこで、神の名・人の名をきちんと意味まで含めて読み取るために、羅列の部分はいちいち改行して箇条書きのようにしました。また世代が変わるごと等に一字下げました。

表記にも工夫を凝らしました。

まず、あなたが苦労して作られた漢字表記が来る。読みはその横に振り仮名という方式ではなく、下に丸カッコにいれて片仮名で記す。それも意味が分けられるかぎり分節化して示す。「大江之伊邪本和気命」を「オホエノイザホワケノミコト」としてはとても一気には読めないから、

大江之伊邪本和気命（オホエ・ノ・イザホ・ワケのミコト）

と書く。

ここで「伊邪本和気」と「命」の間の「の」は元の漢字にはないものが発語の際に補われるのだから、その点を明らかにするために平仮名にします。「大江之」の「ノ」は漢字でも表記されているから片仮名のまま。面倒なようですが読み進めればすぐに慣れます。

仮名遣いは神名・人名については歌謡と同じようにあなたの時代のまま、ぼくらの時代に歴史的仮名遣いと呼ばれるものを採用しました。読者からは面倒くさいと言われそうなのですが、こうしないと名前が持つ元の意味を脚注で説明できなくなってしまうのです。それに、意祁王(オケノミコ)と袁祁王(ヲケノミコ)の兄弟など区別がつかない。

それにしても神様も天皇やその子孫も長い名前が多いですね。

二回目には漢字の表記の横に振り仮名を振り、三回目からは主要部分だけを独立させて片仮名だけにしました。天照大御神（アマテラス・オホミカミ）は、二度目は「天照大御神(アマテラスオホミカミ)」、三度目からは「アマテラス」とする。これが原則です。

また神名・人名の漢字表記はいくつか混在しているものもありますが、原文を尊重し、一部を除き原文通りとしました。

あなたが書かれた言葉は敬語に満ちています。日本語は最初から上下関係を表現するツールを備えていたのだと感心しました。しかし、今のぼくたちにはこれはいささか煩瑣すぎる。カミやオホキミに対して非礼であることをお詫びした上で、敬語表現は個人の発言を直接話法で書く場合以外は捨てました。同じようにして一柱二柱という数えかたも一名二名にしました。

『古事記』では地名もまた意味があります（安万侶さん、あなたは地名の語源で遊ぶのがお好きです）。しかし地名は神名・人名より少しだけ簡略化して読みを（……）の形ではなく平仮名の振り仮名で記します。

地名についてなるべく旧国名と郡名を脚注に書いたのは、今の日本に繋がる実在感を強調したかったからです。自分に縁のある地だと思えばそれがどこなのか探索ができる。現代の地名をあまり書かなかったのは、市町村合併による歴史観の断絶をこの本に持ち込むに忍びなかったからとしておきましょう。

安万侶さん、これを訳し終わって思うのは、あなたの時代とその後では「読む」という行為の意味がすっかり変わってしまったということでした。あなたの時代にはまだ「読む」とは声に出すことだった。編集中のあなたは筆を手に黙って目だけで文字を追ったかもしれませんが、それとは別にテクストは折りに触れて大きな声で朗誦されたのではありませんか？　最後にはみんなの前であなたが全巻を何夜もかけて読み上げられた、そういう場面をぼくは想像したいのです。長々しい系譜のところでも、「ああ、自分の祖先だ」と感動して聞いた者がいたはずです。

その後で声に出して読むという習慣は少しずつ薄れていった。『竹取物語』を誰かが声に出して読んで、数名の女房が聞き惚れるという場面はあり得ます。『源氏物語』でもそれはあったかもしれないが、田舎にいた菅原孝標女は黙読、あるいはせいぜい一人で呟きながら読んだくらいでしょう。

文体についてはせっかく現代語に訳すのだからと今らしくしたつもりです。イザナキとイザナミは最初はなにしろ童貞と処女、若くて気持ちもみずみずしかったはずですね。だから「私の身体はむくむくと生まれたけれど、でも足りないところが残ってしまったの」という風な口調になります。しかしこの二人の仲は急速に変化して、最後はいがみ合う中年の夫婦のようになる。彼女は「いとしい私の夫、これからはあなたの国の民どもを毎日千人ずつ絞め殺してやりましょう」と言うまでになる。神話の中ではことは速やかに推移するのですね。

以上、ぼくなりに工夫した訳の成果がこれです。多くの読み手を得ることを願っています。

太安万侶の序

陛下の僕（しもべ）である安万侶（やすまろ）が申し上げます。

そもそもの初め、混沌の中に造化のきざしが見えながら、未（いま）だ気と形が分かれる前、万事に名がなく動きもありませんでした。その時のことを知る者は誰もおりません。

やがて天と地が分かれ、三人の神が世界を造り始めました。陰と陽の原理が生じ、女と男が誕生し、万物の親となりました。

そして、一人がもう一人を追って冥界に行って戻り、目を洗うと日と月が生じ、海水で身を濯（すす）ぐと多くの神が生まれました。

『古事記』の内容の要約と、これが書かれるに至るまでの経緯を述べる。

しかしこれは官僚が君主に提出する「上表文」であり、中国のそれに倣って美辞麗句の多い、対句表現を駆使した、いささか読みにくい文章である。

陛下　『古事記』の編纂を命じた四十三代元明天皇。（以下、大友皇子を三十九代弘文天皇と認めてのカウントである。）

そのように、始原は遠い闇の中でありますが、二神が国土を生み島を生んだことは古(いにしえ)の教えによって今に伝わり、開闢(かいびゃく)は暗くおぼろにしか見えませんが、神々が生まれ人も生まれた事情は先人の言葉によってわかります。

まことに次のようなことがわかっているのであります――
鏡を掛け珠(たま)を吐いて、歴代の天皇(てんのう)が世を継ぐ基礎が作られ、
剣を嚙(か)み蛇を切って、神々が生まれ草木も繁(しげ)りました。
天の河原で評議して、天下を平定され、
小浜(おばま)の談判によって、国土を調えられました。
その結果、番仁岐命(ホノニニギのミコト)がまず高千穂(たかちほ)の峰に降りられ、
神倭天皇(カムヤマトのスメラミコト)が秋津島(あきづしま)を経巡(めぐ)られました。
熊の邪神が山から現れ、高倉(タカクラジ)から聖なる剣を受け取られ、尾のある人に出会い、大きな烏(からす)に導かれて吉野に至りました。
舞いを舞って逆らう者を追い払い、歌の合図で敵を降伏させました。

安万侶　謙遜のため姓を略して名のみを書く。
三人の神　「はじまり」に現れる天之御中主神（アメノ・ミナカヌシのカミ）・高御産巣日神（タカ・ミ・ムスヒのカミ）・神産巣日神（カミ・ムスヒのカミ）。
女と男　伊邪那美神（イザナミのカミ）と伊邪那岐神（イザナキのカミ）。
日と月　天照大御神（アマテラス・オホミカミ）と月読命（ツクヨミのミコト）。
二神　イザナミとイザナキ。
剣を嚙み　アマテラスは建速須佐之男命（タケ・ハヤ・スサノヲのミコト）の剣を嚙んで吐いた。
蛇を切って　スサノヲは出雲で大蛇退治をした。
天の河原で評議して　神々

そしてまた、夢のお告げで正しく神を祀(まつ)られて、賢い王と呼ばれ、

人家の煙を見て民を慰撫(いぶ)なさって、聖帝と讃(たた)えられました。

近江で国の境界を定められ、開発を行われ、

遠い飛鳥(あすか)で各家柄の姓(かばね)と氏(うじ)を調えられました。

ある方はことを急がれ、ある方は丁寧を旨となさり、華麗を尊ばれる方や質朴を愛する方などそれぞれ資質の違いはありましたが、歴代みなみな先祖を範として道徳の乱れを正そうと試み、現実を見て人間の正しい生きかたの回復に努めない方はいらっしゃいませんでした。

飛鳥の清原(きよみはら)に大宮を造って天下を治められた天皇は、まだ世継ぎの君の時からいずれ龍として天に昇る資質の持ち主で、時機を得て速やかに動かれました。

夢に聞いた歌に未来を占い、統治の大業を継ぐ決意をされました。

が集って相談したこと。

小浜の談判によって　建御雷（タケミカヅチ）は大国主（オホクニヌシ）から国を譲り受けた。

高千穂の峰に降りられ　天孫降臨。

神倭天皇　初代神武天皇。

熊の邪神……歌の合図　神武東征のエピソード。

夢のお告げで　十代崇神天皇。

人家の煙を見て　十六代仁徳天皇。

近江で国の境界を　十三代成務天皇。

遠い飛鳥で各家柄の　十九代允恭天皇。

ある方は　以下代々の天皇のこと。

飛鳥の清原に大宮を造って

夜の川を渡る時に、自分が天下を治めようと心に決められました。
しかし、運命の時はまだ今ではないと覚（さと）って南山に隠れた後、
慕う者多くを引き連れて東国を威風堂々と進まれました。
そこで一気に兵を興して山も川も越えて
六師（りくし）の兵も三軍の兵も雷のごとく進撃し、
武器の威力を発揮、勇士の加勢も次々に増し、
同志の赤い旗印も輝かしく、向かう相手は瓦が割れるように敗走。
さしたる日々も経ぬうちに、妖しい気配は消え失せました。
その結果、戦闘用の牛や馬を野に放し、兵を収めて都に帰り、
戦旗を巻き矛を納め、舞いつ踊りつ飛鳥の宮に戻られました。
酉（とり）の年の夾鐘（きょうしょう）の月、清原の大宮で即位なさいました。

天下を治められた天皇　四十代天武天皇。
世継ぎの君の時　まだ皇太子だった時。
龍として天に昇る　即位した折には、ということ。
夢に聞いた歌　神が夢を通じて人に何かを伝える。それが歌の形を取っていた。
統治の大業を継ぐ決意　甥の大友皇子を倒して天皇になること。これが壬申の乱。
夜の川　伊賀の名張の横河。
南山に隠れた後　一度は吉野に移った。
六師の兵も三軍の兵も　中国の戦記物の表現。以下同じような言い回しが続く。
酉の年の夾鐘の月　六七三年二月。

政治は黄帝を超え、徳義は周王を凌ぐほど。
神器に依って天下を治め、皇位の権威で夷狄を押さえる。
陰と陽の正しい流れに沿って、五行の乱れぬ動きに乗って、
神々の教えを呼び戻し、風俗を調え、
徳の力によって国内に平和を広められました。
そればかりか、その叡智は海のように広く、過去によく通じ、
心は鏡の如く、未来を透かし見ておられる。

そこで天皇が仰せられるには——

私が聞いたところでは、みなみなの家に伝わる帝紀と旧辞は今では事実を離れてずいぶん嘘が混じっているということだ。今のこの段階で正さなかったら、何年も経たないうちに本来の姿は失われてしまう。帝紀と旧辞は国家の基礎である。だからこそ今ここで帝紀を一書にまとめ、旧辞を詳しく調べて、間違いを正し真実を確定、後の時代に伝えたいと考える、

黄帝・周王　共に古代中国の名君。

天皇　四十代天武天皇。

帝紀と旧辞　一般には天皇や豪族の系譜などが帝紀であり、物語的な部分が旧辞ないし本辞であるとされている。しかし西郷信綱は神代（かみよ）のこと、すなわち『古事記』の「上巻」の内容が旧辞であり、「中巻」、「下巻」が帝紀である

と仰(おつしゃ)いました。

その時、たまたま一人の舎人(とねり)がおりました。姓は稗田(ひえだ)、名は阿礼(あれ)、歳(とし)は二十八。大変に聡明で、一目見た文章はそのまま暗唱し、一度聞いたことはそのまま記憶します。

そこで阿礼に代々の天皇の継承の次第ならびに昔からの旧辞を誦(よ)み習うことが命じられました。

しかしながら時は移り世は変わって、それは完成に至りませんでした。

そこで私がつらつら考えたのは、

今上(きんじよう)陛下は、その威光は天下にあまねく行き渡り、

天と地と人に通じて、民を慈しみ、

皇居におられながら、福徳は馬の蹄(ひづめ)の踏み得るかぎり広くに及び、

宮廷に住まわれながら、慈愛は船の通うかぎりの地に至っております。

と言う。

帝紀を一書にまとめ　時代は口承から文字による記述に移っていた。だから文字化が必要だった。家々に口伝えで残された記録を統合し整理して文章化するのが太安万侶の使命だった。

舎人・稗田阿礼　舎人は天皇の近くに使える者。本来は男性だが、柳田國男と西郷信綱は稗田阿礼は女性だったと言う。天宇受売命（アメノウズメのミコト）に始まる猿女（さるめ）というシャーマンの系譜に連なる者か。

誦み習う　記憶して朗誦するのだろう。

時は移り世は変わって　具体的には天武天皇が亡くなって。

治世の輝きは太陽二つ分にも比べられ、
めでたさは雲となってたなびかんばかり。
その徴に木の枝は繋がり、穀物はいくつもの穂を付けた、
などと公文書に記す官吏もいとまがないほど、
外国からは使節が押し寄せ、貢ぎ物でいつも倉は一杯という盛況。
陛下の名声はかの夏の文命より高く、
陛下の徳は殷の天乙にも勝ると言わざるを得ません。

そこで、陛下は旧辞に誤りがあることを惜しく思われ、
帝紀の間違いを正そうとなさって、
和銅四年九月十八日、この安万侶に向かって「稗田阿礼が記憶している旧辞を一冊の本として整備せよ」と仰せられました。私は謹んでご命令のままにすべての言葉を拾い出しました。

とは言うものの、古い時代には言葉もその意味もみな素朴

今上陛下　四十三代元明天皇。天武天皇の崩御の後、その姪にして妃が四十一代持統天皇になった。天武天皇の皇子だった夫の草壁皇子が天皇になれないまま亡くなり、その孫が十五歳で四十二代文武天皇になったが、統治十年にして亡くなったので、草壁の妻であり文武の母である彼女が即位して元明天皇になった。
八年間の治世で藤原京から平城京へ遷都し、貨幣「和同開珎」の鋳造を進め、『風土記』の編纂を始め、『古事記』を完成させるなど、事績も多い。

夏・殷　どちらも中国の古代王朝。

みな素朴でしたので　文字

でしたので、それを文章にして漢字で記すのはまことに困難なことであります。

漢字の訓だけで綴る（つづ）と真意が伝わりません。

音だけで綴るとただ長くなるばかり。

そこで、この書では、

ある場合は一句の中で音と訓を混ぜて用い、

ある場合は訓だけで記すことに致しました。

そういう時は、文脈がわかりにくければ注を付し、

わかりきったものには注は付けないことにしました。

姓を記す時、日下と書いて読みは玖沙訶（くさか）としたり、

名を記すのに帯の字を多羅斯（たらし）と書くなどは、

すべて原本のとおりと致しました。

こうして記したところは天地の始まりから小治田（おはりだ）の御代（みよ）まで に及びます。そこで、

天之御中主神（アメノミナカヌシのカミ）から始めて、日子波限建鵜草葺不合尊（ヒコナギサタケウガヤフキアヘズのミコト）までを

上巻とし、

がなく文章語というものがなかった。

訓だけで綴ると　和語のニュアンスが漢字では伝わらない。

小治田の御代　三十三代推古天皇の時代。『古事記』編纂の約百年前。

神倭伊波礼毘古（カムヤマトイハレビコ） 天皇（のスメラミコト）から品陀（ホムタ）の時代までを中巻、
大雀皇帝（オホサザキのミカド）から小治田の大宮までを下巻として、
合わせて三巻を書物にまとめ、謹んで献上いたしますと、
誠の心を以（もつ）て申し上げます。

和銅五年正月二十八日

正五位上勲五等太朝臣（おおのあそみ）安万侶

上巻

はじまり

天と地が初めて開けた時、高天(たかま)の原(はら)に生まれたのは、
　天之御中主神（アメノ・ミナカヌシのカミ）と
　高御産巣日神（タカ・ミ・ムスヒのカミ）、
そして
　神産巣日神（カミ・ムスヒのカミ）、
の三名の神たちであった。
彼らはみな対(つい)の相手を持たない独り神で、姿もなかった。

天と地　天上界と地上界。
高天の原　天上界の、神々が住むところ。
生まれた　もとの動詞は「成る」。無からではなく混沌の中から何かが生じる。
神　人の住む世界の外にあって、畏れ敬うべき力ある存在、と考えようか。
天之御中主神　天の真ん中を統べる神。

国がまだ形を成さず、水に浮かぶ脂のような状態で、まるでクラゲのように漂っていた時に、葦の若い芽のように萌える勢いの中から生まれたのが、
宇麻志阿斯訶備比古遅神（ウマシ・アシカビ・ヒコヂのカミ）
と
天之常立神（アメノ・トコタチのカミ）、
の二名の神であった。
この二名も独り神として生まれ、姿がなかった。
ここまでに挙げた五名の神は天の神たちの中でも別格の神である。
次に生まれたのが——
国之常立神（クニノ・トコタチのカミ）、そして
豊雲野神（トヨクモノのカミ）で、
この二人も独り神で、姿がなかった。

高御産巣日神　生む神、成す神。後に高木の神として何度となく登場する。アマテラス以前にはこちらが主神であったという説がある。
神産巣日神　神を生む神。
独り神　これらの神々は抽象的で影が薄い。この先では男女のペアの神々が生まれる。
国　人が住む地。
宇麻志阿斯訶備比古遅神　葦の芽のようにどんどん育つ、あるいは萌える、素晴らしい男の神の意。
別格の神　この神々は後から加えられたらしい。だから抽象的。
国之常立神　国は地にあって人が住むところ。何らかの境界に囲まれた地。しか

次に生まれたのが——

宇比地邇神（ウヒヂニのカミ）、その妹の

須比智邇神（スヒヂニのカミ）、

角杙神（ツノグヒのカミ）、妹の

活杙神（イクグヒのカミ）、以上二名。

意富斗能地神（オホトノヂのカミ）、妹の

大斗乃弁神（オホトノベのカミ）、

淤母陀琉神（オモダルのカミ）、妹の

阿夜訶志古泥神（アヤ・カシコネのカミ）、

最後に生まれたのが——

しこの神も抽象的で神格・人格はない。

豊雲野神 豊かに湧く雲の神。

宇比地邇神 ヒヂは泥、ニは土、ウは特に意味はないらしい。

妹 イモは古代には男に対する女を意味するが、ここでは実際に血縁の妹。

須比智邇神 スも特に意味なし。

角杙神・活杙神 「この二神は、混沌のなかにきざす生命力の胎動とでもいうべきものを象徴しているらしい」（西郷信綱）

意富斗能地神・大斗乃弁神 ヂは男、べは女。ひょっとしたら男女の性器を表す名かもしれない。

淤母陀琉神 国の表が充ち

伊邪那岐神（イザナキのカミ）と、妹の伊邪那美神（イザナミのカミ）であった。

ここで、国之常立神（クニノトコタチのカミ）から伊邪那美神（イザナミのカミ）までを神代七代（かみよななよ）と言う。はじめの二名の独り神はそれぞれが一代、次の対になった十名の神は二人ずつで一代と数える。

イザナキとイザナミ

さて、ここで天の神たちは、「まだ漂ったままの国を固めて国土としなさい」と言って、伊邪那岐（イザナキ）と伊邪那美（イザナミ）に天の沼矛（あめのぬぼこ）を授けてその仕事を命じた。

足りるの意か。
阿夜訶志古泥神　「あやにかしこし」つまり「なんと美しい」。次のイザナキ・イザナミに関わる修辞を先取りしているのか。言葉遊びなのだ。
伊邪那岐神・伊邪那美神　イザは「誘（いざな）う」。今も使われる「いざいざ」で、この場合は性交への誘い。
天の沼矛　男性器の象徴であるという説があるが、納得できる。

二人が天と地の間に架かった天の浮橋に立って、天の沼矛を下ろして「こおろこおろ」と賑やかに掻き回して引き上げると、矛の先から滴った塩水が自ずから凝り固まって島になった。

そこでこの島の名を

淤能碁呂島（オノゴロシマ）

と呼ぶことにした。

イザナキとイザナミはその島に降りたって、まずは天の柱を立て、幅が両手を伸ばした長さの八倍もある大きな神殿を建てた。

そこでイザナキがイザナミに問うには——

「きみの身体はどんな風に生まれたんだい」と問うた。

イザナミは、

「私の身体はむくむくと生まれたけれど、でも足りないところが残ってしまったの」と答えた。

それを聞いてイザナキが言うには——

天の浮橋　天と地を繋ぐ橋。

島　語源は「占める」らしい。境界によって外と隔てられた領域。

淤能碁呂島　自ずから凝ってできた島。実在の特定の島ではない。

天の柱　地上における活動の拠点として柱を立てた。前の「天の沼矛」や「天の浮橋」につながる天上界へのリンク。そしてもちろん男性器の象徴でもある。

神殿　原文「八尋殿」は大きな神殿ということ。

むくむくと生まれた　原文の動詞は「成る」である。ともかく古代には自然の力が溢れて、すべてのモノが

「俺の身体もむくむくと生まれて、生まれ過ぎて余ったところが一箇所ある。きみの足りないところに俺の余ったところを差し込んで、国を生むというのはどうだろう」と言うと、イザナミは、

「それはよい考えね」と答えた。

そこでイザナキが言うには――

「では、今から二人でそれぞれこの天の柱を右と左から廻(まわ)って、向こう側で会ったところで性交ということをしてみよう」と言った。

「きみは右から行って。俺は左から行くから」

そうやって柱を廻って、反対側で会った時、まずイザナミが、

「ああ、なんてすてきな男」と言い、その後でイザナキが、

「ああ、なんていい女なんだ」と言った。

二人とも言い終えてからイザナキが妹に向かって、

「女の方が先に口をきいたのはまずかったかな」と言った。

むくむくと生まれた。古代人には豊饒への信頼があった。

性交 原文は「みとのまぐわい」。「まぐわい」は視線を交わすことで、お互いを見て好ましい相手として選び、次の段階に進む（近代ならば「お見合い」という言葉に残っている）。「みと」の「と」は「その場所」の意。「ホト」と同じで女性器かもしれない。

左 右よりも尊ばれたらしい。

その言葉のとおり、二人でおごそかに性交をした結果生まれたのは蛭のようなぐにゃぐにゃな子だった。この子は葦で作った舟に乗せて流してしまった。

その次に生まれたのも淡い島のような子で、これも失敗。

ここで二人が相談して言うには――

「今回生んだ子はどうもよくない。天つ神に報告しよう」と言った。

そこで二人して天に昇って天つ神の教えを請うた。

すると天つ神がことを占って言うことには――

「女の方が先に言葉を発したのがよくなかった。戻ってもう一度、やり直してごらん」と言った。

そこで地上に戻って、前と同じように天の柱の回りを廻った。

そしてまずイザナキが、

「ああ、なんていい女なんだ」と言い、それに続いてイザナ

淡道之穗之狭別島　アハヂは阿波に行く道の意。阿波は穀物の粟だろう。この島が第一に挙げられたのは当時の既知世界の中心に位置するからかもしれない。いわば臍。国生みはずいぶん生理的な行為である。
更に御食つ国（朝廷に食べ物を献上する地）として

ミが、

「ああ、なんてすてきな男」と言った。

こう言い終えてから性交を行った。それによって生まれたのが、まず

淡道之穂之狭別島（アハヂ・ノ・ホノサ・ワケのシマ）、

次が

伊予之二名島（イヨ・ノ・フタナのシマ）。

この島は身は一つだが顔が四つあった。それぞれの顔に名前があって、

伊予国（いよのくに）は愛比売（エヒメ）と言い、

讃岐国（さぬきのくに）は飯依比古（イヒヨリ・ヒコ）と呼び、

粟国（あわのくに）は大宜都比売（オホゲツ・ヒメ）と称し、

土左国（とさのくに）を建依別（タケヨリ・ワケ）と言う。

その次に生まれたのが

隠伎之三子島（オキ・ノ・ミツゴのシマ）、別名を

別格に扱われた、という理由もある。

「別」の字がつく神名・地名は多い。別系統の一族を皇統にまとめる際に付したのかもしれない。

伊予　四国を伊予で代表する。次が筑紫すなわち九州であることからもわかるとおり、瀬戸内航路でつながった国土ぜんたいを広い視野で見ている。

「身は一つだが顔が四つ」は島を人になぞらえてのこと。産み落とされたということは人格があるということ。

愛比売　エヒメは先に生まれた女の子の意。後から生まれたのはオトヒメ。漢字を当てれば「兄比売」と「弟比売」になる。

天之忍許呂別（アメ・ノ・オシコロ・ワケ）、次に

筑紫島（ツクシのシマ）。

この島も身一つながら四つの顔を持っていてそれぞれに名がある。すなわち

筑紫国（つくしのくに）は白日別（シラヒ・ワケ）と言い、

豊国（とよくに）は豊日別（トヨヒ・ワケ）と呼び、

肥国（ひのくに）は建日向日豊久士比泥別（タケ・ヒムカヒ・トヨクジ・ヒネ・ワケ）と称し、

熊曾国（くまそのくに）は建日別（タケヒ・ワケ）と言う。

次に生まれたのが

伊伎島（イキのシマ）、別名は

天比登都柱（アメヒトツ・ハシラ）、次は

津島（ツシマ）、別名を

天之狭手依比売（アメノサデヨリ・ヒメ）、その次が

佐度島（サドのシマ）、次は

大倭豊秋津島（オホヤマト・トヨ・アキヅ・シマ）、別

大宜都比売　「ゲ」は「食」の意。粟を産する国だから。この先で何度も登場する。

隠伎之三子島　隠伎は隠岐、すなわち沖にある島。

筑紫島　これを以て九州ぜんたいを表す。ツクシの語源は不明。荒ぶる神が人々を殺し「尽くし」たからという伝説があるが、信じがたい。

白日別・豊日別・建日向日豊久士比泥別・建日別　九州の四つの国にみな日の字がつくのはこの島が「日向（ひむか）」という総称のもとにあったかららしい。

肥国　おそらく「火」の国の意。阿蘇山がある。

熊曾国　今の南九州一帯。

伊伎島　壱岐である。島を柱と呼ぶ例は他にもある。

名を
　天御虚空豊秋津根別（アマツミソラ・トヨアキヅネ・ワケ）。
以上の八つの島が最初に生まれたからこの国のことを大八島国（おおやしまぐに）と言う。

その後で淤能碁呂島（オノゴロシマ）に戻ってから生んだのが
吉備児島（キビのコ・ジマ）、別名を
　建日方別（タケ・ヒカタ・ワケ）、また
小豆島（アヅキ・シマ）、別の名を
　大野手比売（オホノデ・ヒメ）、次は
大島（オホ・シマ）、別名は
　大多麻流別（オホタマル・ワケ）、次が
女島（ヒメ・シマ）、別の名を
　天一根（アメヒトツネ）、更に、
知訶島（チカのシマ）、別名を

絶海の孤島だから「一柱」か。
津島　対馬。「津」は港のこと。万葉集に「百船の、泊（は）つる対馬の」とある。「百船の」は「津」を引き出すための序。後に「対馬」と書いたのは『魏志倭人伝』の影響か。
佐度島　佐渡。語源は「狭い水門（みなと）」かもしれない。壱岐と並んで昔から遠流の島であり、古代世界の北限という印象が強い。
大倭豊秋津島　美称であって具体的ではない。ヤマトもアキヅも小さな地名がもっと広い地域に適用されるようになったもの。
大八島国　一般に「八」は美称であるが、実際に八つでもある。「国」は「島」

天之忍男（アメノオシヲ）、そのまた次が
両児島（フタゴのシマ）、またの名を
天両屋（アメフタヤ）。
（吉備児島（キビのコジマ）より天両屋（アメフタヤ）まで合わせて六島。）

神生み

こうやって国を生み終えた後、イザナミは神々を生んだ。
生まれた神の名は、まず
大事忍男神（オホコト・オシヲのカミ）、次に
石土毘古神（イハ・ツチ・ビコのカミ）。また
石巣比売神（イハ・ス・ヒメのカミ）、次に

という単位から成る、というのはいかにも日本の地形にふさわしい。
吉備児島　今の児島半島。かつては島だった。
小豆島　今は音読みするようになった。
大島　おそらく周防国の大島。
知訶島　五島列島。

大事忍男神　どうもあまり意味のない名の神らしい。
石土毘古神　岩石や土の神。
石巣比売神　巣は沙、これも岩石や砂の神。
大戸日別神　戸の神か、所の神か。

大戸日別神（オホトヒ・ワケのカミ）、更に
天之吹男神（アメノフキヲのカミ）、次が
大屋毘古神（**オホヤビコ**のカミ）、そして
風木津別之忍男神（カザモツ・ワケノ・オシヲのカミ）。

その後が海の神で、まずは
大綿津見神（**オホワタツミ**のカミ）、

次に水戸の神、その名は
速秋津日子神（ハヤアキヅヒコのカミ）と妹の
速秋津比売神（ハヤアキヅヒメのカミ）。
（大事忍男神より秋津比売神まで合わせて十名。）

この速秋津日子とハヤアキヅヒメの二人はそれぞれ河と海とを分けて統べる神であるから、次のような神々を生んだ。

まずは
沫那芸神（アワ・ナギのカミ）、次に
沫那美神（アワ・ナミのカミ）、そして

天之吹男神　屋根を葺くのか、あるいは風の神か。
大屋毘古神　建物の神か、木の神。後にオホナムヂに根国へ行けと助言する。
風木津別之忍男神　風に縁がありそうだがよくわからない。
大綿津見神　大事な神である。ワタは海。海の中にいらっしゃる霊力ある神の意。ワタがocean で、ウミはsea かもしれない。
水戸の神　みなとは（港ではなく）水の門（ト）。河口や海峡など狭いところを水が抜ける場所。そこの神ということ。
速秋津日子神　ハヤは勢いがあること。アキは口を開けるか、あるいは穢れを晴らすか。

頬那芸神（ツラ・ナギのカミ）、また
頬那美神（ツラ・ナミのカミ）、更には
天之水分神（アメ・ノ・ミクマリのカミ）、また
国之水分神（クニ・ノ・ミクマリのカミ）、そして
天之久比奢母智神（アメ・ノ・クヒザモチのカミ）、最
後に
国之久比奢母智神（クニ・ノ・クヒザモチのカミ）。
（沫那芸神より国之久比奢母智神まで八名。）

次にイザナキとイザナミは風の神である
志那都比古神（シナツ・ヒコのカミ）
を生み、
木の神である
久久能智神（ククノチのカミ）、
更に山の神
大山津見神（オホヤマツミのカミ）、

沫那芸神・沫那美神　ナギは凪、ナミは波。海の縁語をイザナキ・イザナミに合わせて作った名。
頬那芸神・頬那美神　これも同じ。ツラは海面か。
天之水分神・国之水分神　水を分ける神。農にとって水の配分は大事であった。天と国は二神に分けて対としただけ。
天之久比奢母智神・国之久比奢母智神　ヒサゴすなわち瓢箪から作る器をもって水を汲む神。
ここまでは速秋津日子と速秋津比売が生んだ子たち。
志那都比古神　シナツないしシナトは風の吹き起こるところ。シは風の意（アラ

そして、野の神である
　鹿屋野比売神（カヤノヒメのカミ）、別名、
　　野椎神（ノツチのカミ）、
を生んだ。（志那都比古神より野椎神まで四名。）
この大山津見神とノツチは山と野を分け持つことにし、次の神々を生んだ。
　天之狭土神（アメ・ノ・サヅチのカミ）と
　国之狭土神（クニ・ノ・サヅチのカミ）、
また
　天之狭霧神（アメ・ノ・サギリのカミ）と
　国之狭霧神（クニ・ノ・サギリのカミ）、
更に
　天之闇戸神（アメ・ノ・クラドのカミ）と
　国之闇戸神（クニ・ノ・クラドのカミ）、
最後に

シとかツムジとかニシとか）。

久久能智神　クは木。チは霊格。従ってククノチは木の神。

大山津見神　この先で何度となく登場する。大綿津見神と対になる。

鹿屋野比売神・野椎神　カヤは萱（かや）、芒（すすき）、茅（ちがや）、菅（すげ）など人間の生活に縁の深い草の総称。野の神は女神である。海や山の神は本来は女神で、それが男神になったのは後から娘に父なる神をあてがったからしい。

天之狭土神・国之狭土神　土の神というだけであまり意味はない。

大戸惑子神（オホ・トマトヒコのカミ）と
大戸惑女神（オホ・トマトヒメのカミ）。
（天之狭土神より大戸惑女神まで八名。）

イザナキとイザナミが続いて生んだのは
鳥之石楠船神（トリノ・イハ・クス・ブネのカミ）、又
の名を
　天鳥船（**アメのトリフネ**）、次に
大宜都比売神（**オホゲツヒメ**のカミ）、そして
火之夜芸速男神（ヒノ・ヤギハヤヲのカミ）、別名を
　火之炫毘古神（ヒノ・カカビコのカミ）、あるいは
　火之迦具土神（ヒノ・**カグツチ**のカミ）という。

これが火の神であったために生んだイザナミはホトが焼け
ただれて病に伏せった。
　病んだイザナミのゲロから生まれたのが
　金山毘古神（カナヤマ・ビコのカミ）と

天之狭霧神・国之狭霧神　これも霧の神というだけ。

天之闇戸神・国之闇戸神　クラは谷、あるいは険しい断崖。語源は暗いところかもしれない。

大戸惑子神・大戸惑女神　霧の中では迷ってあたりまえ、という理屈から作られた、ほとんど遊戯的な神名。

鳥之石楠船神・天鳥船　楠は大木になるのでくりぬいて舟に造られた。石の字が付くのは丈夫だからか。天鳥船は後にタケミカヅチに同行して天から降りた神として再登場する。

大宜都比売神　穀物または食物の神。ゲは食。後にスサノヲに殺されて身体各所に農産物を実らせた大気津

金山毘売神（カナヤマ・ビメのカミ）。
ウンコから生まれたのが
波邇夜須毘古神（ハニヤス・ビコのカミ）と
波邇夜須毘売神（ハニヤス・ビメのカミ）。
オシッコから生まれたのが
彌都波能売神（ミツハノメのカミ）。
次に生まれたのが
和久産巣日神（ワク・ムスヒのカミ）だが、この子には
豊宇気毘売神（トヨウケ・ビメのカミ）という名もある。

イザナミは火の神を生んだために黄泉国（よもつくに）に行ってしまった。
（天鳥船（アメのトリフネ）から豊宇気毘売神（トヨウケビメのカミ）まで八名。）

イザナキとイザナミの二人が一緒に生んだ島は十四、神々は三十五名であった。（これはイザナミが生前に生んだものの総数で、オノゴロ島は生んだ数には入らない。蛭子（ヒルコ）と淡島（アハシマ）も生んだ島には数えない。）

比売（オホゲツヒメ）もほぼ同じ名。

火之夜芸速男神・別名を火之炫毘古神・あるいは火之迦具土神　勢いよく燃える火の神。背景には火に対する信仰がある。

ホト　女性器、この場合は産道か。火（ヒ）とホは音韻的に繋がっているかもしれない。トはそこの「処」の意。

金山毘古神・金山毘売神　鉱山の神。精錬に火を使うからここで登場したのかもしれない。

波邇夜須毘古神・波邇夜須毘売神　ハニは埴土、土器に用いる土。これも土器を作るには火を用いることからの連想。

彌都波能売神　水の神。

イザナミの葬送とカグツチに成った神

ここでイザナキが嘆いて言うには、「愛しい妻であるおまえの命を子供一人と替えてしまったとは」と言った。

枕元に腹這い、足元に腹這いして大声で哭いたが、その涙

和久産巣日神　ワクは若か。ムスヒはものが生まれる、あるいは成ること。

豊宇気毘売神　トヨは美称。ウケは食物。

黄泉国　死者の国。ヨミは闇と同語源かもしれない。「黄泉」という字は漢語由来。

八名・三十五名　数が合わない。

腹這いして大声で哭く　悲しみの表現だが、喪の所作でもある。

から生まれたのが香山《かぐやま》の畝尾《うねお》の木《こ》の本《もと》にいるという

　泣沢女神（ナキサハメのカミ）

である。

亡くなったイザナミは出雲《いずも》と伯伎《ははき》の境にある比婆《ひば》の山に葬った。

イザナキは腰に佩《は》いた十拳《とつか》の剣《つるぎ》を抜いて、自分の子である迦具土神《カグツチのカミ》の首を斬った。

その時に刀の先に着いた血がたくさんの岩の上にほとばしって生まれたのが

　石拆神（イハサクのカミ）、また

　根拆神（ネサクのカミ）、また

　石筒之男神（イハツツ・ノ・ヲのカミ）であった。以上

三名。

次いで、刀の本《もと》のところに着いた血もまたたくさんの岩の上にほとばしって生まれたのは

香山　大和の香具山。

出雲　ここは黄泉国に接しているとされていた。

伯伎　伯耆の国。

比婆の山　位置は確定されていないが、山もまた異界への通路であった。両国の境にあるというのも黄泉への境に重なる。

葬った　山野に遺棄するか、あるいは土に埋めること。

十拳の剣　拳を十ならべた長さの剣。ただしほとんど定型的な表現。

石拆神・根拆神　磐根（いわね）という言葉を二つに分けて神名とした。磐根を切り裂くというのは名剣の形容である。

石筒之男神　よくわからない。

甕速日神・樋速日神　雷神

甕速日神（ミカ・ハヤ・ヒのカミ）、次に
樋速日神（ヒ・ハヤ・ヒのカミ）、次に
建御雷之男神（タケミカヅチノヲのカミ）、この神の別名は
　建布都神（タケ・フツのカミ）とも
　豊布都神（トヨ・フツのカミ）とも言う。以上三名。
更に、刀の柄のところに溜まった血から生まれたのが
闇淤加美神（クラ・オカミのカミ）、並びに
闇御津羽神（クラ・ミツハのカミ）であった。
石拆神（イハサクのカミ）から闇御津羽神（クラミツハのカミ）までの八名はみな刀から生まれた神である。

殺されたカグツチの頭のところから生まれたのは
正鹿山津見神（マサカヤマ・ツミのカミ）、
次にその胸から生まれたのが
淤縢山津見神（オドヤマ・ツミのカミ）、

らしい。剣のひらめきと稲妻に通ずるところがある。

建御雷之男神　正に雷神。この神は後に天から降りて強権的にオホクニヌシに国譲りを迫る。

闇淤加美神・闇御津羽神　共に水の神である。

八名　どうも数字合わせらしい。

正鹿山津見神……　以下の神名の意味はよくわからない。火の神カグツチを斬ってなぜ山の神々が生まれた

その腹から生まれたのは
　奥山津見神（オクヤマ・ツミのカミ）であった。
次にそのホトから生まれたのが
　闇山津見神（クラヤマ・ツミのカミ）、
左手から生まれたのが
　志芸山津見神（シギヤマ・ツミのカミ）、
右手から生まれたのが
　羽山津見神（ハヤマ・ツミのカミ）、
左足から生まれたのが
　原山津見神（ハラヤマ・ツミのカミ）、
右足から生まれたのが
　戸山津見神（トヤマ・ツミのカミ）。
（正鹿(マサカ)山津(ヤマツ)見神(ミのカミ)から戸(ト)山津(ヤマツ)見神(ミのカミ)まで合計八名。）
斬った刀の名は
　天之尾羽張（アメノ・ヲハバリ）、その別名を
　　伊都之尾羽張（イツノ・ヲハバリ）と呼ぶ。

のか。「土」の連想かもしれない。

奥山津見神　後に出てくる戸山津見神に対して奥の山。

ホト　性器。P50の注も参照。

闇山津見神　クラは谷間。性器からの連想か。

志芸山津見神　シギは鳴か。

羽山津見神　ハヤマは端山か。

戸山津見神　戸山は外山。先の奥山と対になる。

天之尾羽張・伊都之尾羽張　ヲハバリは男刃張、刀のひらめきが鋭く走るさま。イツは勢いの盛んなこと。伊都之尾羽張は国譲りの際に再登場する。

黄泉国と黄泉比良坂

イザナキは妻のイザナミに会おうと思って黄泉国まで追って行った。

戸口に立ったイザナキが心を込めて言うには、

「いとしい我が妻よ、私とおまえで作っていた国はまだ作り終えていない。帰って来るべきだよ」と言った。

するとイザナミが答えて言うには、

「あなたがもっと早く来なかったのが悔しい。私はもう黄泉国の食べ物を口にしてしまいました。それでもいとしい私の夫がわざわざ来てくださったとは恐れ多いこと。帰ろうと思いますが、そのためには黄泉国の神に掛け合わなければなりません。それが終わるまで私を見ないでください」と言った。

そうしてその建物の中にまた入って行ったのだが、いくら

黄泉国の食べ物を口にして 宴会などの共食が仲間意識を高めることからもわかるとおり、食べ物は帰属を決める。

私を見ないでください と言われて見てしまうのは物語のお約束である。禁忌と

待っても戻ってこない。待ちかねたイザナキはみづらに結った髪の左に刺した爪櫛(つまくし)の歯を一本折って、それに火をともして明かりとして中に入った。
すると、妻の身体(からだ)には無数のうじがたかってぶつぶつと声をたてていた。
そして、頭には
大雷(オホ・イカヅチ)がおり、
胸には火雷(ホのイカヅチ)がおり、
腹には黒雷(クロ・イカヅチ)、
ホトには拆雷(サク・イカヅチ)、
また左手には若雷(ワカ・イカヅチ)、
右手には土雷(ツチ・イカヅチ)、
左足には鳴雷(ナリ・イカヅチ)と
右足に伏雷(フシ・イカヅチ)、
合計八人の雷の神が居坐(いすわ)っていた。

違反。
みづら　髪の形。長い髪を左右に分けて束ねて耳のあたりで輪にする。
それに火をともして　黄泉国はやはり暗いのだ。一つ火は不吉という習俗もあった。
うじがたかって　リアルである。死体をしばらく山野に風葬にして、ある程度まで骨になってから正式に埋葬するモガリないしアラキの風習に繋がるか。
大雷以下八人の雷神　イカヅチは雷ではなく厳(いか)めしい霊力(ち)の化身ということ。八人は数合わせ。『古事記』はこういう論法が好きだ。

妻の姿を見るやイザナキは恐れをなして逃げた。

イザナミは怒って「私に恥ずかしい思いをさせて！」と叫び、黄泉国のぞっとするほど醜い女神たちに後を追わせた。逃げるイザナキが黒い髪かざりを外して投げるとそれはすぐに山葡萄(やまぶどう)になった。女神たちがそれを取って喰(く)っている間になおも逃げたが、まだ追ってくる。

今度は右のみづらに刺した爪櫛を取って投げるとそれはすぐに筍(たけのこ)になった。それを取って喰う間にまた逃げた。

イザナミは八人の雷神に黄泉の軍勢千五百名を添えて追わせた。

イザナキは腰にした十拳の剣を抜いて後ろ手に振り回しながら逃げたが、まだ追ってくる。

現世との境にある黄泉比良坂(よもつひらさか)の下まで逃げたところで、そこに生えていた桃の実を三つ採って、待ち伏せして投げると、追っ手の軍勢は一人残らず退散してしまった。

そこでイザナキが桃に向かって言うには、「おまえは今こ

醜い女神たち 人格のある神ではない。ギリシャ神話のエリニュエス（復讐の女神たち）を連想する。

黒い髪かざり カヅラ。もともと蔓草や花などを髪に飾ったもの。だからすぐ山葡萄に変わる。

筍 櫛はもともと竹で作られていたから元に戻った。

八人の雷神に黄泉の軍勢千五百名 醜い女神の後に続くのがこの追っ手。緊迫した場面だが、筆者は楽しんで書いているようだ。口承文芸から継承されたものか。

黄泉比良坂 黄泉国とこちら側を分けるところ。サカは境であり、ヒラは崖の意。洞窟のイメージも強い。

桃の実 桃が邪鬼を祓うというのは中国伝来の思想。

こで私を助けてくれたように、これからも現世であるこの葦原中国の民が苦しい目に遭った時には助けてやってくれ」と言った。

そして桃に

意富加牟豆美命（オホ・カム・ツ・ミのミコト）

という名を授けた。

妻イザナミは今度は自分で追い掛けてきた。そこでイザナキは黄泉比良坂の上に千人の力でようやく動かせる大きな石を据え、その石を間に挟んで妻と向かい合った。

イザナミは絶縁の言葉として、

「いとしい私の夫、これからはあなたの国の民どもを毎日千人ずつ絞め殺してやりましょう」と言った。

そこでイザナキは、

「それならば私はこの国に毎日千五百の産屋を建てよう」と

帰化人が桃と共にもたらしたのだろう。

葦原中国　高天の原が上つ国で、黄泉が下つ国、その間にあるのが中つ国。命名の視点は高天の原にある。

意富加牟豆美命　鬼を祓う威力ある神の意。称号のようなもので具体性がない。

民ども　原文は「人草」。「桃実」のところにも「青人草」という言葉がある。人を草に見立てるのはいかにも権力者らしい抽象化だが、元は漢語の「蒼生」らしい。

毎日千人ずつ絞め殺して　まがまがしい疫病のようなイメージである。だから比良坂において、地下から続くトンネル状の境において、

言った。
だからこの世では一日に千人の人が亡くなり、千五百人が
生まれるのである。
　イザナミは
　黄泉津大神（ヨモツ・オホカミ）
と呼ばれるようになった。
また、追い掛けたから
　道敷大神（チシキのオホカミ）という名もついた。
黄泉の坂を塞いだ石は
　道反之大神（チガヘシノオホカミ）と名付け、
　塞坐黄泉戸大神（サヤリマス・ヨミドのオホカミ）と
　も言う。
黄泉比良坂は今の出雲の伊賦夜坂である。

境界を統べる「塞（サエ）の神」の力によってこれを遮断したのだ。

千五百の産屋　「サエの神」は性と生殖の神でもあった。

黄泉津大神　イザナミは本来が大地の神・地下世界の神であった。イザナキの方が天上界的な性格である。

道反之大神　道を塞いだ神。

塞坐黄泉戸大神　黄泉への道に立ち塞がる神。

出雲の伊賦夜坂　出雲は黄泉国と隣接していると思われていた。『出雲風土記』に伊布夜（イフヤ）社とか揖夜（イフヤ）神社の記載がある。

禊ぎから生まれた神々

そこでイザナキが言うには、「汚くも汚らわしい国に行ってきた。こういう場合は禊ぎをして身を清めた方がいいぞ」と言って、竺紫の日向、橘の小門の阿波岐原に行って禊ぎをした。

そこで捨てた杖から生まれた神の名は、
　衝立船戸神（ツキタツ・フナトのカミ）。
次に捨てた帯から生まれた神の名は、
　道之長乳歯神（ミチ・ノ・ナガチハのカミ）。
また次に投げ捨てた袋から生まれた神が、
　時量師神（トキ・ハカシのカミ）。
次に投げ捨てた衣から生まれたのが、
　和豆良比能宇斯能神（ワヅラ・ヒ・ノウシ・ノ・カミ）。

禊ぎ　身に付着した穢れを海や川の水で浄める行い。水ソソギが語源か。

竺紫の日向　決まった言い回しであって、日向が今の宮崎県あたりを意味するわけではない。

橘の小門の阿波岐原　めでたいイメージを連ねた地名。橘は生命力、小門は川の落ち口、アワキは特定できないが常緑樹。

捨てた杖から　以下「捨てた○○から」が繰り返される。

衝立船戸神　杖は歩行の助

更に投げ捨てた袴(はかま)から生まれたのが、
道俣神（チマタのカミ）。
次に投げ捨てた冠から生まれたのが、
飽咋之宇斯能神（アキグヒ・ノ・ウシノカミ）。
左手に巻いた腕輪を捨てたところで生まれたのが、
奥疎神（オキ・ザカルのカミ）と次に
奥津那芸佐毘古神（オキツ・ナギサ・ビコのカミ）、また
奥津甲斐弁羅神（オキツ・カヒベラのカミ）。
右手に巻いた腕輪を投げ捨てて生まれたのが、
辺疎神（ヘ・ザカルのカミ）と、
辺津那芸佐毘古神（ヘツ・ナギサ・ビコのカミ）。また
辺津甲斐弁羅神（ヘツ・カヒベラのカミ）。
右の船戸神(フナトのカミ)から辺津甲斐弁羅神(ヘツカヒベラのカミ)までの十二名は身につけたものを脱いだところに成った神々である。

けだけでなく突くものでもある。フナトは境。そこに杖を突き立てる。

道之長乳歯神　乳は道の借字。長い道は帯からの連想。

時量師神　不明。誤字らしい。

和豆良比能宇斯能神　衣が身にまとわりついてワズラワシイから。

道俣神　「チ」は道。チマタは道が分かれていること。袴も両足に分かれている。

飽咋之宇斯能神　よくわからない。

奥疎神・奥津那芸佐毘古神・奥津甲斐弁羅神・辺疎神・辺津那芸佐毘古神・辺津甲斐弁羅神　沖と辺、遠ざかると近づく、手に巻いた腕輪の貝、などからの連想で作られた神名らしい。

そこでイザナキは、
「上の瀬は流れが速い。下の瀬は流れが弱い」と言って、中の瀬に入って水をくぐり身を清めた。
そこから生まれたのが、
八十禍津日神（ヤソ・マガツヒのカミ）と
大禍津日神（オホ・マガツヒのカミ）。
この二人の神は汚い国に行った時に着いてきた汚れから成った神である。
次にこの災いを糺そうとして成った神が、
神直毘神（カムナホビのカミ）、次に
大直毘神（オホナホビのカミ）、また
伊豆能売神（イツノメのカミ）。合わせて三名。
次に水の底に潜ったところで生まれたのが、
底津綿津見神（ソコツ・ワタツミのカミ）、次に
底筒之男命（ソコツ・ツノヲのミコト）。
更に水の中ほどで身を清めた時に生まれたのが、

上の瀬・下の瀬・中の瀬 三つ挙げて一つを取るのは口承文芸に多い手法。文字文芸になると対句にして二つに一つになる。

八十禍津日神・大禍津日神 八十は多いこと。マガは凶事。この場合は死の穢れであり、だからこそ水で濯げる。この二神はここにしか登場しない。便宜的な神名か。

神直毘神・大直毘神 マガの対抗概念がナホ。しかし凶事を「直す」だけで、積極的に幸福をもたらすわけではないらしい。喪が明けるのも「直る」である。

伊豆能売神 聖なる巫女の意か。

底津綿津見神・底筒之男命・中津綿津見神・中筒之

中津綿津見神（ナカツ・ワタツミのカミ）、次に
中筒之男命（ナカツ・ツノヲのミコト）。
水の表面で身を清めた時に生まれたのが、
上津綿津見神（ウハツ・ワタツミのカミ）、次に
上筒之男命（ウハツ・ツノヲのミコト）であった。

この三人の綿津見神たちは阿曇の一族らが祖先として祀る神である。つまり阿曇の人々はこの綿津見神の子孫、宇都志日金拆命（ウツシ・ヒガナサクのミコト）の子孫に当たる。

また底筒之男命、中筒之男命、上筒之男命の三人は墨江の三人の神々である。

男命・上津綿津見神・上筒之男命　「上の瀬」以下の三段階に呼応して二人ずつ並ぶ。ワタツミは海。筒は星という説と津（港）という説があるが、後者が頷ける。

阿曇の一族　原文は阿曇連で、「あづみのむらじ」と読む。連は姓（かばね）の一つで、宮廷から授けられる称号。阿曇ないし安曇は海部（あまべ）、すなわち漁師や船乗りを統べていた。

祖先として祀る神　この先、『古事記』は多くの氏族の祖先として神を措定してゆく。それが帝紀であり、天皇を中心とする権力のネットワークに有力者を組み込む仕掛けでもある。

墨江　後の住吉神社。やが

三貴子の誕生

続いてイザナキが左の目を洗った時に生まれたのが、
天照大御神（アマテラス・オホミカミ）、
右の目を洗った時に生まれたのが、
月読命（ツクヨミのミコト）、
そして鼻を洗ったところで生まれたのが、
建速須佐之男命（タケ・ハヤ・スサノヲのミコト）であった。

右に記した八十禍津日神（ヤソマガツヒのカミ）から建速須佐之男命（タケハヤスサノヲのミコト）までの十四名はイザナキが身体を洗ったことから生まれた神々である。

て神功皇后を加えて四人の神を祀る有力な神社。

左の目を洗った時　黄泉国で穢れたものを見て目も穢れていたから洗う。次の鼻も同じ。
　左の方が貴いからアマテラスは左の目から生まれた。

天照大御神　天にあって照り輝く神の意。これは新しい名で、以前は日女（ヒルメ）と呼ばれていたらしい。太陽神に仕える巫女だったのだろう。またアマテラスは太陽を負うことによって政治性を付与された名であ

この時、イザナキが大いに喜んで言うには、

「私は子を生んで生んで、生みつくして最後にこの三人の尊い子らを得た」と言って、首に掛けた珠の飾りの紐（ひも）を揺すってさわさわと心地よい音を鳴らし、それを天照大御神（アマテラスオホミカミ）に授けた。

そしてアマテラスに向かって、

「おまえは高天（たかま）の原を治めなさい」と言った。

だからこの首飾りには

御倉板挙之神（ミクラタナノカミ）

という名がついた。

次に月読命（ツクヨミのミコト）に向かっては、

「おまえは夜の国を治めなさい」と言った。

スサノヲに向かっては、

「おまえは海原を治めるのだ」と言った。

こうして三人の神はそれぞれに与えられたところを治める

ることにも注意。

月読命　月を読むとは月齢を数えること。コヨミ（暦）が日（カ）を読むことに対応する。男性神である。

建速須佐之男命　タケは勇猛、ハヤは勢いがあること、スサも止まるところを知らず「荒れすさぶ」ところから来る。

ことになったが、スサノヲは任された海原を治めようとはせず、成長して髭(ひげ)が拳にして八個分ほども長くなってもわーわー大泣きに泣きわめくばかりだった。

その泣きかたは青く木々の繁った山が枯木の山になるほど、あるいは川や海が涸れて水がなくなるほどだった。そのために邪悪な神々の騒ぐ声がまるで五月に大発生する蠅(はえ)どものぶんぶん飛ぶ音のように世に満ち、もろもろの災害がしきりに起こった。

そこで父イザナキがスサノヲに向かって言うには、

「どうしておまえは割り当てられた国を治めもせずに泣いてばかりいるのだ」と問うた。

スサノヲは

「私は妣(はは)の国・根(ね)の堅州国(かたすくに)に行きたくてしかたがなくて泣いているのです」と答えた。

イザナキはとても怒って、

「それならばおまえはこの国に住むことはならぬ」と言って、

髭が拳にして八個分ほども長くなっても　大人になってもの意の成句。元禄の頃まで日本の男は髭があって当たり前だったと『大言海』は言う。後にスサノヲは髭を切られて追放される。

青く木々の……水がなくなる　スサノヲは宇宙の秩序の攪乱者である。

青く　この時期の日本語では緑も青と表現された。

五月に大発生する蠅　五月蠅（さばえ）なす、という成句だが、実際にこの時期には蠅が大量発生してうるさかったらしい。「さ」は「さつき」や「さなえ」、「さおとめ」などの「さ」で五月の意。

妣の国　「妣」とは亡くな

スサノヲを追い払った。

イザナキは淡路（あわじ）の多賀（たか）に居られる。

スサノヲとアマテラスの対決

そこでスサノヲが言うには、

「それならばアマテラスに挨拶をしてから去りましょう」と言った。

スサノヲが天に昇ろうとすると山や川は鳴動し、大地は揺れに揺れた。

アマテラスは驚いて、

「弟がここに昇ってくるのはどう考えても善い思いからではあるまい。私の国を奪おうというつもりだろう」と言った。

った母のこと。

根の堅州国　「堅州」は片隅か。出雲の彼方にあったと考えられていた。

淡路の多賀　今も伊弉諾（いざなぎ）神宮がある。

スサノヲが言うには　言った相手は父イザナキである。

山や川は鳴動し……　スサノヲは秩序の攪乱者であるから。

私の国　高天の原。

アマテラスは髪をほどいて男のようなみづら型に巻き直し、
左と右のみづら、かづら、左と右の手首に、八尺（やさか）の勾玉（まがたま）・
五百津（いおつ）の御統（みすまる）の珠を連ねた飾りを絡めて、
背中には矢が千本も入る靫（ゆき）を負い、脇腹には矢が五百本も
入る靫を着け、
二の腕に竹の鞆（とも）を着け、
弓の上部を握って振り立て振り立て、
大地を両足でしっかと踏みしめて、
泡雪を散らすように地面を蹴って、
雄々しく叫んで強く問うには、
「おまえは何のために昇ってきたのか」と問うた。
スサノヲはこれに答えて、
「邪心があってのことではありません。父上イザナキが、
『なぜそのように泣くのか』と問われたので、『私は妣の国に
行きたくて行きたくて泣いているのです』と答えました。すると父上は『おまえはこの国に住むことはならぬ』と言われ

男のような……弓の上部を握って振り立て振り立て　男の姿に変身して戦闘モードに入った。

八尺の勾玉　勾玉を連ねて長くした。八尺は長いことの形容。

御統　「み」は接頭辞。「すまる」は統べる。まとめる。皇位の象徴。

矢が千本も入る靫　誇大表現。

鞆　弓を射る時に左手首に巻いて、弦の跳ね返りを受け止める武具。ばしっと音がして、それで敵を威嚇する目的もあるという。

て私を追い払われた。ですから、こういう事情をお話ししておこうと思ってここまで参りました。それ以外の思惑があってのことではありません」と言った。

アマテラスは、

「おまえの心が清いことはどうすれば明らかにできるのだ」

と問うた。

スサノヲは、

「誓いを立てた上で子を生んでみましょう」と答えた。

そこで二人は天の安河を挟んで両岸に立って、それぞれに誓いを立てて子を成すことにした。

アマテラスは弟スサノヲが腰に帯びていた十拳の剣をよこしなさいと言って、これを三つに折り、天の真名井の水で清めた上で、宝玉が互いに当たってよき音を立てるように嚙み砕いてふっと吹き出せば、その霧のような吐息から生まれたのは、

誓いを立てた上で……　子を生むという占いによって自分が正しいことを証明する。

天の安河　高天の原にある川。

これを三つに折り　だから三人の神が生まれた。

天の真名井　固有名詞ではなく、高天の原の井戸の美称。

多紀理毘売命　「タ」はおそらく田。スサノヲから大国主まで、出雲系の神は農

多紀理毘売命（タキリビメのミコト）、またの名を
奥津島比売命（オキツシマヒメのミコト）。次に、
市寸島比売命（イツキシマヒメのミコト）、別名は
狭依毘売命（サヨリビメのミコト）。次に
多岐都比売命（タキツヒメのミコト）。以上三名。

スサノヲはそこでアマテラスの左のみづらに巻いた八尺の五百津の御統（みすまる）を乞うて、天の真名井の水で清めた上で、宝玉が互いに当たってよき音を立てるように嚙み砕いてふっと吹き出せば、その霧のような吐息から生まれたのは、

正勝吾勝勝速日天之忍穂耳命（マサカアカツ・カチハヤヒ・アメノ・**オシホ・ミミ**のミコト）。

次に右のみづらに巻いた珠を乞うて嚙み砕いてふっと吹き出せば、その霧のような吐息から生まれたのは、

天之菩卑能命（アメ・ノ・ホヒ・ノ・ミコト）。

またかづらに巻いた珠を乞うて嚙み砕いてふっと吹き出せば、その霧のような吐息から生まれたのは、

に繋がる女神と縁が深い。

奥津島比売命　沖の島の女神。

市寸島比売命　イックは巫女として祀ること。

狭依毘売命　依るは神霊が宿ること。これも巫女である。

多岐都比売命　タキツは水が勢いよく流れること。以上三名を胸形（宗像）三女神と呼ぶ。

正勝吾勝勝速日天之忍穂耳命　スサノヲの性格のとおり意味過剰の命名。マサカは「正に私が勝った」、カチハヤヒは「勝って勢い盛んな霊」、オシホは「多くの稲穂」。稲穂はこの先ずっと豊饒の象徴となるキーワードである。アマテラスは地上に送ろうと

天津日子根命（アマツ・ヒコネのミコト）。
更に、左の手に巻いた珠を乞うて嚙み砕いてふっと吹き出せば、その霧のような吐息から生まれたのは、
活津日子根命（イクツ・ヒコネのミコト）。
その後、右の手に巻いた珠を乞うて嚙み砕いてふっと吹き出せば、その霧のような吐息から生まれたのは、
熊野久須毘命（クマノ・クスビのミコト）、
であった。以上五名。

ここでアマテラスが弟スサノヲに向かって言うには、
「後から生まれた五人の男の子は私の持ち物から生まれたのだから私の子と言うことができる。先に生まれた三人の女の子はおまえの持ち物から生まれたのだからおまえの子ということになる」
そう言って子らをはっきり分けた。

したが、実際にはその子であるホノニニギが行くことになった。
天之菩卑能命　これも稲穂にちなんだ名。
天津日子根命……　以下の三名はぜんたいを八名にするためでほとんど意味はない。
胸形　宗像、宗形、身形とも書く。おそらくムナカタはミナカタ（水潟）で、彼女たちが水の女神であることを表す。以下の三社は朝鮮への海路の要衝にあって格別に重視されたらしい。
胸形の奥津宮　玄界灘にある沖ノ島にある。近づきがたい無人島で、古来ほとんど人が立ち入っていない。遺物の宝庫でもある。
胸形の中津宮　筑前国宗像

ここに言う先に生まれた神のうち、多紀理毘売命（タキリビメのミコト）は胸形（むなかた）の
奥津宮（おきつみや）に居る。
次の市寸島比売命（イツキシマヒメのミコト）は胸形の中津宮（なかつみや）に居る。
そして田寸津比売命（タキツヒメのミコト）は胸形の辺津宮（へつみや）に居る。
この三人の神は、胸形の人々が崇（あが）める三人の神様である。

後から生まれた五人の神のうち、天菩比命（アメのホヒのミコト）の子は、
建比良鳥命（タケヒラトリのミコト）である。

この神は
出雲（いずも）の国造（くにのみやつこ）、
无邪志（むざし）の国造、
上菟上（かみつうなかみ）の国造、
下菟上（しもつうなかみ）の国造、
伊自牟（いじむ）の国造、
津島（つしま）の県直（あがたのあたい）、
および

郡の大島にある。本土から十キロ足らず。その先、五十キロのところに沖ノ島があり、更に北西に七十キロ進むと対馬であり、対馬から朝鮮までも七十キロ。

胸形の辺津宮　玄海町田島にある。三社はほぼ一直線上に位置する。

建比良鳥命　ヒラトリは「日の鳥」かもしれない。高天の原から使者として出雲に降ったという伝承がある。

出雲　言うまでもなく別格の大きな地域でこの先も多くの出来事の舞台となる。

国造　国は後の郡のサイズ。そこの世襲的な首長。ミヤツコは「御家（みや）つ子」か。地方の勢力を国家に組み込む制度として神々

遠江（とおつうみ）の国造、
の人々の祖先である。
次の天津日子根命（アマツヒコネノミコト）は、
凡川内（おおしこうち）の国造、
額田部（ぬかたべ）の湯坐（ゆえ）の連（むらじ）、
茨木（うばらき）の国造、
倭（やまと）の田中の直（あたい）、
山代（やましろ）の国造、
馬来田（うまくた）の国造、
道尻岐閇（みちのしりきへ）の国造、
周芳（すわ）の国造、
倭の淹知（あむち）の造（みやつこ）、
高市（たけち）の県主（あがたぬし）、
蒲生（かまう）の稲寸（いなき）、
三枝部（さきくさべ）の造、
などの祖先である。

の系譜が用いられた。
无邪志　武蔵。
上菟上　後の上総国海上郡。
下菟上　同じく下総国海上郡。
伊自牟　上総国夷灊（いじみ）郡、今のいすみ市。
津島　対馬。
県直　県主（あがたぬし）である直（あたい）氏。直は姓。県主は国造に似た官位。こちらの方が古いらしい。
遠江　今の浜名湖周辺か。
凡川内　河内から摂津のあたり。
額田部の湯坐の連　額田部は茨城か。湯坐は貴人の子を育てる職種。
茨木　茨城。
倭の田中　大和国添下（そえじも）郡か。

山代　山城、今の京都のあたりである。
馬来田　上総国望陁郡。
道尻岐閇　おそらく常陸。
周芳　信州の諏訪。
滝知　大和国城下（しきのしも）郡。
高市　大和国高市郡。
蒲生の稲寸　蒲生は近江国。稲寸は稲置とも書き、宮廷領の官職。
三枝部　姓のみ伝わる。今の三枝（さえぐさ）姓の元。

スサノヲの乱暴と天の石屋戸

そこでスサノヲがアマテラスに向かって言うには、「私の心が清いことが証明されました。私が生んだのは優しい女の子ばかり。つまり私の勝ちですね」。

優しい女の子　原文は「手弱女（タワヤメ）」。「丈夫（マスラヲ）」と対になった言葉。しかし、うけいの前

そうして勝ち誇ったあげく、アマテラスが営む田の畦を壊し、溝を埋め、その年の収穫物を頂く神殿に糞をまき散らした。

しかしアマテラスは弟を咎めることなく言うようには、「糞をしたというのはあのかわいい弟が酔って吐いたのでしょうし、田の畦を壊し、溝を埋めたのもたぶんかわいい弟が田にすべき土地を畦や溝にするのはもったいないと思ってのこと」と言いなした。

しかしスサノヲの乱暴沙汰はそれでも止まず、いよいよひどくなった。

アマテラスが神聖な機織りの部屋に籠もって神のための布を織っていると、スサノヲは天の斑馬の皮を逆方向に剝いで、その建物の屋根を破って中に放り込んだ。

機織り女の一人がびっくりして、はずみで機の梭をホトに突き立てて死んでしまった。

に女の子を生んだら勝ちという申し合わせはなかった。スサノヲは一方的に勝利を宣言する。

勝ち誇ったあげく　原文は「勝さびに」。「さぶ」はある状態がとめどなく荒れ進むこと。「すさぶ」も「さびしい」もこれに由来する。「錆る」も「侘び・寂び」の「寂び」も同源か。

以下、スサノヲの破壊性が止めどなく発揮される。

田の畦を壊し、溝を埋め　営農の妨害は「天つ罪」である。

その年の収穫物　が「新嘗」。これに感謝するのが新嘗祭。その神殿は最も神聖な場所である。

スサノヲの乱暴沙汰は……　敢えて姉の温情を突き放し

アマテラスはスサノヲの所業を見て、天の石屋戸に入って
中から戸を閉じ、隠(こも)ってしまった。
高天の原はすっかり暗くなり、葦原中国(あしはらのなかつくに)も暗くなった。つ
まりいつになっても夜だった。
たくさんの神々の声が五月の蝿のように騒々しく世に満ち、
さまざまな禍が生じた。
そこでありとあらゆる神々は天の安河原に集まって、
高御産巣日神(タカミムスヒノカミ)の子である
　思金神（**オモヒカネ**のカミ）
に知恵を絞らせ、
常世の長鳴鳥(ながなきどり)を集めて鳴かせ、
天の安河の河上の天の堅い石を取り、
天の金山の鉄(かね)を取って、
鍛人天津麻羅(かぬちあまつまら)を呼び寄せ、
伊斯許理度売命（イシコリドメのミコト）に命じて鏡を作
らせた。

て懲罰を呼び寄せようとしているようにも思える。

神聖な機織りの部屋に籠もって　アマテラスは太陽神になったけれども、まだ以前の巫女の性格を保っている。これはそちらのふるまい。

逆方向に剝いで　これも天つ罪。

ホトに突き立てて　スサノヲによる強姦致死という連想は成り立たないか。

高御産巣日神　いちばん最初に生まれた三神の一人。後の方では高木神（タカギ）と呼ばれる。

思金神　多くの思慮を兼ね備えた知恵の神。

常世の長鳴鳥　ずっと明るい世界で鳴きつづける鶏。

また玉祖命（タマのオヤのミコト）に命じて、五百箇の勾玉を連ねた長い玉飾を作らせた。

次に

天児屋命（アメのコヤネのミコト）と

布刀玉命（フトダマのミコト）

に頼んで、天の香山の雄鹿の肩の骨をそっくり抜き取って天の香山の桜桃で焼いて占いをした。

その結果に従って、

天の香山の五百津真賢木を根からこじって抜き、

上の枝に八尺の勾玉を五百も連ねた珠飾りを取り付け、

中の枝には八尺鏡を掛け、

下の枝には楮の白い幣と麻の青い幣を垂らした。

この神具を布刀玉命が捧げ持って、

天児屋命が祝詞を唱える。

天手力男神（アメのタヂカラヲのカミ）が石屋戸の戸の蔭に隠れて待つ。

鍛人天津麻羅　カヌチは金打ち、鍛冶（かじ）のこと。

伊斯許理度売命　イシコリは融けた鉄を石の上に流して固めて鏡を作ることではないか。

雄鹿の肩の骨を……　古来日本の占いの方法。

八尺鏡　大きな鏡ということ。

天手力男神　力が強い神としてここで創造されたらしく、他の場面には登場しない。

天宇受売命(アメノウズメのミコト)が天の香山に生えたヒカゲノカズラをたすきに掛け、

マサキノカズラを頭に巻き、

笹(ささ)の小枝を手にしてさやさやと鳴らし、

天の石屋戸の前に空の樽(たる)を伏せて置いた上に乗ってどんどこどんどこ音を立てて踏み鳴らした。

更に天宇受売命(アメのウズメのミコト)は神がかりになって、乳房をもろ出しに出して、着物の紐をホトのあたりまで押し下げて舞う。

その場に集まったありとあらゆる神々が大笑いに笑い、その笑い声に高天の原もどよめくほどだった。

アマテラスはなんだか様子がおかしいと思って、天の石屋戸を少しだけ開いて中から言うには、

「私がここに隠っているから天の原は当然暗くなり、葦原中国も真っ暗だろうと思っていたのに、なぜアメノウズメは歌って踊っていて、ありとあらゆる神々が集まって笑っている

天宇受売命　ウズは木の葉や枝、花などを髪に挿した飾り。巫女の徴である。

ヒカゲノカズラ・マサキノカズラ　どちらも蔓植物。祭に際して身を飾るのに用いる。禿頭を隠す鬘の語源もここにある。

笹の小枝　サヤサヤと鳴るからササである。

踏み鳴らし　次の神がかりへの準備だろう。

神がかり　憑依状態。外から何かが憑くのではなく自分の魂を外に出したのだろう。

乳房をもろ出しに……　前開きの着物の紐をホトまで押し下げれば、ホトが見えるだろう。性的な部分の露出には魔を祓う効果があったが、ここは神々の哄笑を

の」と問うた。

そこでアメノウズメが答えて、

「あなたよりも尊い神様がいらしたのです。それが嬉しくて楽しく遊んでいるのです」と言った。

そう言っている時にアメノコヤネとフトダマが鏡を差し出してアマテラスに見せた。

そこに映った顔を見ていよいよ不思議に思ったアマテラスが外を覗(のぞ)いて少しだけ戸から出てきたところで、蔭に隠れていた天手力男神(アメのタヂカラヲのカミ)が手を取って引き出した。

フトダマはすぐアマテラスの後ろに尻くめ縄を張り、

「もうここから中へは戻らないで下さい」と言った。

アマテラスが出てきたので高天の原も葦原中国もすっかり明るくなった。

誘うことが目的だったかもしれない。後に春画を「笑い絵」というように、性と笑いは結びついていた。

鏡　先ほど鋳造した八尺鏡。後に三種の神器の一つとなるのもこれである。カガミはカゲミ＝影見で、己を見ることができる不思議な道具。影は人の姿である。

尻くめ縄　端を切らずにぼさぼさにしたままの縄。注連縄ではない。ちなみに綱は繋ぐものであり、縄は縛るものであるという。

スサノヲ、出雲に行く

そこに集まったありとあらゆる神々は会議を開き、スサノヲに罪をあがなう品々を載せた卓を千基用意させた。次にスサノヲの髭を切り、手足の爪も切って身を清めさせた上で、追放した。

スサノヲは食べる物を大気津比売神（オホゲツヒメのカミ）に乞うた。大気都比売は鼻や口、尻などからさまざまなおいしい食べ物を出して、それをいろいろに料理して差し出した。スサノヲはそのさまをこっそり見て、汚い物を食べさせると腹を立て、オホゲツヒメを殺してしまった。

すると殺された神の身体からいろいろなものが生まれた

品々を載せた卓　原文は千位置戸（チクラオキト）。位はものを置く台。祓いのための財物を置く。

髭を切り、手足の爪も切って　髭を切るのは社会的身分の剝奪。

しかし罪はまた穢れでもあって、髭と爪を切ったのは刑ではなく祓いである。罪ではなく穢れに対する処置。髪や爪に穢れを移して、それを取り除く。唾を吐くのも同じような行為か。古代人にとって罪や穢れ

——

頭からは蚕、

二つの目からは稲、

二つの耳に粟、

鼻には小豆、

ホトに麦、

尻には大豆。

神産巣日御祖命（カミムスヒノミオヤノミコト）はこの五種類の種を集めて人々の食べ物の種とした。

追放されたスサノヲは出雲の国、肥河（ひのかわ）の河上、鳥髪（とりかみ）というところに降り立った。

すると河に箸が流れてきた。

それを見たスサノヲは上流に人が住んでいるのだと推理し、河を上って行くと、はたして老人と老女がいて、若い娘を中に置いて、泣いていた。

や病や恋は状態ではなく何か実体のあるものであった。

　このオホゲツヒメの部分、前の段と続き具合がおかしい。何かが欠落したのか、あるいは後から挿入されたのか。

大気津比売神／大気都比売　食物の女神。ケは食物の意。当然、大地と縁の深い神である。

殺してしまった　穀物の神が殺される話は世界中にある。再生と豊饒が結びついている。

神産巣日御祖命　最初の三神の一人。この女神はオホゲツヒメの母親か。ムスヒは大地の生産力を表す。

追放されたスサノヲは　言

「おまえたちは何者か」というスサノヲの問いに対して老人は、

「私はこの国の神である大山津見神（オホヤマツミノカミ）の子で、名を

足名椎（**アシナヅチ**）と言います。妻の名は

手名椎（テナヅチ）、この娘の名は

櫛名田比売（**クシナダヒメ**）と申します」と言った。

「それで、おまえたちはなぜ泣いているのか」と問えば、足名椎（アシナヅチ）が答えて、

「私たちにはもともと八人の娘がありましたが、高志（こし）に住む八俣（やまた）のオロチが毎年やってきては一人ずつ食べてしまいました。今年も来る時期になったので泣いているのです」と言った。

「どういう形をしているのだ」と問うと、

「目はまるでホオズキのように赤く、身体は一つでも頭と尾が分かれて八つずつあります。その身体には苔（こけ）や杉や檜（ひのき）が生えております。長さはと言えば、八つの谷、八つの尾根にま

うまでもなく天の石屋戸の場面から続く。

出雲の国、肥河の河上　スサノヲは穢れた身であり、祝詞によれば国中の穢れは「西に日の沈む場所」ないし「川のほとり」に運ばれて海に流されることになっていた。しかもスサノヲは「妣の国・根の国」に行きたかったのだから、その意味でも行く先は出雲でなければならなかった。

鳥髪　伯耆と出雲の境にある山。異界はいつも境から始まる。

箸が流れて　もう人々は箸でものを食べていたのか。

足名椎・手名椎　娘の足をさすり手をさすりしていたから。

櫛名田比売　『日本書紀』

たがるほど。腹はいつも血に濡(ぬ)れてただれています」とアシナヅチは答えた。

スサノヲが老人に向かって言うには、

「その娘を私にくれないか」と問うた。

「ありがたいことですが、私どもはまだあなたさまの名前も知りません」とアシナヅチは言う。

「私はアマテラスの弟である。今、天から降りて来たのだ」と答えた。

「恐れ多いことで。それならば娘を差し上げましょう」とアシナヅチは言った。

そこでスサノヲが娘を爪櫛に変えて自分の髪に挿し、アシナヅチと手名椎(テナヅチ)に命じて言うには——

「八回の醸造を繰り返して強い酒を醸し、
垣を巡らしてそこに八つの門を造り、
その門の一つずつに棚を作って、

の「奇稲田姫」という表記がわかりやすい。霊妙な稲田の生産力を讃えた名。この先のオロチ退治は豊饒祈願の儀式につながっていたのかもしれない。

高志 越前から先の越の国ではなく、出雲の肥の川、今の斐伊（ひい）川の下流にあたる地域。

八俣のオロチ 頭と尾が八つに分かれた大蛇。オは尾、ロは助詞、チはイカヅチなどと同じく畏るべき霊的存在。

毎年やってきては 新しい春を迎える季節の祭典に人身御供を立てたものか。イケニエとはそのために普段から育てられた動物や人を言う。アイヌの熊送りの祭事が参考になる。

棚の一つごとに酒を入れた器を置いて、

器には八回の醸造を繰り返した強い酒を入れて、待て」と言った。

言われたとおりに手配して待っていると、聞いていたとおりの八俣のオロチがやってきた。

器一つ一つに頭を突っ込んで酒を飲む。

飲み終わって、酔って、そのまま眠りこけた。

スサノヲは腰に帯びた十拳の剣を抜き、蛇を切り刻んだ。

肥河は血の河となって流れた。

蛇の尾を切った時に剣の刃が欠けた。おかしいと思って蛇の身を割いて見るとそこに何でもばっさり切る鋭い剣が隠れていた。

その剣を取って、これは大事なものだと考え、アマテラスに献上した。

これが草那芸(くさなぎ)の太刀(たち)である。

ホオズキ 赤いからの喩えだが、原文は「赤加賀智(アカカガチ)」。「かがやく」にオロチのチで、大蛇の目の方が先でそれが熟れたホオズキに逆に転化したのかもしれない。

八つずつ 実数ではなく多いということ。

名前も知りません 名乗るのは求婚の、あるいは共寝を求める際の、儀礼である。

スサノヲは櫛名田比売（クシナダヒメ）と住むための神殿を造る場所を出雲に求めた。
須賀（すが）まで行った時に言うことには――
「ここに来て私の心はまことすがすがしい」と言った。
そう言ってこの地に宮を造ったのでここを須賀と呼ぶことになった。
須賀の宮を造ってすぐ、ここから雲が湧き昇った。その雲を見て歌を詠んだのが――

八雲（やくも）立つ　出雲八重垣（いづもやへがき）
妻籠（つまご）みに　八重垣作る
その八重垣を

雲がむくむくと八重にも湧き上がる出雲の地
そこに八重の垣を作って愛しい妻を住まわせる
その八重垣の幸せよ。

須賀　すぐ先にあるとおり「すがすがしい」に通じる地名だが、植物の菅（すが）とも縁があるか。菅は祓いにも用いられる。
歌　これが『古事記』で最初の歌謡である。ウタの語源は「（手を）打つ」かもしれない。歌うのは本来は全身的なふるまいだから。
八雲立つ　出雲にかかる枕詞だが、「出雲」という漢字表記とこの枕詞とどちらが先だったのか。地名のイズモの由来は何か。雲が湧くのは豊饒の徴か。
出雲八重垣　あまたの雲が垣根のように見えるのか、実際に二人の館を垣が囲ん

そこでアシナヅチを呼んで、「おまえは私の宮の管理官となれ」と言った。

その上で、

稲田宮主須賀之八耳神（イナダのミヤ・ヌシ・スガノ・ヤツミミのカミ）

という名を与えた。

スサノヲはクシナダヒメと寝所に入って聖婚の儀を行った。

そこで生まれたのが――

八島士奴美神（ヤシマ・ジヌミのカミ）である。

それとは別にオホヤマツミの娘である

神大市比売（カム・オホイチ・ヒメ）との間に作ったのが――

大年神（オホトシのカミ）と、

宇迦之御魂神（ウカ・ノ・ミタマのカミ）

でいたのか。古代人は垣の中や盆地のような閉じた場所を好んだらしい。

八重垣作る　ここでは垣は実際のものだろう。大事な妻を館に籠めて守るための垣。

管理官　原文は「首（おびと）」。大人（おおひと）である。

稲田宮主須賀之八耳神　大事なのは稲田（イナダ）である。彼は「オホヤマツミの子」であり、これは農の神である。娘も奇（クシ）姫。ヤツミミの音はヤマツミに通じる。

聖婚の儀　ただの性交ではなく子を成すための聖なる営みである。

八島士奴美神　八島の主か。よくわからない。

の二名である。

この三人の子のうちの八島士奴美神（ヤシマジヌミのカミ）が、オホヤマツミの娘である

木花知流比売（コのハナのチル・ヒメ）を妻として生んだのが——

布波能母遅久奴須奴神（フハ・ノ・モヂクヌスヌのカミ）。

同じく

淤迦美神（オカミのカミ）の娘、名は

日河比売（ヒカハヒメ）を妻として生んだのが——

深淵之水夜礼花神（フカブチ・ノ・ミヅヤレハナのカミ）。

天之都度閇知泥神（アメ・ノ・ツドヘチネのカミ）を妻として生んだのが——

淤美豆奴神（オミヅヌのカミ）。更に、

神大市比売　イチは斎、つまり巫女のことか。実はこれもクシナダヒメのことらしい。

大年神　トシは五穀、特に稲のこと。

宇迦之御魂神　ウカは食物。あるいはここでは稲の霊か。

木花知流比売　「散る」と「咲く」で、後で出てくる木花之佐久夜毘売（コのハナノサクヤビメ）と対になる名。どちらもオホヤマツミの娘。

布波能母遅久奴須奴神　よくわからないし存在感もない。

淤迦美神・日河比売・深淵之水夜礼花神　いずれもあまり意味のない命名。

淤美豆奴神　水を司る「大水主」の意か。大事な神な

布怒豆怒神（フノヅノのカミ）の娘、
　布帝耳神（フテミミのカミ）を妻として生んだのが——
　　天之冬衣神（アメノフユキヌのカミ）。
刺国大神（サシクニオホのカミ）の娘、
　刺国若比売（サシクニワカヒメ）を妻として生んだのが
——
　大国主神（オホクニヌシのカミ）。
この大国主神（オホクニヌシのカミ）には
　大穴牟遅神（オホナムヂのカミ）と
　葦原色許男神（アシハラ・シコヲのカミ）と
　八千矛神（ヤチホコのカミ）と
　宇都志国玉神（ウツシ・クニタマのカミ）と
合わせて五つの名がある。

のにここにしか登場しないのは、その機能がオホクニヌシに吸収されたからとも考えられる。

布怒豆怒神・布帝耳神・天之冬衣神・刺国大神・刺国若比売　どれも意味が薄い。

大国主神　『古事記』のスターの一人。だから「大いなる国の主」という抽象的で大きな名前を与えられた。

大穴牟遅神　この異名の「穴」は黄泉国・地下世界と関係があるかもしれない。

葦原色許男神　地上界の野蛮な者どもの頭領、という大国主の性格の一面を表したものか。

八千矛神　多くの矛を持つ神。矛は男根の象徴か。

宇都志国玉神　ウツシは「この世の、現実の」の意。

オホナムヂの受難

このオホクニヌシには兄や弟なる神が八十名いた。しかし彼らは結局、国を治めることをオホクニヌシに譲った。それについてはこういう事情がある——

この八十名の神々はみな稲羽(いなば)の八上比売（**ヤガミヒメ**）を妻にしたいと思った。そこでそろって稲羽へ行ったのだが、その時に大穴牟遅神(オホナムヂのカミ)すなわち後のオホクニヌシに大きな袋を担がせ、下男に見せかけて連れていった。

気多(けた)の崎まで行くと、皮を剥(む)かれて赤裸になった兎(うさぎ)が倒れていた。

八十名の神々は、

兄や弟なる神　異母兄弟である。八十とは多いこと。
こういう事情　結論はずっと後に至ってから。
稲羽　因幡は出雲の隣の隣。
袋を担がせ　ものを入れるとふくれるからフクロ。フグリ（陰嚢）も同じ語源。荷を担ぐのは従者の仕事。
気多の崎　因幡の気多郡にある岬。

「海の塩水を浴びてから山の高いところに行って風に吹かれるのがいいぞ」と言った。

兎が八十名の神々の言うとおりにすると、風で塩が乾くにつれて皮膚がひき攣(つ)れた。

痛くて苦しくて泣き伏していると、いちばん後から来たオホナムヂが「なぜ泣いているのだい」と聞いたので兎は答えて——

「私は淤岐(おき)の島に住んでいたのですが、こちらに移りたいと思ってもその手段がありませんでした。そこで海に住む鮫(さめ)たちをだまして、『私たちの一族ときみたちを比べて、どちらが多いか数えよう。きみたちは全員で集まってこの島から気多の崎までずらっと並んでください。そうしたら私が一匹ずつ声に出して数えながら向こうまで走って行きましょう。それでどちらが多いかわかる』と言いました。そうしてだまして並んだ上を数えながら踏んで渡ったのですが、向こうの地におりようとした時に『やーい、だまされた』と言ったばっ

鮫　原文は「和邇」つまりワニだが古語ではワニは鮫（さめ）のこと。

一族　原文は族（ヤカラ）。祖先を共にする集まり。

かりに最後の鮫に捕まって着ているものをぜんぶ剝がれました。そんなわけで泣いていたところ、八十名の神様たちが来て『塩水を浴びて風に当たって寝ていなさい』と教えてくれました。言われたとおりにしたら身体中が傷になってしまいました」と言った。

そこでオホナムヂは兎に教えて、「すぐに河口に行って真水で身体を洗い、河口近くに生えている蒲(がま)の穂を採って敷き散らし、その上に寝転べば、おまえの肌は治ってもとのようになる」と言った。

兎が言われたとおりにすると身体はもとのとおりになった。これが稲羽の白兎であり、今は兎神と呼ばれる。

この兎がオホナムヂに言うには、「あの八十名の神様たちが八上比売(ヤガミヒメ)を得ることはありません。袋を負ったあなたのものになります」と言った。

さてヤガミヒメは八十名の神様たちに答えて、

着ているもの　実際には皮だがここは人の衣類にたとえた。

蒲の穂　蒲黄（蒲の花の花粉）には医療効果があり、出雲や河内、上総などから宮廷に献上されていた。

「私はあなたたちの言うとおりにはなりません。私はオホナムヂに嫁入りします」と言った。

そこで八十名の神様たちは怒って、オホナムヂを殺そうと相談し、計画を練った。

伯伎国（ははきのくに）の手間（てま）の山の下まで来た時、オホナムヂに向かって言うには、

「この山に赤い猪（いのしし）がいる。おれたちが上から追い落とすからお前は下で待っていて捕まえろ。やりそこなったら殺すぞ」

と言った。

山の上で猪に形が似た大きな石を火で真っ赤に焼いて転がり落とした。これを捕まえようとしたオホナムヂは火傷を負って死んでしまった。

彼の母親は泣き憂いて、天に上ってカミムスヒに訴えた。カミムスヒはオホナムヂを生き返らせるために

　蚶貝比売（キサガヒ・ヒメ）と

　蛤貝比売（ウムキ・ヒメ）を遣わした。

伯伎国の手間　伯耆の手間の関。出雲との境にある。心理的にはイザナミが葬られた比婆の山やスサノヲがいる根の堅州国に近い。

彼の母親　系譜によれば刺国若比売（サシクニワカヒメ）だが、ここでは母というだけで充分。

カミムスヒ　ものを生む神だから再生を訴える。

蚶貝比売・蛤貝比売　それぞれ赤貝と蛤である。

蚶貝比売（キサガヒヒメ）は貝を集めて粉にし、蛤貝比売（ウムキヒメ）はそれを水で溶いて母乳のようにしてオホナムヂの身体に塗ると、若い立派な男の姿にもどってすたすた歩きはじめた。

それを見た八十名の神々はまたオホナムヂをだまして山に連れ出した。あらかじめ大きな木（き）を伐って縦に割れ目を入れて楔（くさび）を打ち込み、そこに彼を誘い込んで楔を抜き、挟み殺した。

母親は泣きながら子を探して探し当て、木を割いて助け出して甦（よみがえ）らせた。

そして子に向かって言うには「このままここにいたのでは最後には八十名の神々に殺されてしまいます」。そう言って、木国（きのくに）の大屋毘古神（オホヤビコのカミ）のところへ送った。

八十名の神々はオホナムヂを追い掛けて矢を放ったが、彼はからくも木の股を抜けて逃れた。

楔を打ち込み　鋸がなかった時代に伐った木を板にするには、斧で割れ目を入れて楔を打ち込んで割くしかなかった。あとは手斧（ちょうな）や槍鉋（やりがんな）で表面を仕上げる。杉が重用されたのは木目が通っていてきれいに割けるから。スギは「直ぐな木」である。山中の木樵の仕事場のリアリティー。

木国　紀伊。いきなり遠くへ飛ぶが、紀伊はもともと「木」が語源。木を巡る物語の延長上にある。

大屋毘古神　五十猛神（イタケル）と呼ばれる神であるらしい。

木の股を抜けて　物語では事態の変化には契機が要る。

オホナムヂ、根国へ行く

オホヤビコが言うには「スサノヲがいらっしゃる根の堅州（かたす）国にお行きなさい。あの神様ならば名案を考えてくださるでしょう」。

そこでオホナムヂは彼の言うままにスサノヲのところに行った。

すると娘の須勢理毘売（スセリビメ）が出てきた。二人は目が合ったとたんに恋に落ち、夫婦にな

須勢理毘売　スセルはススム、積極的に行動するの意（これは父スサノヲの「スサブ」つまり勢いよく進むにも通じる）。だから彼女はオホナムヂと目が合った途端にこの人を夫にしようと決め、自分の意思で結婚してから父に報告する。この後も父を欺いて夫を助ける。他の女たちとはずいぶ

った。

須勢理毘売(スセリビメ)は家に入って、父に「とても美しい神様がいらっしゃいました」と言った。

スサノヲは出ていって、「こいつは葦原色許男(アシハラシコヲ)という者だ」と言い、家の中に招じ入れて、蛇の室(むろ)に寝かせた。

妻であるスセリビメは夫に蛇よけの比礼(ひれ)を渡して、「蛇が食いつこうとしたら、この比礼を三回振って追い払って」と言った。言われたとおりにすると蛇はおとなしくなった。オホナムヂは無事な身体で室から出てきた。

次の晩はムカデとハチの室に寝かされたが、スセリビメは比礼を渡して同じように教えた。オホナムヂは無事な身体で出てきた。

スサノヲは今度は大きな音をたてて飛ぶ鳴鏑(なりかぶら)を広い野原に向けて放ち、それを取ってこいとオホナムヂに命じた。そしてオホナムヂが野原に入るとスサノヲは火を点(つ)けて野原を焼き払おうとした。

ん違う。

葦原色許男　スサノヲの勝手な命名。葦原は根の堅州国から見た地上界であり、このシコは醜いではなく勇猛。以下は婿取りの試練の典型である。

室　天然の洞穴にしろ建物の一角にしろ、要するに閉じられた空間。

蛇よけの比礼　蛇を払う呪物。ひらひらするからで、魚の鰭（ひれ）も同語源、払う（ハラウ）も振る（フル）も同じか。

ムカデとハチ　古代を真似てアウトドアを体験するとこういうものの恐さがわかる。

鳴鏑　空洞のある大きな矢尻を持つ矢で、射るとヒューッと鳴りながら飛ぶ。形

オホナムヂが逃げようもなく困惑しているとネズミが出てきて「中はほらほら入口はすぶすぶ」と言った。それを聞いて地面を踏みしめると、狭い穴から地面の下の大きな洞穴に落ち込んだ。そこに隠れている間に野原の火は通り過ぎた。ネズミが鳴鏑をくわえて持ってきたので持ち帰ってスサノヲに渡した。ただし、矢の羽根はネズミの子たちが食べてしまったのでもう無かった。

妻のスセリビメは葬儀の道具を持って泣きながら、父のスサノヲもまたオホナムヂは死んだと思って、二人共に野原にやってきたが、オホナムヂは元気で戻ってきて矢を返した。

家に戻ると、スサノヲはオホナムヂを大広間に連れていって自分の頭のシラミを取れと言った。オホナムヂが見るとスサノヲの頭にたくさんいたのはムカデだった。妻のスセリビメは夫にムクの木の実と赤土を渡した。その木の実を嚙み割り、赤土と混ぜて吐き出すと、スサノヲはムカデを嚙み殺し

が蕪に似ている故の命名。

野原を焼き払おうと 野焼きないし焼き畑は昔から行われていた。

ネズミ 語源は「根に棲むもの」。地下の動物と見なされていたから。だから後には「おむすびころりん」のような話が生まれた。

中はほらほら入口はすぶすぶ 中は広いが入口が狭い、の意。「ほら」は「洞穴(ほらあな)」、「すぶ」は「すぼまる」を思い出すとわかりやすい。

シラミ 語源は「白虫(シラムシ)」か。

ムカデ シラミと見えたのがムカデ! スサノヲの超人性を表すものだろう。

ムク 椋。実は食べられる。

て吐き出しているのだと思い、いい奴（やつ）だと思いながら寝入ってしまった。

そこでオホナムヂはスサノヲの髪を分けて広間の垂木一本ごとに縛り付け、五百人がかりでようやく持ち上がる大石で広間の扉を塞ぎ、妻のスセリビメを背負い、スサノヲの立派な太刀と弓、それに霊力のある天の琴を手にして逃げだそうとした。

すると琴が立木に触れて音をたてた。寝ていたスサノヲははっとして目を覚まし、起き上がって広間を引き倒した。慌てて垂木に結ばれた髪をほどいている間にオホナムヂとスセリビメは遠くまで逃げた。

スサノヲは黄泉比良坂（よもつひらさか）まで追って行ったが、そこでもう遠い二人の姿を見て大声で言うには、

「今おまえが持っている太刀と弓で母違いの兄弟どもを坂の先まで追い立て、河の渡し場まで追い払え。そして今からはオホクニヌシと名乗り、また

垂木　棟から軒へ延びた材。
五百人がかりでようやく持ち上がる大石　イザナキの場合は千人力の石だった。
逃げだそうとした　妻を負い、財物を持っているところが身一つのイザナキとは違う。異界に行って宝と共に戻る。「ジャックと豆の木」を想起してもいい。
黄泉比良坂　イザナキの話に見るとおり根の堅州国と葦原中国の境界である。
遠い二人の姿を見て　ここでスサノオは態度を変えて若い二人を祝福する。オホナムヂは試練に勝った。
オホクニヌシ　ここで初めてオホナムヂがオホクニヌシになる。一級格が上がったのだ。

宇都志国玉神（ウツシクニタマのカミ）と名乗って、我が娘スセリビメを正妻としろ。宇迦能（うかの）山のふもと、深い岩の上に太い柱をしっかりと立て、高天の原に千木（ちぎ）をたかだかと立てて、暮らせ。こいつめ、達者でな」と言った。

そこでオホナムヂは太刀と弓を用いて八十名の神々を坂の先まで追い立て、河の渡し場まで追い払って、ここに初めて国を作った。

さて一方、ヤガミヒメは前に約束したとおりにオホクニヌシと寝所に入って共寝をした。そして共に出雲へ来たけれど、ヤガミヒメは正妻のスセリビメの嫉妬を恐れ、生まれた子を木の股に挟んだまま帰ってしまった。だからその子は

木俣神（キノマタのカミ）と言い、別名を

御井神（ミヰのカミ）と言う。

宇都志国玉神　政治的指導者がオホクニヌシ、宗教的指導者がウツシクニタマか。一人に二つの面がある。

宇迦能山　出雲郡宇賀郷。

深い岩の上に……　地面に穴を掘って岩盤に至る。神社建築には礎石がなかった。

千木　神社の屋根から斜め上に突き出た装飾材。『古事記』では氷椽（ひぎ）と呼んでいる。

木の股に挟んだまま　どういう意味のふるまいなのかわからない。

御井神　井戸の神だが、これも不明。

ヤチホコとヌナカハヒメ

さて八千矛神は高志国の
沼河比売（ヌナカハヒメ）
を妻にしようと思って出かけた。
沼河比売の家に着いて歌うことには——

八千矛の　神の命は
八島国　妻枕きかねて
遠遠し　高志の国に
賢し女を　有りと聞かして
麗し女を　有りと聞こして
さ婚ひに　あり立たし
婚ひに　あり通はせ

八千矛神　これもオオクニヌシの別名。
高志国　越前・越中・越後に分かれる前はぜんたいがコシの国だった。国名は（「木」が「紀伊」になるように）必ず二文字を当てる。
沼河比売　越後国頸城（くびき）郡沼川（ぬのかわ）郷という地名から逆に生まれた名か。
八千矛の　神の命は　自分のことなのに三人称で歌う。そもそもこの歌は演劇的で所作を伴っている。滑稽な失敗譚なのだ。

太刀が緒も　いまだ解かずて
襲をも　いまだ解かね（ば）
嬢子の　寝すや板戸を
押そぶらひ　我が立たせれば
引こづらひ　我が立たせれば
青山に　鵼は鳴きぬ
さ野つ鳥　雉はとよむ
庭つ鳥　鶏は鳴く
慨くも　鳴くなる鳥か
この鳥も　打ち止めこせね
いしたふや　海人馳使
事の　語言も　是をば

ヤチホコは、国の中をあちこち探しても抱いて寝るのにふさわしい妻を得られず、遠い遠い高志国に気立てのよい乙女がいると聞いて、綺麗な乙女がいると聞

遠遠し　遠い遠い。いかにも遠いという主観が入っている。
賢し女　心配りの優れた女。
麗し女　美しい女。
さ婚ひに　求婚に。
襲　頭からかぶって裾まで垂らした長い薄い衣。
嬢子の　寝すや板戸を　乙女の寝ている家の板戸を。
我が立たせれば　ここからいきなり一人称になる。
鵼　トラツグミか。
さ野つ鳥　雉は　雉は野の鳥の代表だったらしい。
庭つ鳥　鶏は鳴く　鶏はカケと読む。庭にいるからニワトリとなったのは後のこと。カケはその鳴き声からだろう。ここは「鶏まで鳴きやがって」という感じ。
いしたふや　枕詞だが不詳。

いて、これを妻にしようと思い立ち、妻にしようと旅に出て、(ようやく着いて)太刀(たち)の紐も解かないうちに、被り物もまだ脱がないうちに、乙女の寝る家の板戸の前に立って押し揺すぶっても、立って何度引いても、(返事はない、そのうちに)青々と茂った山で鵼(ぬえ)は鳴くし、野原では雉(きぎし)が大声を出すし、庭の鳥である鶏まで鳴き出した。いまいましくも鳴く鳥どもだ。(いしたふや)海人馳使(あまはせづかい)さんよ、ひっぱたいてでも鳴き止ませてくれ……という風なことでございました。

しかしヌナカハヒメはやはり板戸を開かず、中から歌を返した——

八千矛(やちほこ)の　神の命(みこと)
ぬえ草の　女(め)にしあれば
我が心　浦渚(うらす)の鳥ぞ

海人馳使　海部出身の従者か。「この鳥も　打ち止めこせね(この鳥をぶっとばしてくれ)」と言われている相手。
事の　語言も　是をば　歌い収めの決まり文句。俳優が役を降りて報告している。

しかしヌナカハヒメは　求婚は一度は断ることになっている。
ぬえ草の　なよなよとした弱い草のような。
浦渚の鳥　潮の引いた砂浜の鳥。いつ波が来るかわからないからそわそわと落ち

今こそは　我鳥にあらめ
後は　汝鳥にあらむを
命は　な殺せたまひそ
いしたふや　海人馳使
事の　語事も　是をば
青山に　日が隠らば
ぬばたまの　夜は出でなむ
朝日の　笑み栄え来て
栲綱の　白き腕
沫雪の　若やる胸を
そ手抱き　手抱き愛がり
真玉手　玉手さし纏き
股長に　寝は寝さむを
あやに　な恋ひ聞こし
八千矛の　神の命

着かない。
今こそは　我鳥にあらめ／後は汝鳥にあらむを　私という鳥は今は御心に添えない鳥ですが、やがてあなたの鳥になります。
な殺せたまひそ　（鳥を）殺さないで、と従者である海人馳使に言っている。
青山に　日が隠らば　先に鵺が鳴いたあの山である。
朝日の　笑み栄え来て　朝日のように笑みを浮かべて。
栲綱の　白き腕　栲（たく）は桑科の植物。繊維を取って布や綱にするが、格別に白いことで知られる。腕（かいな）は肩から肘まで。肘から手首まではうで。
そ手抱き　手抱き愛がり　よくわからないが愛撫の所作だろう。

事の語事も　是をば

ヤチホコの神様、私はなよなよと草のようなか弱い女です。心は潮の引いた砂州に遊ぶ水鳥、そわそわしておりますが今は御意に従えない鳥、やがてあなたの鳥となります。（いしたふや）海人馳使さん、どうか鳥を殺したりしないで下さい……という風なことでございました。

（今日の夕方）あの青山に日が沈んだら、やがて（ぬばたまの）夜が来るでしょう。私は朝日のように明るく微笑んで（あなたを迎え）、栲の布のように白い腕で（あなたを抱き）、泡雪のように白い胸に（あなたを抱き）、手と手を絡み合わせ、腿と腿をぴったり重ね合わせて思うかぎり共に夜を過ごしますから、（今は）そうむやみに恋い焦がれませぬよう……とい

真玉手　玉手さし纏き　これも同じ。

股長に　寝は寝さむを　腿と腿を重ねて寝たい放題に寝て。

あやに　な恋ひ聞こし／八千矛の　神の命　そんなに恋にじれないで、ヤチホコさん、と軽くいなしている。

う風なことでございました。

そこでその夜は会わないまま、翌日の夜になって共に寝た。

ヤチホコとスセリビメの歌

さて、オホクニヌシの正妻スセリビメはことのほか他の妻たちへの嫉妬心が強かった。夫オホクニヌシはこれに困惑してしばらく出雲を離れて倭国（やまとのくに）に行こうと考え、衣装を調え、片手を馬の鞍（くら）に掛け、片足を鐙（あぶみ）に入れて歌うようには――

ぬばたまの　黒き御衣（みけし）を
まつぶさに　取り装（よそ）ひ
沖つ鳥　胸見（むなみ）る時
はたたぎも　これは適（ふさ）はず

嫉妬心が強かった　なにしろスセル、つまり勢いの強い人だから。「嫉妬」は原文ではウハナリネタミ。正妻（コナミ）が他の妻たち（ウハナリ）を妬むこと。
ぬばたまの　黒や夜にかかる枕詞。
まつぶさに　きちんと丁寧に。もったいぶった歌い手の所作を想像しなければならない。

辺つ波　そに脱き棄て
鴗鳥の　青き御衣を
まつぶさに　取り装ひ
沖つ鳥　胸見る時
はたたぎも　此も適はず
辺つ波　そに脱き棄て
山がたに覓ぎし　あたね舂き
染木が汁に　染衣を
まつぶさに　取り装ひ
沖つ鳥　胸見る時
はたたぎも　此し宜し
いとこやの　妹の命
群鳥の　我が群れ往なば
引け鳥の　我が引け往なば
泣かじとは　汝は言ふとも
山処の　一本薄

沖つ鳥　胸見る時　水鳥が首を曲げて毛繕いをするように自分の衣装を見た。まだ大きな鏡がなかった頃である。
はたたぎも　これは適はず　鳥の翼のように袖を広げてみたが、気に入らない。
鴗鳥の　青き　「鴗鳥の」は「青」にかかる枕詞。鴗はカワセミである。派手に青い鳥で、当時は身辺でよく見かけたらしい。
山がたに覓ぎし　あたね舂き　山の方で育てた茜を臼で搗いて。茜は緋色の染料になる。
此し宜し　ようやく気に入った衣装を着られた。
いとこやの　妹の命　妻への呼びかけ。
群鳥の　我が群れ往なば

項傾(うなかぶ)し　汝が泣かさまく
朝雨(あさあめ)の　霧に立たむぞ
若草の　妻の命(みこと)
事の　語言(かたりごと)を　是(こ)をば

（ぬばたまの）黒い衣装をきちんと身にまとって、
水鳥が胸の羽根をつくろうように首を曲げて見ると、
翼をばたつかせて見ると、これはどうにも似合わない。
波が引くようにぱっと後ろに脱ぎ棄てよう。
かわせみのように青い衣装をきちんと身にまとって、
水鳥が胸の羽根をつくろうように首を曲げて見ると、
翼をばたつかせて見ると、これもどうにも似合わない。
波が引くようにぱっと後ろに脱ぎ棄てよう。

山の畑に育てた茜(あかね)を臼(うす)で撞(つ)いて染めた赤い衣装をきちんと身にまとって、水鳥が胸の羽根をつくろうように首を曲げて見ると、翼をばたつかせて見ると、これ

鳥の比喩がまだ続く。従者たちを引き連れて自分は旅立つが。

引け鳥の　我が引け往なば　他の鳥につられて飛び立つ鳥のように私が行けば。

山処の　一本薄　山に生えた一本のススキのように心許ない。

項傾し　汝が泣かさまく　うなだれて泣くだろう。

朝雨の　霧に立たむぞ　その吐息は霧となって流れるだろう。「朝雨の」は霧にかかる枕詞。

若草の　妻の命　呼びかけ。「若草の」は妻にかかる枕詞。後の『万葉集』の3580「君が行く海辺の宿に霧立たば、吾が立ち嘆く息と知りませ」を思い出す。こう信じられていたのだろ

こそよく似合う。

いとしい妻よ、鳥のように群れた一行を私が引き連れて行こうとすれば、一羽につられて飛び立つ鳥のように一行を私が連れて発とうとすれば、山のふもとの一本の薄のように、おまえはうなだれて泣くだろう。そのため息は（朝雨の）霧となって立つだろう。（若草の）妻よ……ということでございました。

后のスセリビメは大きな杯を手に高く持って夫に近づき、歌うことには――

八千矛の　神の命や　吾が大国主
汝こそは　男に坐せば
打ち廻る　島の埼埼
かき廻る　磯の埼落ちず
若草の　妻持たせらめ

う。

この歌は正妻スセリビメの返し。

夫に近づき　夫はもう馬の上にいる。これも動詞が重なる、演劇性の強い歌。

磯の埼落ちず　「落ちず」は「一つも取り落とさず」の意。

吾はもよ　女にしあれば
汝を除て　男は無し
汝を除て　夫は無し
綾垣の　ふはやが下に
苧衾　柔やが下に
栲衾　さやぐが下に
沫雪の　若やる胸を
栲綱の　白き腕
そ手抱き　手抱き愛がり
真玉手　玉手さし枕き
股長に　寝をし寝せ
豊御酒　献らせ

ヤチホコの神であられる私のオホクニヌシさま、あなたは男でいらっしゃるから島や岬をいくつも巡られ、磯の岬を一つ残らず巡られて、（若草の）妻をたくさ

綾垣の　ふはやが下に　模様を織りだした布の几帳に囲まれて。
苧衾　柔やが下に　絹の柔らかい夜具の下に。
さやぐ　さやさやと衣擦れの音がする。
沫雪の……　以下は沼河比売の時と同じ性愛の場面の定型句。

んお持ちになる。私は女ですから、あなた以外に男はいない。あなた以外に夫はいない。

ふわふわした綾絹（あやぎぬ）で囲った部屋の中で、絹の夜具を掛けて、さやさや鳴る栲（たく）布の寝具を掛けて、泡雪のように白い胸に（あなたを抱き）、栲の布のように白い腕で（あなたを抱き）、手と手を絡み合わせ、腿と腿をぴったり重ね合わせて共に夜を過ごしましょう。

さあ、この御酒を召し上がれ。

こう言って杯を交わして仲を固め、互いの首の後ろに手をあてがって思いを確かめた。それ以来、オホクニヌシは出雲に長く留まった。

この四つの歌を神語（かむがたり）と言う。

神語　「語る」は「歌う」よりも演劇性が強い。観衆がいて、身振りが伴う。

オホクニヌシの系譜

オホクニヌシが胸形の奥津宮にいる神、
多紀理毘売命を妻として生んだ子は——
阿遅鉏高日子根神（アヂ・スキ・タカ・ヒコ・ネのカミ）。
次にその妹の、
高比売命（タカ・ヒメのミコト）、別名は
下光比売命（シタテル・ヒメのミコト）。
この阿遅鉏高日子根神は今は
迦毛大御神（カモのオホミカミ）と言う。
オホクニヌシが
神屋楯比売命（カム・ヤタテ・ヒメのミコト）を妻にし

多紀理毘売命　スセリビメではなくこの妻になっているのは、彼が既にオホナムヂを超えてオホクニヌシになっているからか。胸形という大勢力の出身であることに注意。

阿遅鉏高日子根神　鉏は農具の鋤。母の名のタが田であることから。

高比売命、別名は下光比売命　兄がタカヒコネだから。別名のシタテルはあたりに光り輝くという美称。

迦毛大御神　大和国葛上（かづらきのかみ）郡高鴨

て生んだ子は——
　事代主神（コトシロヌシのカミ）。
八島牟遅能神（ヤシマ・ムヂノカミ）の娘である
鳥耳神（トリ・ミミのカミ）を妻として生んだ子は
——
　鳥鳴海神（トリ・ナルミのカミ）。
この神が
日名照額田毘道男伊許知邇神（ヒナテリ・ヌカタビチ
ヲ・イコチニのカミ）を妻として生んだ（つまりオホク
ニヌシの孫にあたる）子は——
　国忍富神（クニ・オシトミのカミ）。
この神が
　葦那陀迦神（アシ・ナダカのカミ）、別名、
八河江比売（ヤガハエ・ヒメ）を妻にして生んだ子は
——
　速甕之多気佐波夜遅奴美神（ハヤミカ・ノ・タケ・

にある阿治須岐託彦根命神社に祀られている。現在の奈良県にある高鴨神社。オホクニヌシはこういう形で地域ごとの国つ神を統合していった。

神屋楯比売命　よくわからないがたぶん容姿を讃えた命名。ヤは綾か。

事代主神　コトは言、シロは知るである。理知の神としてこの先しばしば登場する。

八島牟遅能神の娘である鳥耳神　父も娘も不詳。

鳥鳴海神・日名照額田毘道男伊許知邇神・国忍富神・葦那陀迦神・八河江比売・速甕之多気佐波夜遅奴美神・天之甕主神　どれもさして意味がない。

サハヤヂ・ヌミのカミ)。

この神が
天之甕主神(アメ・ノ・ミカヌシのカミ)の娘、
前玉比売(サキタマヒメ)を妻として生んだ子は――
甕主日子神(ミカヌシ・ヒコのカミ)。

この神が淤加美神(オカミのカミ)の娘、
比那良志毘売(ヒナラシ・ビメ)を妻として生んだ子は
――
多比理岐志麻流美神(タビ・リキシ・マルミのカミ)。

この神が
比比羅木之其花麻豆美神(ヒヒラギ・ノ・ソノハナ・マヅミのカミ)の娘、
活玉前玉比売命(イクタマ・サキタマ・ヒメのカミ)
を妻として生んだ子は――
美呂浪神(ミロナミのカミ)。

この神が

前玉比売 サキタマは幸魂か。女神にタマが付く例は多い。
淤加美神 水の神である。
比那良志毘売・多比理岐志麻流美神・比比羅木之其花麻豆美神 どれもほとんど意味がない。
活玉前玉比売命 前の前玉(サキタマ)比売の応用。女神または巫女の類型的な命名。
美呂浪神・敷山主神・青沼馬沼押比売・布忍富鳥鳴海神・若昼女神・天日腹大科

敷山主神（シキヤマ・ヌシのカミ）の娘、青沼馬沼押比売（アヲヌウマ・ヌオシ・ヒメ）を妻として生んだ子の名は――

布忍富鳥鳴海神（ヌノオシ・トミトリ・ナルミのカミ）。

この神が若昼女神（ワカヒルメのカミ）を妻として生んだ子の名は――

天日腹大科度美神（アメのヒバラ・オホシナドミのカミ）。

この神が天狭霧神（アメのサギリのカミ）の娘、遠津待根神（トホツ・マチネのカミ）を妻として生んだ子の名は――

遠津山岬多良斯神（トホツ・ヤマサキ・タラシのカミ）。

度美神 どれも無意味。

天狭霧神 P48に登場する同名の神とは無関係。**遠津待根神・遠津山岬多良斯神** 意味不明。

以上、八島牟遅能神（ヤシマムヂノカミ）から遠津山岬多良斯神（トホツヤマサキタラシノカミ）までを十七世の神と呼ぶ。

スクナビコナ

オホクニヌシが出雲の御大（みほ）の岬にいる時、ガガイモの実の殻のような舟に乗って波頭を行く、蛾の皮をそっくり剝いで作った衣服をまとった神がやってきた。名を聞いたが答えないし、家来の者たちに問うても誰も「知りません」と言うばかり。ここで多邇具久（たにぐく）すなわちヒキガエルが「久延毘古（くえびこ）ならば必ず知っています」と言ったので、久延毘古を呼び出して聞くと、

このオホクニヌシの系譜はつまり婚姻による征服である。戦争でないところが大事。

十七世　実は十五世。

御大の岬　出雲の美保崎。

ガガイモ　芋とは無関係な蔓植物。実の鞘が舟に似ている。一寸法師のお椀の舟を連想させる。

蛾の皮をそっくり剝いで　諸説あるが、案外蚕の繭から糸を引いて、なのかもしれない。これはまったくの私見。

「これはカミムスヒの子で、

少名毘古那神（**スクナ・ビコナ**のカミ）です」と答えた。

カミムスヒに言うと、

「これはまちがいなく私の子です。たくさんいる子の中でも私の指の間からこぼれ落ちた子です。アシハラシコヲであるあなたはこの子を弟として迎え、兄弟となって国を作り固めなさい」と言った。

そこでオホナムヂと少名毘古那（スクナビコナ）は並び立って国を作り固めた。

しかしやがてスクナビコナは常世国に行ってしまった。

スクナビコナの名を明らかにした久延毘古は今は山田の曾（そ）富騰（ほど）と呼ばれている。足はあっても歩けない。だが天下のことをすべて知っている神である。

スクナビコナが行ってしまったことを嘆いてオホクニヌシが言うことには

多邇具久　ヒキガエル。語源は「谷を潜る」か。谷間や地の底をくぐって陸の果てまでゆくと考えられていた。

久延毘古　かかし。風雨に打たれて「崩（く）えて」即ち崩れているから。

少名毘古那神　オホナムヂのオホナに対してスクナ。大と小、兄と弟の関係。姿も小さい。ここにいるのはオホクニヌシではなくオホナムヂである。

私の指の間からこぼれ落ちた　なにしろ小さいから。

国　葦原中国のこと。

常世国　海の彼方にある祖霊の国。地下的な性格も強いが、黄泉国そのものと見るべきではないだろう。小人は世界各地の伝説に登場

「私一人でどうすれば国を作ることができるだろうか。誰か私と一緒に国作りをしてくれる神はいないものか」と言った。

すると海を照らしてやってくる神があった。

その神が言うには「私のために宮を造って祀(まつ)るのであれば、一緒になって国作りをしよう。そうでないと国を作るのはむずかしい」と言った。

オホクニヌシが「どのようにお祀りすればいいでしょうか」と尋ねると、相手は「倭の青垣の東の山の頂上にお宮を作って私を祀りなさい」と答えた。

そこで御諸山(みもろやま)の上にこの神を祀った。

するが、ユング風に言うと、「意識の軌道の外側にある諸力、または無意識の守護者である」という。

曾富騰　稲田や畑で鳥を脅して追うカカシである。田の神の依代（よりしろ）で、呪力あるものと思われていたのだろう。先のクエビコと同じくソホドも雨に濡れるみすぼらしい姿からの命名。

青垣の東の山　青垣は山々が連なって青く見えること。この山は大和の三輪山。オホモノヌシがいる山でもあり、この二神は一人の神の二つの面かもしれない。オホナムヂとスクナビコナは農や自然に関わる国造り、オホクニヌシとオホモノヌシは制度に関わる国造り。

オホトシの系譜

スサノヲの子である大年神（オホトシのカミ）が
神活須毘神（カムイクスビのカミ）の娘である
伊怒比売（イノヒメ）を妻として生んだ子は——
大国御魂神（オホクニミタマのカミ）、次に
韓神（カラのカミ）、次に
曾富理神（ソホリのカミ）、次に
白日神（シラヒのカミ）、次に
聖神（ヒジリのカミ）、以上の五名。

御諸山　三輪山であるが、ミモロはミムロ「御室」であって神が鎮座する場所の意。ムロは洞窟かもしれない。

この系譜は雑然としているが、農業と屋敷に関わるものが多い。異国の匂いもする。

大年神　P86に出てきた。

神活須毘神・伊怒比売　特に意味なし。

大国御魂神　オホクニヌシの別名にウツシクニタマがあるが、それと関わりがあるか。

また香用比売（カガヨ・ヒメ）を妻として生んだ子は――
　大香山戸臣神（オホカガ・ヤマトミのカミ）、次に
　御年神（ミトシのカミ）。以上二名。
また天知迦流美豆比売（アメチカル・ミヅヒメ）を妻として生んだ子は――
　奥津日子神（オキツ・ヒコのカミ）、次に
　奥津比売命（オキツ・ヒメのミコト）、別名は
　大戸比売神（オホヘ・ヒメのカミ）。
これらは、人々が拝む竈の神である。次に
　大山咋神（オホ・ヤマクヒのカミ）、別名は
　山末之大主神（ヤマスヱ・ノ・オホヌシのカミ）。
この神は近淡海国の日枝の山に居て、また葛野の松尾に居て、大きな音をたてる鳴鏑の神である。
次に
　庭津日神（ニワツヒのカミ）、次に
　阿須波神（アスハのカミ）、次に

韓神　よくわからないが朝鮮と関係があるのかもしれない。
曾富理神　ホノニニギが降り立った高千穂の山の別名が添（ソホリの）山と書いた文献がある。
白日神　おそらく向日神の誤記。
聖神　不詳だがヒジリは「日知り」で暦を知る者。
香用比売・大香山戸臣神　カガヤクに縁がありそう。
御年神　穀物の神らしい。
天知迦流美豆比売　不詳。ミヅは水か。
奥津日子神・奥津比売命・大戸比売神　竈の神。戸（へ）がカマドを意味している。
大山咋神　山を領有・統治する神。

波比岐神（ハヒキのカミ）、次に
香山戸臣神（カガヤマトミのカミ）、次に
羽山戸神（ハヤマトのカミ）、次に
庭高津日神（ニハタカツヒのカミ）、次に
大土神（オホツチのカミ）、別名は
土之御祖神（ツチノミオヤのカミ）。以上九名で
ある。

以上、オホトシの子は大国御魂神（オホクニミタマのカミ）から大土神（オホツチのカミ）まで合わせて
十六名。

さて、羽山戸神（ハヤマトのカミ）が
大気都比売神（**オホゲツヒメ**のカミ）を妻として生んだ
子は――
若山咋神（ワカ・ヤマクイのカミ）、次に
若年神（ワカ・トシのカミ）、次にその妹
若沙那売神（ワカ・サナメのカミ）、次に

近淡海国の日枝の山 滋賀に日枝神社がある。
葛野の松尾 山城国葛野に松尾神社がある。
庭津日神 庭の神。ただし庭は庭園ではなく労働の場。
阿須波神 アスハは足場か。
波比岐神 不明。アスハに縁があるか。
香山戸臣神 つい前に大香山戸臣神が出てきたが。
羽山戸神 ハヤマは山の麓。
庭高津日神 五人前の庭津日神に高を加えただけ。
大土神、別名は土之御祖神 土の神、土の母神。ここに韓神、曾富理神、聖神、大土神と並ぶそっけない名は異国系の神か。ここまで、実際は十名、十七名。
大気都比売神 この名は何度も登場するが神格が統一

彌豆麻岐神（ミヅマキのカミ）、次に
夏高津日神（ナツ・タカツヒのカミ）、別名は
　夏之売神（ナツノメのカミ）、次に
秋毘売神（アキビメのカミ）、次に
久久年神（ククトシのカミ）、次に
久久紀若室葛根神（ククキ・ワカムロ・ツナネのカミ）。

以上、ハヤマトの子は若室葛根神（ワカムロツナネのカミ）まで合わせて八名。

されているわけではない。食物の女神というだけ。

若山咋神・若年神　前にあった大山咋神と大年神の変形。年上と年下の対。

若沙那売神　田植えをする早乙女か。

彌豆麻岐神　水を撒く。

夏高津日神　これも庭津日神の変形。

夏之売神・秋毘売神　夏と秋というだけ。

久久年神　ククは茎。ククトシは草木の茎がよく伸びること。

久久紀若室葛根神　ククキは茎木。茎は木についても用い、建築用の材である。ツナネは柱に横木を結ぶ綱。葛を用いたからこの字を当てる。

アメノホヒとアメワカヒコ

アマテラスは「豊葦原之千秋長五百秋之水穂国は私の子である正勝吾勝勝速日天忍穂耳命が治めるべき国である」と宣言して、オシホミミを下界に遣わした。

オシホミミは天の浮橋に立って下を見て「豊葦原之千秋長五百秋之水穂国はずいぶんと騒がしいように見える」と言い、更に天に戻ってアマテラスにそれを伝えた。

そこでタカミムスヒがアマテラスの名のもとに八百万の神々を天の安河の河原に集めて会議を開き、思金神の知恵を求めた。タカミムスヒが言うようには、「この葦原中国は私の子が治める国と定めた国である。だがこの国には猛々しく乱暴な国つ神どもがたくさんいるらしい。どの神を遣わして説得して服従させればいいだろうか」と言った。

地上ではオホクニヌシが着々と国を造っている。高天の原のアマテラスは遣いを降して支配権を取り戻さなければならない。平和裡にこれを行うのがこの先の「国譲り」と「天孫降臨」の物語である。

豊葦原 本来は葦原は不毛の地である。そこに穀霊である天孫が降りてきて豊かな地にする、という意味合いがあるか。

千秋長五百秋 「永遠に」という意味だが、アキの語源はこの季節に稲などが熟

オモヒカネは八百万の神々と合議して、「天菩比神（アメのホヒのカミ）を遣わすのがよろしいかと存じます」と申し上げた。

そこで天菩比神を送ったところ、オホクニヌシに心服してしまって、三年たっても戻って報告をしなかった。

さて、タカミムスヒとアマテラスはまたもろもろの神々に問うようには、

「葦原中国に送ったアメノホヒはいつになっても戻って報告をしない。別の神を遣わすとしたら誰がよいだろう」と言った。

オモヒカネが答えて言うには、「天津国玉神（アマツクニタマのカミ）の子、

天若日子（**アメワカヒコ**）

を送るのがよいでしょう」と言った。

そこで天若日子に天の麻迦古弓と天の波波矢を授けて送り

して赤くなるからだという。

正勝吾勝勝速日天忍穂耳命　オシホミミ。「スサノヲとアマテラスの対決」の場面から生まれた神。長い名前だが大事なのはオシホつまり「多くの稲穂」というところだ。

タカミムスヒ　この神、三度目の登場。男神であり、アマテラスでは足りないところを補う政治色の濃い神である。女神の背後の協力者ないし補完者。すぐ後で高木神（タカギのカミ）と呼ばれる。

思金神　タカミムスヒの子で、思慮の神。

天津国玉神　宇都志国玉神（オホクニヌシの別名）に対応しているのか。

出した。

アメワカヒコは中国（なかつくに）に降りていって、オホクニヌシの娘の下照比売（シタテルヒメ）を妻にして、この国を自分のものにしようという野望を抱き、八年たっても戻って報告をしなかった。

タカミムスヒとアマテラスはまたもろもろの神々を集めて問うことには、「いつになってもアメワカヒコは戻ってこない。また誰か神を送って、アメワカヒコが戻らない理由を問いただそう」と言った。

神々とオモヒカネは「鳴女（ナキメ）という名の雉（きぎし）をお遣わしませ」と言った。

そこでタカミムスヒとアマテラスは雉の鳴女（ナキメ）に「これから下界に行って、アメワカヒコに『おまえを葦原中国にやったのはそこの乱暴な神々どもを説得、服従させるためであった。なぜに八年もたったのに戻って報告をしないのか』と聞いてこい」と命じた。

天若日子　ワカヒコは若者の意。

麻迦古弓・波波矢　マカコユミのカは鹿。ハハヤは尾羽のひろい矢。武器である以上に霊的な呪具と見るべきか。

鳴女　葬儀の時に儀礼として哭く「哭女」への連想があるとすれば、天若日子の死を先取りしているのかもしれない。

雉のナキメは天から降って、アメワカヒコの家の門の前にある湯津香木にとまり、神様から預かってきた問いをそのまま間違いなく繰り返した。

すると、天佐具売（アメのサグメ）という女がこの鳥の言うことを聞いてアメワカヒコに向かって、「嫌な声の鳥ですねえ。射殺してしまいましょう」とそそのかした。

そこでアメワカヒコは天の神様から授かった天の波士弓と天の加久矢を持ち出してその雉を射殺した。その矢は雉の胸を貫通して逆さまに昇り、天安河の河原にいらしたアマテラスと

高木神（タカギのカミ）

すなわちタカミムスヒのところまで届いた。

高木神が手に取ってみると矢羽根に血が付いていた。「これはアメワカヒコに授けた矢だ」とタカギは神々に言って矢を見せ、「もしもこれが、アメワカヒコが命令のとおりに悪い神どもを射るのに放った矢ならばアメワカヒコには当

湯津香木　神聖な桂の木。

天佐具売　サグは探る。人の心の中を探る。後世のアマノジャクにも繋がるらしい。

天の波士弓と天の加久矢　前の麻迦古弓・波波矢のこと。ハジは櫨（はぜ）ないし山漆。カクは迦古（カコ）に同じく鹿。

たるな。もし邪心をもって射た矢ならばアメワカヒコを死なせよ」と言って、矢をもと来た穴から投げ返した。
矢は新嘗祭の儀式の床に横になっていたアメワカヒコの胸板に刺さった。
「還り矢は当たる」という諺はここから生まれた。
「雉の使いは行きっぱなし」という諺もここから生まれた。

アメワカヒコを失って泣く妻シタテルヒメの声が風に乗って天まで届いた。
天にいたアメワカヒコの父天津国玉神と妻子はそれを聞いて下界に降りて嘆き悲しんだ。
そこに葬儀用の仮小屋を建てて、河にいる雁に死者に捧げる食べ物を持って頭をかしげて歩く役を与え、鷺には箒を持たせ、翡翠には調理を任せ、雀に碓を搗かせ、雉には大声で哭く係を与えて、八日八夜に亘る葬儀の音曲を行った。

新嘗祭の　『日本書紀』に「天稚彦、新嘗して休臥（ふ）せる時」とあるのに依る。八年後に葦原中国の支配者になった瞬間に死ぬことになったのだ。

還り矢は当たる　原文は「還矢（カヘリヤ）」のみ。

諺　コトワザは言葉の技である。

雉の使いは行きっぱなし　原文は「雉（キギシ）の頓使（ヒタツカヒ）」。ヒタは「ひたすら」や「ひたむき」のヒタ。語源は「一（ヒト）」か。一方通行なのだ。

雁に……　『古事記』は鳥が好きだ。

この時、阿遅志貴高日子根神(アヂシキタカヒコネノカミ)という神が来てアメワカヒコを弔おうとした。

すると、天から降りてきたアメワカヒコの父も妻も嬉し泣きして、「私の子は死んではいなかった、私の夫は死んではいなかった」と言って、アヂシキタカヒコネの手足にすがって泣いた。

こんな間違いが起こった理由はというと、この二人の神は互いに姿かたちがよく似ていたのだ。

アヂシキタカヒコネはものすごく怒って、「親友だと思うからこそ葬式に来たのだ。それなのに穢(けが)れた死人と間違えるとはなんということだ」と言った。そして身につけていた十掬剣(とつかつるぎ)を抜いて葬儀用の仮小屋を切り倒し、足で蹴散らした。

仮小屋は美濃国(みののくに)の藍見河(あいみ)の上流にある喪山にあった。またこの時に用いた太刀は大量(おおはかり)という名で、また別名を神度剣(かむどのつるぎ)と言う。

阿遅志貴高日子根神　「オホクニヌシの系譜」P110の注参照。前出では阿遅鉏(アヂスキ)と表記。シキは鉏。

私の子は死んではいなかった　葬儀の時の歌舞は「(死者を)戻してください」と願う。アヂシキタカヒコネを見てそれが叶ったと勘違いした。

穢れた死人　死は穢れだった。黄泉国のイザナミの死体とか、腐臭を想像するとよくわかる。葬儀で塩を配る風習は今に残っている。

美濃国の藍見河の上流　美濃は大和から遠いが、これはアメワカヒコが反逆者だったからかもしれない。

大量　大刃刈の意。

アヂシキタカヒコネが怒って飛び出してしまった後、その同母の妹である高比売命(タカヒメノミコト)が、兄の名を明らかにしようと歌った歌が——

天(あめ)なるや　弟棚機(おとたなばた)の
項(うな)がせる　玉の御統(みすまる)
御統に　穴玉はや
み谷(たに)　二渡(ふたわた)らす
阿治志貴高日子根(あぢしきたかひこね)の神ぞ

天にいるオトタナバタ姫の、首に懸けた玉の飾り、その飾りの赤い玉よ、二つの谷にまで届くその輝きよ、それと同じくらいの魅力を持つアヂシキタカヒコネこそあの方。

神度剣　トは鋭いの意。
弟棚機　オトは兄弟姉妹の若い方の意。若く美しいという含意もある（竜宮の乙姫とか）。タナバタはタナバタツメの略で機織り女。
穴玉　アカタマの誤記か。
み谷　二渡らす　弟棚機の首飾りの美しさがなぜ谷を越えるほどのアヂシキタカヒコネの魅力に繋がるのか、よくわからない。

この歌は夷振（ひなぶり）である。

夷振　雅楽寮で呼んだ歌曲名の一つ。

国譲りの完成

アマテラスは「いったいどの神を遣わせばうまくゆくのだろう」と尋ねた。

オモヒカネと他の神々が言うには、「天の安河の河上の天の石屋（いわや）にいる伊都之尾羽張神（イツノヲハバリのカミ）、この神を遣わすのがよろしいでしょう。もしもこの神でなければ、その子の建御雷之男神（タケミカヅチノヲのカミ）を遣わすべきです。ただし父親の方は逆さまに天の安河の水をせき止めて道を塞いでいるので、会って話すことができません。ここは特別に天迦久神（アメのカクのカミ）に行かせて聞くほかないでしょう」と言った。

そこで天迦久神（アメのカクのカミ）をやってイツノヲハバリに問わせると、

伊都之尾羽張神　P54の注参照。

この神を遣わすのがよろしい　P121でアマテラスが天より遣いを降したことの繰り返し。口承文芸の手法である。

建御雷之男神　雷電と剣の神。

逆さまに天の安河の水をせき止めて　堰を造ってそこより上の田に水を導くことか。

天迦久神　カクはカコで水手（かこ）、つまり船頭で

「恐れ多いことであります。お役に立ちましょう。しかしこの御用は私の子であるタケミカヅチにやらせるのがよいでしょう」と言って、息子を差し出した。

そしてタケミカヅチ一人ではなくアメノトリフネを同行させることにした。

二人の神は出雲の伊那佐（いなさ）の小浜に降りた。

十掬剣（とつかつるぎ）を抜いて波の頂に切っ先を上に逆さまに立て、その先端にあぐらをかいて坐り、オホクニヌシに向かって言うことには、「私たちはアマテラスとタカギの命を受けてことを糺（ただ）しに来た。おまえが我が物としている葦原中国（あしはらのなかつくに）は我が子が統べるべき国であると言っておられる。おまえはどう思うか」。

オホクニヌシは答えて、「私にはお答えできません。子である八重言代主神（ヤヘコトシロヌシのカミ）がお返事するでしょう。ただし今は鳥を射たり魚を捕ったりしようと御大（みほ）の崎に行っておりまして未だ

あるらしい。

アメノトリフネ　トリフネは速い舟だが、ここではアメノに籠められた天界からの使者のイメージが強調されている。

伊那佐　実在の地名ではなく、イナかサか、イエスかノーかと答えを迫った場所ということか。

切っ先を上に逆さまに立て、その先端にあぐらをかいて　まるで劇画の一齣のようだが、祭具としての剣は切っ先を上にして飾ったらしい。

我が物としている・統べる　領有すると統治するの違い。後者の方が政治性が強い。

八重言代主神　コトシロは言葉を知る、言葉を司る。

戻りません」と言った。

アメノトリフネを送って呼び戻すと、帰ったコトシロヌシは父オホクニヌシに向かって「恐れ多いことです。この国は天つ神の御子に差し上げましょう」と言って、乗ってきた舟を踏んで傾け、青柴垣（あおふしがき）のところで手の甲と甲を合わせて打ち鳴らし、そのまま姿を隠した。

タケミカヅチがオホクニヌシに「おまえの子のコトシロヌシはあのように答えた。他に何か申したいという子はいるか」と聞いた。

オホクニヌシは「私には

建御名方神（**タケミナカタ**のカミ）

という子がおります。これの他にはおりません」と答えた。

そういう間にも建御名方神（タケミナカタのカミ）が千人の力でやっと持ち上がる岩を片手にさげて戻ってきた。

「俺の国に来てなにをこそこそ話しているのだ。力競べをし

八重は尊称。

青柴垣　魚を捕るために柴を編んで海中に造った梁ないし網代の類。

手の甲と甲を合わせて打ち鳴らし　誓いのための特別な柏手か。

姿を隠した　隠遁。政治の現場から身を引いたということ。

建御名方神　ミナカタは水潟。それが諏訪湖なのはすぐ後で明らかになる。

千人の力でやっと持ち上がる岩を片手にさげて　力の誇示、威嚇である。若くて強気で無謀なのだ。こういう者が出てくるから国譲りの話は劇的におもしろくなる。

てみようじゃないか。まず俺があんたの手を掴(つか)むぞ」

そう言って相手の手を掴むと、タケミカヅチの手はたちまち氷の棒になり、そのまま剣の刃になった。相手は恐れて身を引いた。

逆にタケミカヅチがタケミナカタの手を取らせろと言って取ると、掴まれた手は力が抜けてまるで若い葦のようになよなよとするばかり。その手を投げ放されるとタケミナカタは逃げ出した。

これを追い掛けて科野国(しなののくに)の洲羽(すわ)の海まで追い詰めて殺そうとした。

するとタケミナカタが言うことには、「恐れ入りました。私を殺さないで下さい。これからはこの場所を動きません。父のオホクニヌシの言うことを聞きます。コトシロヌシの言うとおりにします。この葦原中国は天つ神の御子たちの思うとおりになさってください」と言った。

若い葦　争点になっている葦原中国への連想がある。

科野国の洲羽の海　出雲から遠い信濃の諏訪湖である。オホクニヌシの平定事業の規模がわかる。

私が住む場所　出雲大社の本殿は大きくて住居風である。とても大きいが古代にはさらに大きかったことが

タケミカヅチはオホクニヌシのところに戻って、「おまえの二人の子、コトシロヌシとタケミナカタはどちらも天つ神の御子の言うままにすると答えた。おまえ自身はどうするつもりなのだ」と問うた。

オホクニヌシは、「私の二人の子供が言ったのと同じことを私も申します。この葦原中国はすっかりそちらにお渡ししますから好きなようになさってください。ただ一つ、私が住む場所を天つ神の御子の天津日継（あまつひつぎ）の欠けるところのないお住まいと同じように造りなし、深い岩の上に太い柱を立てて、高天の原まで届くほどの高い千木を伸ばしていただければ、私は百に足らぬ八十の道を辿（たど）った果てにあるこの出雲で隠棲して暮らします。私の子である百八十神（ももやそがみ）、なかでもコトシロヌシはみなさんの先になり後になりして、お仕えいたします。逆らう者はいないでしょう」と言った。

そういうわけで、出雲の国の多芸志（たぎし）の小浜に殿舎を造って、

近年わかった。

天津日継　天皇。ヒツギは日嗣で、太陽神であるアマテラスの後継者の意。この段階でまだ天皇位は制度として確定していないのだが。

深い岩の上に……　P98に注。

百に足らぬ八十の　儀式的な言い回し。

百八十神　数字は大勢の意。オホクニヌシは各地の首長を統合した神格である。

コトシロヌシは　実際にこの神は神祇官八神の一人となる。

多芸志　実在の地名ではなく、違（タガ）ハジという意味の説話的な地名か。先のイナサと同じくどちらも「小浜」を伴うのもそれを

水戸の神の孫である
　櫛八玉神（クシヤタマのカミ）
を調理人に任命し、御馳走を調えさせた。櫛八玉神はお祝いの言葉を唱えて、鵜に化けて海に潜り、海底の赤い土を咥えて戻り、たくさんの器を作った。また海藻の茎を伐って火切りの臼を作り、海藻の茎で火切りの杵を作った。それで火を熾して言うことには――
「私は熾したこの火を高天の原に向かってはカミムスヒの欠けるところのない新居の煙が高々と立ち上り煤が握り拳八個分も垂れ下がるほど焚いて、
　地の底に向かっては竈の下の土が堅く岩のように焼き固められるまで焚いて、
　栲の皮の繊維で綯った延縄を海中に長く伸ばして釣りをする漁師に尾の広い鱸を賑やかに引き寄せて釣り上げさせ、
　竹の台がたわむばかりに積み上げて、
　魚料理を奉りましょう」と言った。

示唆する。

殿舎　迎賓館のような施設だと思えばよい。

水戸の神　河口の神。P46の注も参照。

櫛八玉神　不明だがクシは「奇（く）し」。

御馳走　オホクニヌシのための食膳である。ちなみに馳走という漢字は宴のための食材を調えるために走り回ることか。正にここで櫛八玉神がしたことだが。

火切り　厚板に立てた棒（ここでは杵）を弓で回して摩擦熱で火を熾す（性交への連想もある）。今でも伊勢神宮で毎日行われている。これを火を切るといい、火打ち石を用いるのは火を打つという。

カミムスヒ　この神は食物

タケミカヅチは天に戻って、葦原中国を命令のままに平和裏に平定したと報告した。

アマテラスの孫が地に降りる

そこでアマテラスとタカギが日嗣の御子であるオシホミミに向かって言うことには、「今、葦原中国は平定されたという。かねて決めておいたとおりに降りていって治めよ」と言った。

太子（ひつぎのみこ）オシホミミが答えて言うには、「私が下界に降りる準備をしている間に子が生まれました。その名を天邇岐志国邇岐志天津日高日子番能邇邇芸命（アメニキ

と縁が深い。P81の注も参照。

煤が握り拳八個分も垂れ下がるほど　誇張の成句。

延縄　一本の縄にたくさんの釣り針を仕掛ける。今も行われる漁。

太子　太陽神であるアマテラスを継ぐ子、すなわち皇太子。天津日継。

天邇岐志国邇岐志天津日高日子番能邇邇芸命　大げさに長いのは国に降り立つ最初の君主だから。大事なのはホでこれは稲穂である（火にも通じる）。それがにぎにぎしく育つからホノニ

シクニ・ニキシ・アマツヒコ・ヒコ・ホノニニギのミコト）としました。この子を下界に降ろしましょう」と言った。

この子はタカギの娘の万幡豊秋津師比売命（ヨロヅハタ・トヨアキヅシ・ヒメのミコト）との間に生まれた子である。兄の天火明命（アメのホアカリのミコト）に次ぐ男子。（以上、二名。）

そこで前に決めたとおりに日子番能邇邇芸（ヒコホノニニギ）に命じて、「下の豊葦原水穂国の統治はお前の責務と決まった。降りていって治めなさい」と言った。

ホノニニギがいよいよ天から降りようとすると、途中の天の八衢（やちまた）に立って、上は高天の原を照らし、下は葦原中国を照らしている神が居た。

アマテラスがタカギを通じてアメノウズメに言うには——

ニギ。

父が出立しようとする時に生まれたから、嬰児のまま下界に降ろされたことになる。これは大嘗祭で即位する天皇が「真床覆衾（マドコオフスマ）」という模擬的な羊膜にくるまれることに繋がると言われる。

万幡豊秋津師比売命　ヨロヅハタはたくさんの織った布。

天火明命　ホアカリは稲穂が熟して赤らむこと。

天の八衢　天から地に降りる道の分かれ道。チマタは道俣。

上は高天の原を照らし、下は葦原中国を照らしている

「おまえはか弱い女であるけれど、敵に向かい立つ神・目の力で敵に勝つ神である。一人で行って、『我らが御子が天から降ろうとしている道に立ちふさがるおまえは誰か』と問うてこい」と言った。

アメノウズメがそう問うと相手は——

「私は国つ神で、名は

猿田毘古神（**サルタ・ビコ**のカミ）

という者でございます。ここに出て参りましたのは、天つ神の御子が地へ降られると聞いて、先導申し上げようとお迎えしお待ちしていたのです」と言った。

そこでホノニニギは——

アメノコヤネ

フトダマ

アメノウズメ

伊斯許理度売命（イシコリドメのミコト）

神　いかにも怪しい。

敵に向かい立つ神・目の力で敵に勝つ神　アメノウズメは巫女だから。

猿田毘古神　諸説あるが猿である神と考えよう。

この五名は天の石屋戸の場面にでてきた。職掌もそこにある。**アメノコヤネ**は祝詞を述べ、**フトダマ**は幣を調え、**アメノウズメ**は神がかりして踊り、**伊斯許理度売命**は鏡を作り、**玉祖命**は勾玉を作る。

玉祖命（タマのオヤのミコト）

以上合わせて五人の従者を連れて天から降った。

そこで天の石屋戸でアマテラスを誘い出すのに使われた八尺（やさか）の勾璁（まがたま）、鏡、草那芸（くさなぎ）の剣を手渡し、更にオモヒカネとタヂカラヲ、そして

天石門別神（アメのイハト・ワケのカミ）

の三人の神を同行させるとしてアマテラスが言うには――「この鏡をそのまま私の魂と思って、私の前で拝むように大事に祀りなさい。オモヒカネはこれまでの経緯を踏まえて政務を執り行いなさい」と言った。

さてここで二人の神、すなわち猿田毘古（サルタビコ）とアメノウズメは「さくしろ」五十鈴（いすず）の宮を造ることになった。

つぎに、登由宇気神（トユウケのカミ）は度相（わたらい）に造った外宮（とつみや）に居ます神である。

八尺の勾璁、鏡、草那芸の剣　いわゆる三種の神器である。

さくくしろ　次の五十鈴にかかる枕詞。クシロは釧、すなわち腕輪。小さな金属具を繋いで手首に巻くクサリから来た語か。サクは不明。

五十鈴の宮　すなわち伊勢神宮。今も五十鈴川が流れる。イセとイスズの音の間に関係はないのだろうか。

登由宇気神　外宮（とつみや）の豊受神。食物を司り、日々アマテラスの食事を料理する。

また天石戸別神（アメのイハトワケのカミ）は、別名

櫛石窓神（クシイハマドのカミ）、更なる別名を

豊石窓神（トヨイハマドのカミ）。この神は御門の神

である。

タヂカラヲは佐那に居る。

アメノコヤネは中臣（なかとみ）の連（むらじ）などの祖先、

フトダマは忌部（いみべ）の首（おびと）などの祖先、

アメノウズメは猿女（さるめ）の君（きみ）などの祖先、

イシコリドメは鏡作（かがみつくり）の連などの祖先、

タマノオヤは玉祖（たまのおや）の連などの祖先である。

ホノニニギは高天の原の御座所である天の石位（いわくら）を出て、八重にたなびく雲を押し分け、暗い道をかき分けかき分け進んで、天の浮橋にすっくと立って、竺紫の日向の高千穂のクジフル岳（たけ）に降り立った。

度相　地名である。

天石戸別神・櫛石窓神・豊石窓神　すぐ前で天石門別神として出てきたが、門の神であった。マドは真戸・真門。

佐那　伊勢のどこか。三重県多気郡に佐那神社があるがこれか。

ここは先に述べた五人の従者の系譜。超一流の家柄という感じだ。

中臣の連　むらじは姓（かばね）の一つ。

忌部の首　おびとも姓の一つ。忌部は幣や祭器を作る一族で、首はその頭領。

猿女の君　アメノウズメのこと。やがてサルタビコと対になる。

そこで
天忍日命（アメのオシヒのミコト）と
天津久米命（アマツクメのミコト）
の二人が背には矢を入れる靫を負い、腰には柄頭を大きく作った太刀を帯び、波士弓を手に取り、真鹿児矢を摑んで、先導を務めた。

天忍日命は大伴の連などの祖先であり、天津久米命は久米の直などの祖先である。

この時、ホノニニギが言うには、「この場所はうつろな国から山伝いに笠沙の岬へようやく出たところ、朝日を正面から受けるところ、夕日の照らす国である。すなわちまことによい場所である」と言い、深い岩の上に太い柱を立てて、高天の原まで届くほどの高い千木を伸ばして居所とした。

ホノニニギは　先遣隊五名を伊勢に送っておいて、いよいよ本隊が降りてくる。威風堂々の劇画的な場面。

日向の高千穂の　特定の地名とも考えられるが、日に向かう場所の、高く稲穂を積み上げためでたい土地、という霊的な意味の濃い表現かもしれない。

クジフル岳　特定できない。

うつろな国　原文は「韓国（カラクニ）」だから朝鮮半島と思われがちだが、ここは『日本書紀』の「空国」という表記の方が意味が通じる。苦労の多い旅路であるが、遍歴を重ねて最適の地に至るのが神なのだ。

笠沙の岬　おそらく架空の地名。

サルメとサルタビコ

さて、ホノニニギがアメノウズメに言うことには、「ここまで先に立って案内してくれたサルタビコはおまえが名を名乗らせたのだから、おまえが伊勢まで送る役を果たせ。そしてあの神の名を受け継ぐがよい」と言った。

そこでサルタビコという男神の名を貰って女は猿女君（**サルメのキミ**）と名乗るようになったのである。

サルタビコは阿邪訶に居た時、漁をしていてヒラブ貝に手を挟まれて、海水に溺れて沈んだ。

底に沈んだ時の名を

底度久御魂（ソコドクミタマ）、

水底から泡が立ち上った時の名を

この段よりP154まで、ぜんたいとして潜水漁を模した滑稽な舞のような印象。

阿邪訶　伊勢国壱志郡に阿射加（あざか）神社があったという記録がある。

ヒラブ貝　これがわからない。手を挟まれて溺死するとなると、南洋のシャコ貝くらいのサイズでないと無理だが、そんなものが伊勢の海にいたのか。

都夫多都御魂（ツブタツミタマ）と言い、
泡がはじけた時の名を
阿和佐久御魂（アワサクミタマ）と呼ぶ。

アメノウズメはサルタビコと共に伊勢に帰った。

そこで海に住む鰭の広い魚・鰭の狭い魚すべてを呼び集めて、

「おまえたちは天つ神の御子に仕えますか」と問うと――

もろもろの魚はみな、

「お仕えいたします」と答えた。

しかし海鼠だけは答えなかった。

アメノウズメは海鼠に向かって、

「おまえの口は話せない口なのか」と言って、小刀でその口を裂いた。それで、今でも海鼠の口は裂けている。

これ以来、志摩国から初物を献上する時にはまず猿女の一族に賜るのである。

鰭の広い魚・鰭の狭い魚 原文の読み下しでは「鰭（ハタ）の広物（ヒロモノ）、鰭の狭物（サモノ）」。魚を総称する慣例的ないし詩的表現。

海鼠 この漢字は中国由来で、古代の日本語ではあの動物はコだった。生のままのがナマコ、干せばイリコ、その腸はコノワタ。卵巣を干すとクチコあるいはコノコ。

おまえの口は 実際ナマコの口はただの穴であり、顎の形をなしていない。

志摩国 語源が「島」。

コノハナノサクヤビメ

ホノニニギは笠沙の岬で美しい若い女に出会った。

「おまえは誰の娘か」と問うと、

「大山津見神（オホヤマツミノカミ）の娘、名前は

　神阿多都比売（カム・アタ・ツ・ヒメ）、またの名を

　木花之佐久夜毘売（コのハナノ・サクヤ・ビメ）と申します」と答えた。

「おまえに兄弟姉妹は居るか」と問えば

「石長比売（イハナガ・ヒメ）という姉がいます」と言う。

そこでホノニニギは、

「おまえを妻として共寝したいと思うが、いかがか」と問うた。

「お答えはわたくしの口からは申せません。父オホヤマツミ

おまえは誰の娘か　美女に会えばこう訊ねるものだった。

大山津見神　何度も出てくるが、特に性格はない。いわば国つ神の代表で、その娘が天つ神と結ばれるというところが大事。

神阿多都比売、またの名を木花之佐久夜毘売　カムは美称、アタは薩摩の阿多郡。つまり彼女は薩摩隼人の娘である。コノハナノサクヤビメの方は乙女を花にたとえたまったく詩的な名前。

から申し上げましょう」と答えた。

　父なるオホヤマツミに娘を欲しいと伝えると、相手は大いに喜んで、木花之佐久夜毘売（コノハナノサクヤビメ）に姉の石長比売（イハナガヒメ）も添え、百基の机にも余るほどの祝いの品を持たせて送り届けた。

　しかし姉のイハナガヒメはとても醜かった。ホノニニギは一目見てこの娘を返してしまい、コノハナノサクヤビメと一夜だけ楽しく共寝をした。

　オホヤマツミは姉娘のイハナガヒメを突き返されたことを屈辱と思い、言ってきたのは――

「娘を二人そろえてお送りしたのは、イハナガヒメをお側（そば）に置かれれば、この先、天つ神の御子の寿命は、雪が降ろうが風が吹こうが、ずっと岩のように確実な長いものになるからでございました。コノハナノサクヤビメを差し上げたのは、木に咲く花のように御代が栄えることを願ってのことでございました。お側にコノハナノサクヤビメだけを留められた以上、天つ神の御子の寿命は木の花のように儚（はかな）いものになるで

石長比売　岩のように寿命が長いということ。
お答えはわたくしの口からは申せません　公式の結婚を想定すればこう答えるのが普通で、自分でさっさと決めたスセリビメが例外（P94）。

しょう」と言った。

その故に今に至るまで天皇の命は長くないのである。

さて、コノハナノサクヤビメがホノニニギに向かって言うには――

「わたしは子を孕んでいよいよ産む時になりました。天つ神の御子ですから私事として勝手に産むわけにはいきません」と言った。

ホノニニギは――

「サクヤビメ、おまえとは一夜しか共寝をしていない。それは私の子ではなく、誰か国つ神の子であろう」と言った。

コノハナノサクヤビメは答えて――

「もしも私のこの子が国つ神の子ならばお産は難産になるでしょう。天つ神の子ならば安産であるでしょう」と言った。

そこで戸のない八尋の産屋を造り、その中に入って、戸口を土で塗りかためた。

天皇 この文字は『古事記』ではここで初めて出てくる。スメラの語源は「澄む」か。「統べる」ではない。

一夜しか共寝をしていない 男の疑い。しかしこれは天と地の結婚、すなわち聖婚であるから正統の子が生まれないはずがない。

戸のない…… 戸のない室屋に籠もり、入口を塗りかため（矛盾するが強調語法としよう）、更に火を放って逃げられないようにする。

いよいよ産む時になるとその産屋に中から火を放って、その火の中でお産をした。

火の勢いの強い時に生まれたからその子の名を——

火照命（**ホデリ**のミコト）、

これは隼人阿多（はやひとあた）の君の祖先である。

その次に生まれたのが——

火須勢理命（ホスセリのミコト）。

その次は——

火遠理命（**ホヲリ**のミコト）。

この子は別名を——

天津日高日子穂穂手見命（アマツヒコ・ヒコ・ホホデミのミコト）と呼ぶ。以上三名。

身の潔白を証明するために神意を問うているのだ。次の生んだ子の名前への連想もある。

火照命　火が照り輝くさま。

隼人阿多の君　ハヤは『唐書・倭国伝』にある「波邪」か。地名だろう。アタも地名。

火須勢理命　火の勢いが進む。スセリビメと同じ語源。

火遠理命　火が折れる、勢いを失う。

天津日高日子穂穂手見命　同じホ音の表記が「火」から「穂」に変わっている。炎（ホノホ）という言葉が「火の穂」であることからもわかるとおり、この二つは縁が深い。自然の生命力・生産力の象徴。

ホデリとホヲリ、トヨタマビメ

さて、火照命(ホデリノミコト)は海佐知毘古（ウミサチビコ）となって、鰭(はた)の広い魚・鰭の狭い魚すべてを捕るようになった。弟の火遠理命(ホヲリノミコト)は山佐知毘古（ヤマサチビコ）となって、毛の粗い獣・毛の柔らかい獣すべてを獲るようになった。

ある時、ホヲリが兄のホデリに向かって言うには——

「お互いに道具を取り替えてみましょう」と言った。

だが三度言っても聞いてもらえなかった。

それでも最後にはようやく取り替えてもらった。

そこでホヲリは釣りの道具を持って海に行ったが、魚は一尾も釣れないばかりか釣り針まで海でなくしてしまった。

兄のホデリは釣り針を返せと言って、

「山の道具もヤマサチが使ってこそ、海の道具もウミサチが

海佐知毘古・山佐知毘古 サチは漁や猟の獲物（得た物）であると同時に、そのための道具であり、道具に籠められた霊力でもある。狩猟・漁労は運に左右されることが多いから霊力は大事なのだ。

鰭の広い魚・鰭の狭い魚すべて、毛の粗い獣・毛の柔らかい獣すべて 前にも書いたが、定型的な言いかた。漁と猟の対象であり、宮廷に献上することが前提になっている。ちなみに英語のgameは狩猟の対象となる

使ってこそ。お互い元に戻そう」と言った。

弟のホヲリが答えて言うには――

「借りた釣り針で魚を釣っても一尾も釣れなかった上に、釣り針そのものをなくしてしまいました」と答えた。

しかし兄はそれでも返せと強く弟を責めた。

弟は腰に帯びた十拳（とつか）の剣（つるぎ）を五百本の釣り針に変えて返したが、受け取ってもらえない。更に千本の釣り針を用意したがこれも受け取ってもらえない。

「ともかく元の釣り針を返せ」と兄は言う。

弟が海辺まで行って泣き暮れていると、塩椎神（シホツチのカミ）という者がやってきて――

「お世継ぎである

虚空津日高（ソラツ・ヒコ）

はなぜに泣いていらっしゃるのですか」と問うた。

「兄の釣り針を借りたところ、なくしてしまった。たくさん

動物というのが原義。

塩椎神　シホは潮。チはイカヅチなどと同じく霊の意。潮路を司る神である。

虚空津日高　ソラは天と地の中間領域。アマツヒコが天皇であるのに対してソラツヒコは皇太子か。

の釣り針を差し出して許してもらおうとしたが『元のを返せ』と言われた。それで泣いているのだ」とホヲリは答えた。

　そこで塩椎神（シホツチのカミ）は、

「ではあなたのために一工夫してみましょう」と言い、无間（まなし）勝間（かつま）の小舟を造ってホヲリを乗せて言った――

「ここでこの舟を押し出しますから、そのまま進みなさい。やがてよい潮路に乗るでしょう。それに任せて行けば魚鱗（いろこ）のように造った宮殿、すなわち綿津見神（ワタツミのカミ）の宮に行き着きます。そこの門まで行ったなら、その横に湯津香木（ゆつかつら）があります。その木の上に登って待てば、海の神の娘が相談に乗ってくれるでしょう」

　教えられたままに舟で行くと、すべてが言われたとおりに運んだので、その桂の木に登って待った。

　すると海の神の娘である

　豊玉毘売命（**トヨタマビメ**のミコト）

无間勝間　マナシは目がないほど密に編んだ。カツマは籠。そういう造りの舟があったらしい。それに乗って漂い行く。眠って夢のうちに進むのかもしれない。眠るから「目がない」か。

魚鱗のように造った宮殿　多くの建物が並ぶさま。海底の都だからという連想もある。

綿津見神　P46の注参照。

相談に乗ってくれる　オホナムヂを思い出そう。彼も困り果てた時に母に言われて他界に赴き、そこで出会った娘と恋仲になって助言をもらい、更に宝物を得て戻って王になった。

豊玉毘売　美貌そのままの命名であるが、玉は海底世

の侍女たちが井戸から水を汲(く)むために綺麗な器を持ってやってきて、いざ汲もうとすると井戸の水に影が映った。

上を見ると美しい若い男がいた。おかしなことだと思った。

その男すなわちホヲリはその侍女を見て、「水をください」と言った。

侍女は器に水を汲んで、差し出した。

ホヲリは水を飲まず、首に懸けた飾りの玉を外して口に含んだ上で器の中に吐きだした。すると玉は器にくっついてしまい、侍女が取ろうとしても外れない。しかたがないのでそのままに豊玉毘売命(トヨタマビメのミコト)のところへ持っていった。

その器を見たトヨタマビメが「外に誰か居るの」と問うので、侍女は、

「井戸の横の桂の木に人が居ます。とても美しい男の方で、お父上よりも立派に見えます。その方が水を飲みたいと言われるので差し上げたところ、水は飲まずにこの玉を吐き入れました。どうしても外れないのでそのままお持ちしました」

界では大事なキーワードで、以下さまざまに登場する。

綺麗な器　原文は「玉器（タマモヒ）」。

と答えた。

トヨタマビメは不思議なことだと思って、出ていって、相手を見てすっかり好きになり、互いに目と目で気持ちを伝えた。

トヨタマビメは父に、「門のところに美しい人がいます」と言った。

海の神であるワタツミは自ら出ていって、

「この人は天津日高（アマツヒコ）の御子の虚空津日高（ソラツヒコ）ではないか」と言った。

そこで家の中に招じ入れ、アシカの皮の敷物を八枚重ねて敷き、その上に絹の敷物を八枚敷いた上に坐らせ、百基の机に結納の品々を積み上げて、料理を用意し、トヨタマビメとの婚儀を執り行った。

ホヲリはそれから三年この海の国に住んだ。

その時になってホヲリはここに来た時のことを思い出して

敷物　原文は「畳」。板敷きの床の上に敷くものはすべて畳だった。重ねるほどに貴人へのもてなし感が高まる。

嘆いた。

トヨタマビメはその嘆きを聞いて父に訴えた――

「三年の間ここに住まれた間、嘆くことなど一度もなかったのに、今夜はひどく嘆いていらっしゃいました。何か理由があるのでしょうか」

そこで父であるワタツミが婿ホヲリに問うて――

「今朝、娘が言うことを聞くと、『三年ここにいらしてずっと嘆きのお声など聞いたことがなかったのに、今夜はひどく嘆いておられる』と訴えました。もしや何か理由があるのでしょうか。そもそも三年前にここに来られたのはどういう事情からだったのですか」と問うた。

ホヲリはワタツミになくした兄の釣り針のことを話した。

それを聞いて海の神であるワタツミは海の大きな魚・小さな魚をすべて呼び集めて、「この釣り針を取った魚はいるか」と問うた。

するとたくさんの魚が答えて言うには――

嘆き　ナゲキは長息。ため息のことである。

「この頃、鯛が喉に何か刺さっていてものが食べられないと辛そうに言っておりました。釣り針を取ったのはこの鯛に違いありません」と言った。

そこで鯛の喉を調べてみると果たして釣り針があった。

これを取りだし、きれいに洗って、ホヲリに差し出した。

そこでワタツミが言うには――

「この釣り針を兄上に返される時は、『これはふさぎの釣り針、あせりの釣り針、まずしい釣り針、おろかの釣り針』と唱えて後ろ手で渡してやりなさい。またこれから兄が高いところに田を作ればあなたは低いところに田を作りなさい。兄が低いところに田を作ればあなたは高いところに田を作りなさい。私は水を司る神ですから、三年の間は兄上を貧しくいたしましょう。

もしもそれを恨んで攻めてきたならば、この塩盈珠を出して溺れさせ、謝ったなら塩乾珠を出して救い、そうやって苦しい思いをさせてやりなさい」と言った。

喉　ノド、語源は呑門（ノミド）。

ふさぎの釣り針、あせりの釣り針、まずしい釣り針、おろかの釣り針　原文は「おぼ鉤（ち）、すす鉤、貧鉤、うる鉤」。この名訳は石川淳に依る。

後ろ手で渡して　右の呪言同様これも呪いのふるまい。

私は水を司る神ですから　海の神は水の神でもある。

塩盈珠・塩乾珠　ここにも玉が出てくる。塩は潮である。

そう言って塩盈珠・塩乾珠の二つをそろえて授けた。

次に鮫の類を呼び出して、問うには——

「今、アマツヒコの御子であるソラツヒコが上の国に帰ってゆかれる。お送りするとして、おまえたちのうちの誰ならば何日かかってこの責務を果たせるか、それぞれに述べよ」と問うた。

そこで鮫たちが自分の身体の長さに応じてかかる日数を述べ、一尋（ひとひろ）の鮫が言うには、

「私ならば一日（ひとひ）でお送りしてすぐに帰ってきます」と言った。

ワタツミはその鮫に——

「ではおまえが送ってゆくがよい。海を渡る時に恐い思いなどさせるなよ」と言って、ホヲリを鮫の首に乗せて送り出した。

鮫は約束のとおり、一日で帰ってきた。

鮫が戻る前にホヲリは身に帯びた紐小刀（ひもかたな）を外して、鮫の首に付けてやった。

一尋　ヒトヒ（一日）で帰るためにはヒトヒロ（一尋）でなければならない。ヒロ（尋）は左右の手を広げた長さ。この漢字も左と右と寸を合わせて作られた。

恐い思いなどさせるなよ　一般に鮫は凶暴だから。

だから一尋の鮫は今も佐比持神（サヒモチのカミ）と呼ばれる。

その先はすべて海の神ワタツミの言うとおりに釣り針を兄ホデリに返した。

やがて兄はどんどん貧しくなり、心を荒らげて攻めてきた。攻めようと来た時には塩盈珠を出して溺れさせ、詫びて憐れみを乞う時には塩乾珠を出して救った。

こうやって、悩ませたり苦しめたりしているうちに、兄が言うには――

「私はこれから先はあなたを昼も夜も守ってお仕えします」と言った。

その故に彼の子孫は儀式の中に溺れる様子をさまざまに真似た所作をして今に至るまで天皇に仕えているのである。

佐比持神 サヒは刀剣。鮫の歯が鋭いことから。

攻めようと来た時には 一度ではなく何度も、と宣長は言う。そのたびに撃退している。

あなたを昼も夜も守って ……（隼人一族が）宮廷の守護役となって。

溺れる様子をさまざまに真似た所作 大嘗祭で舞われる隼人舞。褌一つで、顔と掌を赤く塗って、次第に高くなる水の中で溺れるさまを滑稽に演じる。

トヨタマビメの出産

さて、海の神の娘であるトヨタマビメが夫ホヲリのところにやってきて言うには——

「私は妊娠しておりましたが、いよいよ出産の時となりました。そこで思ったのですが、天つ神の御子は海で産むべきではないでしょう。そう考えてここまで参りました」と言った。

そこで海辺の渚（なぎさ）に、鵜の羽根を萱（かや）の代わりに葺（ふ）いた産屋を造った。

その産屋の屋根がまだ葺き終わりもしないうちにお産のきざしが強まり、産屋に入った。

いよいよ生まれようとする時になって、トヨタマビメが世継ぎである夫ホヲリに向かって言うには——

「あちらの国では女は出産の時になると本来の姿に戻って産

鵜　鵜は水辺の鳥だから。「産（う）む」や「産屋（うぶや）」にも繋がるかもしれない。

むものです。私も元の姿になって子を産むことになるでしょう。お願いですから私を見ないで下さい」と言った。

しかしホヲリは好奇心に駆られて、正に子が生まれようとするところを覗き見たところ、妻のトヨタマビメは長さ八尋の鮫の姿に戻って腹這いのたくり回っていた。

ホヲリは驚いて恐くなって逃げ出した。

トヨタマビメは見られたことを知って、いたく恥ずかしく思い、産んだ子をそこに残して去ったのだが、そこで言うには――

「私はこの先も海の道を通って行き来しようと思っていましたが、あなたは私の正体を見てしまった。ひたすら恥ずかしく思います」と言った。

そして陸と海の境を越えて帰ってしまった。

生まれた御子は

天津日高日子波限建鵜葺草葺不合命（アマツ・ヒコ・ヒコ・ナギサ・タケ・ウガヤ・フキアヘズのミコト）

見ないで下さい 黄泉国のイザナミと同じ要求。夫が妻の出産のさまを見ないという禁止の習慣があったわけではなく、説話的な工夫らしい。パターン化されていたのだ。

天津日高日子波限建鵜葺草葺不合命 渚に建てた産屋の屋根を鵜の羽根で葺き切

と名付けられた。

トヨタマビメは夫に恥ずかしい姿を見られたのを恨みはしたが、恋しい心を抑えることはできなかった。

そこで産んだ子を日々育てるために自分の妹の玉依毘売（タマヨリ・ビメ）を寄越した。

その時に妹に託した歌が——

赤玉（あかだま）は　緒（を）さへ光（ひか）れど
白玉（しらたま）の　君が装（よそひ）し　貴（たふと）くありけり

琥珀のように赤い玉は、それを繋ぐ紐まで輝いて見えますが
それ以上に、あなたの姿は真珠の白い玉、一層高貴に思われます。

る前に生まれた子。

赤玉　琥珀である。
白玉　これは真珠。

これに対して夫ホヲリが答えた歌は——

沖つ鳥　鴨著く島に
我が率寝し　妹は忘れじ　世のことごとに

夫婦仲のよいと言われる（沖つ鳥）鴨が住む島で
共に寝た恋人であるおまえを忘れることはない。世が
変わろうと。

ホヲリは高千穂の宮で五百八十歳まで生きた。
その墓は高千穂の山の西にある。
天津日高日子波限建鵜葺草葺不合命が、叔母である玉依毘
売を妻として生ませた子の名は
五瀬命（イツセのミコト）、
次に

五百八十歳まで生きた　父がイハナガヒメを退けたわりには長生きした。
叔母である玉依毘売を妻として　神話の世界ではなんでもあり。系譜の継続が大事なのだ。
五瀬命　イツセは厳稲（イツシネ）であると宣長は言

稲氷命（イナヒのミコト）、
次に
御毛沼命（ミケヌのミコト）、
次に
若御毛沼命（ワカ・ミケヌのミコト）、別名は
豊御毛沼命（トヨ・ミケヌのミコト）、また別名は
神倭伊波礼毘古命（カム・ヤマト・イハレビコのミコト）。以上四名。

このうち、御毛沼命は波頭を渡って常世国に行ってしまった。

稲氷命は妣の国へ行くと言って海に入った。

う。立派な稲穂か。

稲氷命・御毛沼命・若御毛沼命、別名は豊御毛沼命　五瀬と同じくどれも稲ないし食物にかかわる名前。

神倭伊波礼毘古命　これは天皇になってからの名前。

常世国　葦原中国は黄泉国、妣の国、などなど多くの異界に囲まれていた。これもその一つで、海の彼方にあったように受け取られる。

妣の国　妣は亡き母だから黄泉国に重なり、海の底・地の底にあるらしい。だから「入る」。

中巻

初代神武天皇

神倭伊波礼毘古命(カムヤマトイハレビコノミコト)が兄の五瀬命(イツセノミコト)と共に高千穂宮(たかちほのみや)で相談して言うには——

「どこでなら天下を平和に治める事業をうまくやれるだろうか。やはり東に行こう」

と言って、日向(ひむか)を出、筑紫(つくし)に移った。

豊国(とよのくに)の宇沙(うさ)に着いた時、そこに住む者、名は宇沙都比古(ウサツ・ヒコ)と宇沙都比売(ウサツ・ヒメ)という兄妹が足一騰宮(あしひとつあがりのみや)を造って食事を捧(ささ)げた。

神倭伊波礼毘古命 天皇が九州から大和に移って天下を治めることになった「いわれ」(由来)を体現した名。「いはれ」の語源は「言う」。そう言われてきた、ということ。初代神武(じんむ)天皇。

ただし、この種の漢風諡号が作られたのはずっと後の時代のこと。

そこからまた移動して、竺紫（つくし）の岡田宮（おかだのみや）で一年を過ごした。
またこの国から上って、阿岐国（あきのくに）の多祁理宮（たけりのみや）に七年いた。
さらに移って吉備（きび）の高島宮（たかしまのみや）に八年を過ごした。

その国を出て上ってゆく時、速吸門（はやすいのと）で亀の背に乗って釣りをしながら鳥のように袖を振って合図している男がやってきた。

呼び寄せて、
「おまえは誰だ」と聞くと、
「私は国つ神です」と答えた。
「おまえは海の道を知っているか」と重ねて問えば、
「よく知っています」と言う。
「私に仕えるか」と聞くと、
「お仕えしましょう」と言った。
そこで棹（さお）を渡してこちらの船に引き入れ、
槁根津日子（サヲ・ネツ・ヒコ）

五瀬命　すぐに亡くなってしまうのだが。
東に行こう　東に直行するわけではない。最終的にずっと東の倭に落ち着くことを予見してのこと。
日向　後に言われる日向すなわち宮崎県よりずっと広く九州東南部一帯。
筑紫　同じく九州の北部一帯。
豊国の宇沙　豊前国宇沙郡。現宇佐市。
宇沙都比古と宇沙都比売　宇沙は地名のまま。土地の神である。兄と妹で統治したのは卑弥呼とその弟と同じ。
足一騰宮　脚の一方が宇沙川の岸辺にあり、もう一方が川の中にあった、とか、急いで造ったので一足で上

という名を授けた。

(これは倭国造などの祖先である。)

そこから更に上って、浪速の渡を経て、青雲の白肩津に船を泊めた。

この時、
登美能那賀須泥毘古(トミノナガスネ・ビコ)

という者が兵を率いて戦いを挑んできた。

カムヤマトイハレビコはこれを迎え撃つべく、積んできた楯を取って船から下りた。そこでこの地に楯津という名を付けた。今は日下の蓼津と呼んでいる。

登美毘古を相手に戦っている時、イツセは敵が放った矢を手に受けて深い傷を負った。

そこで言うことには——

「私は日の神の子なのだから、太陽に向かって戦ったのがいけなかった。だからあんな奴に傷を負わされた。これからぐ

がれるほど床が低かったとか、諸説ある。

筑紫の岡田宮　筑前国遠賀(おか)郡。遠賀川の河口付近。ここが瀬戸内海航路の出発点だった。

上って　最終目的地が倭だから。今も東京に向かう列車が上り。

阿岐国の多祁理宮　安芸つまり今の広島県だが、多祁理は不明。

吉備の高島宮　これも今の岡山県だろうが高島宮は不明。

速吸門　流れの速い海峡。渦が海水を吸い込むように見えたのか。九州から海路で東に向かったとすればこれは豊予海峡になるが、その前に吉備にいたのならば

るっと回って、太陽を背にして戦おう」と言った。

南の方から迂回(うかい)して進み、あるところで手の血を洗ったので、そこは血沼(ちぬの)海という地名になった。

更に巡って、紀国(きのくに)のある場所で、

「ああ、あんなつまらぬ奴の手にかかって私は死ぬのか」

と大声で嘆いて、亡くなった。

この男建(おたけ)びの故にここは男之水門(おのみなと)と呼ばれることになった。

イツセの墓は紀国の竈山(かまやま)にある。

カムヤマトイハレビコがそこを出てぐるりと回り、熊野村(くまののむら)まで来た時、大きな熊がいきなり出てきてすぐに消えた。カムヤマトイハレビコは熊の毒気に当たって気を失い、軍勢もみな気を失った。

この時、熊野の

高倉下（タカクラジ）

という男が一振りの剣を持ってきて、気を失って寝ていた天

明石海峡となる。

槁根津日子　棹で引き入れたから。

倭国造などの祖先　地縁を考えれば豊予海峡では遠すぎるから明石海峡とする方が自然。

浪速の渡　今の大阪湾らしいが、波が速い海峡という一般的な意味かもしれない。ナニワという地名が先にあって、そこにこの漢字を当てたのかもしれない。ナニワは魚庭、つまり豊漁の海の意か。

青雲の白肩津　「青雲の」は白にかかる枕詞だろう。複数の枕詞と地名のセットを連ねる「道行きぶり」の歌のかけらなのかもしれない。地名としては「肩」は

つ神の子に献上した。

すると天つ神の子は目を覚まして「ああ、よく寝たなあ」と言った。

その剣を受け取ると、それだけで熊野の山の荒ぶる神たちは切り倒されてしまった。眠っていた軍勢もみな目覚めた。

天つ神の子が

「この剣はどこから得たのか」と問うのに対して高倉下（タカクラジ）が答えて言うには――

「私の夢の中にアマテラスとタカギのお二人が出て来られて、タケミカヅチを呼び出されて言うには、『葦原中国（あしはらのなかつくに）はずいぶん騒々しいようだ。私の子供たちも病を得て難儀をしているらしい。そもそも葦原中国はお前が平定してきた国である。降りていってなんとかしてこい』と言われました。

これに対してタケミカヅチが答えるには――

『私がわざわざ降りなくても、あの国を平定した時の剣がありますから、これを降ろすのがいいでしょう。この剣を降ろ

「潟」、「津」は港のこと。

登美能那賀須泥毘古　登美は大和の地名。ナガスネビコは脛の長い男。略称トミビコ。

楯津・日下の蓼津　これまでにもいくつもあったが『古事記』はエピソードで地名を解くのが好きだ。日下は河内国河内郡。

太陽に向かって　河内から見ると敵がいる大和は東。

血沼海　後の和泉国の茅渟県（ちぬのあがた）。

紀国の　実際には和泉国。

男建び　今は「雄叫び」と書くが本意は叫ぶことではなく猛々しくふるまうこと。

男之水門　和泉国日根郡。

紀国の竈山　和歌山市和田。

熊野　「くま」は隈、奥深

すにはタカクラジの倉の屋根に穴を開けてそこから落とせば済むことです。目覚めて爽快な時にこれを持っていって天つ神の子に献上せよ、とタカクラジに言えばいい』と答えました。

目覚めてみると夢に教えられたとおりに剣がありましたので、それを持って参りました」と言った。

(ちなみに、その剣の名は

佐士布都神(サジフツのカミ)と言う。別名を

甕布都神(ミカフツのカミ)と言う。また別名を

布都御魂(フツのミタマ)と言う。

この剣は今は石上神宮(いそのかみのかむみや)にある。)

ここでタカギが諭(さと)して言うには——

「天つ神の子らよ、この先に行ってはいけない。荒ぶる神がうじゃうじゃ居る。天から八咫烏(やたがらす)を送るから、八咫烏が導くとおりその後を追って進みなさい」と言った。

いところ。「くまの」は奥地の原野。荒ぶる神の統べる領域。熊野村は今の新宮のあたりと考えられる。

大きな熊 熊野だから熊が出た。熊がいるから熊野ではない。

高倉下 後の方で高倉下に剣を見出したことを予見する名。

天つ神の子 カムヤマトイハレビコ。

タカギ タカミムスヒ。P122の「タカミムスヒ」の注参照。

タケミカヅチ 国譲りをオホクニヌシに迫った神。P53の注も参照。

石上神宮 大和国山辺郡。ここは神社であると同時に宮廷の武器庫でもあった。

言われたとおりに八咫烏の後を追って行くと、吉野川の河口に至った。

そこに筌を仕掛けて魚を捕っている人がいた。

天つ神の子が「お前は誰だ」と問うと――

「私は国つ神で、名は

贄持之子（ニヘ・モツ・ノ・コ）と申します」

と答えた。（これは、阿陀の鵜養の祖先である。）

その先を行くと、尻尾のある人が井戸の中から出てきた。

その井戸の水はきらきらと光っていた。

「お前は誰だ」と聞くと――

「私は国つ神、名は

井氷鹿（ヰヒカ）と申します」と答えた。

（これは、吉野の首の祖先である。）

そこから山に入ってゆくと、また尻尾のある人に会った。

その人は大きな岩を押し分けて出てきた。

「お前は誰だ」と問うと――

タカギが諭して言う　夢のお告げである。

八咫烏　大きなカラス。八咫は「や・あた」で「あた」は長さの単位。親指と中指を開いた長さをいう。

吉野川の河口　同じ川だが和歌山県では紀ノ川、奈良県に入って吉野川と名が変わる。

筌　竹を編んで作った漁具。魚が入ると出られない。

贄持之子　宮廷に献上する土地の物産を運ぶ係。

阿陀の鵜養　阿陀は地名。大和国宇智郡。鵜養は鵜を使う漁法だが、今のと違って、上流から鵜を放って下流に仕掛けた網に鮎を追い込む漁法。筌にも似ている。鮎は宮廷の大事な食材だった。

「私は国つ神、名を
　石押分之子（イハ・オシワク・ノ・コ）
と申します。天つ神の子がいらっしゃると聞いてお迎えにあがりました」と言った。（これは吉野の国巣（くにす）の祖先である。）
そこから山を踏み越え、道を穿（うが）って進んで宇陀（うだ）まで行った。
だからその土地を宇陀の穿（うかち）と言う。

神武天皇と久米の子らの歌

宇陀（うだ）には
　兄宇迦斯（エ・ウカシ）と
　弟宇迦斯（オト・ウカシ）
という兄弟がいた。
カムヤマトイハレビコはまず八咫烏（やたがらす）を遣わして、二人に問わせた——

国巣　吉野に昔から住んでいた一族。クズとも呼ばれる。

宇陀の穿　奈良県宇陀郡に宇賀志（うかし）というところがある。

兄ウカシと弟ウカシ　このパターンの話は世界中にある。『古事記』の中ではウミサチビコとヤマサチビコなど。

「今から天つ神の子である私がそちらに行くが、お前たちは私に仕えるか」

兄宇迦斯（エウカシ）は鳥が近づくのを待って鳴鏑で射返した。

（そこでその鳴鏑が落ちたところを訶夫羅崎（かぶらざき）という。）

エウカシは天つ神の子を迎え撃とうと兵を集めにかかったが、思うとおりの軍勢が集まらなかったので、

「お仕えいたします」

と嘘（うそ）の返事をする一方で、大きな宮殿を造り、その中に機械仕掛けの罠（わな）を用意して、天つ神の子の到来を待った。

それを知った弟宇迦斯（オトウカシ）は自分の方から先に出向いていって天つ神の子に向かってきちんと挨拶をしてから言うには――

「私の兄のエウカシは、あなたさまの使いの鳥を射返し、待ち伏せでやっつけようと兵を募りましたが思うほど集まらず、宮殿を造って中に罠を仕掛け、待ち受けております。それをお伝えしようとここへ参じました」と言った。

そこで、

鳴鏑　音をたてて飛ぶ矢。

訶夫羅崎　たぶん話に合わせて作った架空の地名。

道臣命（ミチのオミのミコト）、

大久米命（オホ・クメのミコト）

の二名がエウカシを呼び出してきつい口調で言うには――

「おまえが造った宮殿にはまずおまえが先に入って、どういうつもりで仕えると言ったのか、その本音をはっきりさせろ」

と言って、剣の柄をしっかりと握り、矛を突き出し、弓に矢をつがえて、エウカシを宮殿の中に追い込んだ。

エウカシは自分が作った罠につぶされて死んだ。

外に引き出して八つ裂きにして野に捨てた。

だからそこを宇陀の血原（ちはら）と言う。

（ちなみに、道臣命（ミチのオミのミコト）は、大伴連（おおとものむらじ）の祖先、大久米命（オホクメのミコト）は久米直（くめのあたい）の祖先である。）

オトウカシがたくさんのご馳走を献上したのをカムヤマトイハレビコは残らず兵士たちに分け与えた。

大久米命 この後なにかと天皇を助ける。

宇陀の血原 不詳。おそらく架空の地名。

その時に歌ったのが──

宇陀の　高城に　鴫罠張る
我が待つや　鴫は障らず
いすくはし　鯨障る
前妻が　肴乞はさば
たちそばの　実の無けくを　こきしひゑね
後妻が　肴乞はさば
いちさかき　実の多けくを　こきだひゑね
ええ　しやごしや　此はいのごふぞ
ああ　しやごしや　此は嘲咲ふぞ。

鴫を捕ろうと宇陀の狩場で罠を仕掛けて待っていたら、なんと鯨がかかった。
古い妻がおかずが欲しいと言ったら肉の少ないところを削ぎ取ってやれ、新しい妻がおかずが欲しいと言っ

宇陀の高城　「き」は区切られた一廓。ここでは山の上の狩りのための場。
鴫罠　鴫を捕るための罠。「わな」は「輪縄（わなわ）」が語源か。
いすくはし　次の鯨の枕詞。
鯨　オトウカシが催した宴会の料理の献立に鯨があったのかもしれない。とっさに詠み込んで興を誘った。その裏には大敵を討ち取ったという含意があるか。
前妻・後妻　「こなみ」は以前からいる妻、「正妻」とは限らない。「うはなり」は後から来た妻。
肴　「な」は肉・野菜・魚などの副食。

たら肉たっぷりのところを削(そ)ぎ取ってやれ。
ええ、ざまをみろ。(これは突っかかる口調で)
ああ、ざまをみろ。(これは大声で笑う口調で)

このオトウカシは宇陀の水取(もいとり)などの先祖である。


そこを出て忍坂(おさか)の大きな洞窟に至った時、土雲(つちぐも)と呼ばれる尾のある獰猛(どうもう)な者ども八十名がその中で待っていた。天つ神の子はその者どもに食事を供するよう命じた。八十名の相手に対して配膳人を八十名用意し、それぞれに刀を帯びさせた。配膳人たちにむかって、

「歌を聞いたら一斉に斬れ」

と言った。


土雲を斬る合図の歌というのは――

忍坂(おさか)の　大室屋(おほむろや)に

たちそば　よくわからないが要するに実りの悪い穀物。比喩的に用いられている。
いちさかき　ヒサカキという植物で実を多くつけるところから、次の「実の多けくを」を修飾する句。
ええ　しやごしや　「ええ」は掛け声。「しやごしや」は罠に掛かった鯨＝敵を嘲笑しているのか。
水取　宮中で飲み水などを管理する役。
忍坂　大和国城上郡。今の桜井市。
土雲　クモのように手脚の長い異形の者。土着民の蔑称。
八十名　数が多いこと。
配膳人　前の歌に続いてこれも宴会の席で歌われたも

人多に　来入り居り
人多に　入り居りとも
みつみつし　久米の子らが
頭椎い　石椎いもち　撃ちてし止まむ
みつみつし　久米の子らが
頭椎い　石椎いもち　今撃たば良らし

忍坂の大きな洞窟に、人がたくさん入っている。人がたくさん入っていても、我ら勇猛な久米の強者が頭椎い・石椎いの刀を手に、撃ち果たさずにはおくものか、頭椎い・石椎いの刀を手に、今撃つがよい。

こう歌って、刀を抜いて一斉に打ち殺した。

その後、トミビコを撃とうとした時に歌った歌は——

ので、土雲殺戮の場面を再現している。久米部の兵は平和時には給仕を兼ねていたのかもしれない。

みつみつし　久米の枕詞。原義は不明だが、勇猛果敢で勢いがあるといったところか。

頭椎い　柄（つか）の先端が丸く膨らんだ刀。

石椎い　頭椎いの言い換え。

みつみつし　久米(くめ)の子らが
粟生(あはふ)には　韮一本(かみらひともと)
そ根(ね)がもと　そ根芽(ねめ)つなぎて　撃ちてし止(や)まむ

（みつみつし）久米の兵士たちの粟の畑にニラが一本。それを根も芽もまとめて引っこ抜くように、討たずにおくものか。

また歌って——

みつみつし　久米(くめ)の子らが
垣下(かきもと)に　植(う)ゑし椒(はじかみ)
口ひひく　われは忘れじ　撃ちてし止(や)まむ

（みつみつし）久米の兵士たちが垣の下に植えた山椒(さんしょう)。口がひりひりするその味を俺たちは忘れない。討たず

粟・韮・椒・細螺　すべて食べ物であり、これが宴会で目の前にある料理を織り込んで歌った歌であることを示す。歌うたびに自分たちの闘志を盛り上げている。それが「撃ちてし止まむ」のリフレーン。

われは忘れじ　山椒の辛さを敵に受けた屈辱に重ねている。

におくものか。

また歌って――

神風の　伊勢の海の
生ひ石に　這ひ廻ろふ
細螺の　い這ひ廻り　撃ちてし止まむ

（神風の）伊勢の海に生えている石の上を這い回るシタダミ。這い回っても、討たずにおくものか。

また、兄師木（エ・シキ）、弟師木（オト・シキ）を撃った時に戦闘に疲れて歌ったのは――

楯並めて　伊那佐の山の
木の間よも　い行きまもらひ

神風の　伊勢に掛かる枕詞。
生ひ石　石が生えるは奇妙だが、古代人は石や岩も地面の下から生えると考えた。岩根という言葉はそれに由来する。
細螺　小さな貝。
兄師木・弟師木　「しき」は大和の地名。そこにいた豪族兄弟か。後に頻出する。
楯並めて　伊那佐に掛かる枕詞。

戦へば　われはや飢ぬ
島つ鳥　鵜養が伴　今助けに来ね

（楯並めて）伊那佐の山の木々の間から敵を偵察しているうちに私はひどく腹が減った。（島つ鳥）鵜飼いの衆よ、助けに来い。

と歌った。

この時、邇芸速日命（ニギハヤヒのミコト）が来て天つ神の御子に向かって言うことには――「天つ神の御子が地上に降りられたと聞きましたので、追って参りました」と言った。

そして天から来た者であるしるしの品を献上して、カムヤマトイハレビコに仕えることにした。

鵜養　これも宴会の料理。鵜飼いが持ってくるのは鮎である。

助けに　「たすける」の「た」は接頭語で本来は「すく」。男の名に使われる「介」、「助」、「輔」などは上司を助けるという意味。「佐藤」は藤原を補佐するの意だろう。

邇芸速日命　アマテラスとスサノヲのうけひで生まれた正勝吾勝勝速日天之忍穂耳命（マサカアカツ・カチハヤヒ・アメノ・オシホ・ミミのミコト）の名の一部とその子ホノニニギの名を合成して作られた名。

しるしの品　具体的には書いてないが、物部氏に伝え

邇芸速日命（ニギハヤヒのミコト）がトミビコの妹である
登美夜毘売（トミヤ・ビメ）
を妻として生んだ子は
宇摩志麻遅命（ウマシマヂのミコト）。
これは
物部（もののべ）の連、
穂積（ほづみ）の臣、
婇（うねめ）の臣、の祖先である。

このようにカムヤマトイハレビコは荒々しい神たちを説得して服従させ、反抗する者どもを打ち負かして、畝火（うねび）の白檮（かし）原宮（はらのみや）に住んで天下を治めた。

られていたとされる十種の神宝なるものに関係するか。

物部の連　とても大きな一族である。だから神武天皇のすぐ近くに祖先を設けたのか。

○○に住んで天下を治めた　以下これが天皇即位を伝える定型となる。

神武天皇とイスケヨリヒメ

カムヤマトイハレビコがまだ日向（ひむか）にいた頃、阿多（あた）というと

阿多　薩摩国。

ころの

　小椅君（ヲバシのキミ）という者の妹である
　阿比良比売（アヒラ・ヒメ）を妻として生んだ子は
　多芸志美美命（タギシ・ミミのミコト）と
　岐須美美命（キス・ミミのミコト）の二名である。

しかしながら更に大后の候補にと美人を探している時、オホクメが言うには――

「ここに一人の乙女がおりまして、神の子と言われています。そのわけはと言えば、まず

　三島湟咋（ミシマのミゾクヒ）の娘で、名を
　勢夜陀多良比売（セヤダタラ・ヒメ）

という美しい女がおりました。美和の大物主神（オホモノヌシのカミ）が見初めて、この美人がうんこをしている時に丹塗矢に化けてうんこを流す溝まで流れくだって、その人のホトを突っつきました。

　美人さんはびっくりして、あわてて立ち上がり、その矢を

小椅君　そこに住む土豪。
多芸志美美命　タギシは曲がりくねっていること。後にわかるが悪い男なのだ。
岐須美美命　これは特に意味はない。
大后　后（きさき）は天皇の妻。大后は正妻、すなわち皇后。
三島　摂津国三嶋郡。
勢夜陀多良比売　「矢の立った姫」の意。
美和　美和は三輪。大和国。
大物主　モノはカミより一段低い鬼や霊など。その頭領ということ。他の資料ではオホクニヌシと一体化している。
流れくだって　三輪を流れる泊瀬（はつせ）川。三島で海に注ぐ。
富登多多良伊須須岐比売命

寝室に持っていって寝床の近くに置いたところ、たちまち見目麗しい男になりました。そしてその美人を妻として生んだのが

富登多多良伊須須岐比売命（ホト・タタラ・イススキ・ヒメのミコト）、またの名を

比売多多良伊須気余理比売（ヒメ・タタラ・**イスケヨリ・ヒメ**）

という乙女なのです（名前を変えたのは「ホト」という言葉を嫌ったからで）。

そのために神の子と呼ばれているのです」と話した。

七人の乙女が高佐士野（たかさじの）で遊んでいる中に伊須気余理比売（イスケヨリヒメ）もいた。オホクメがイスケヨリヒメを見て、天皇（すめらみこと）に向かって歌って言うには――

倭（やまと）の　高佐士野（たかさじの）を

そのまま「ホトに矢を立てられてあわてた女」の意。ホトは女性器。これが最初の天皇の正妻の名なのだから、おおらかなものだ。この後はイスケヨリヒメの名で通る。

高佐士野　不明。

天皇　カムヤマトイハレビコであるが、もう即位したから天皇（すめらみこと）と呼ぶ。

倭の　この話は大和と朝廷の結びつきを強調するものである。

七行(ななゆ)く　媛女(をとめ)ども　誰(たれ)をし枕(ま)かむ

大和の高佐士野を七人の乙女たちが行きます。誰を抱きますか。

イスケヨリヒメは乙女たちの先頭に立って歩いていた。天皇は乙女たちを見て、先頭にいるのがイスケヨリヒメであることを覚って、歌で答えた――

かつがつも　いや先立(さきだ)てる　兄(え)をし枕(ま)かむ

敢(あ)えて言えば、先頭にいるあの姉娘を抱くかな。

オホクメが天皇の言葉を伝えると、イスケヨリヒメは変な話と思って歌って問うには――

かつがつも　「敢えて選ぶなら」と言ったのは、本当は七人とも欲しいからか。

兄　兄弟姉妹でいちばん上。

胡鷰子鶺鴒　千鳥ま鵐　など黥ける利目

あめつつ　ちどりましとと、なんでそんなに大きな目なの。

オホクメが答えて歌うには――

媛女に　直に逢はむと　我が黥ける利目

お嬢さんにまっすぐ会おうと、それで私の大きな目。

と歌った。

乙女は「お仕えしましょう」と答えた。

イスケヨリヒメの家は狭井川の上にあった。天皇はそのイスケヨリヒメの家に行って、一夜共に寝た。（その川の名をサイ川という理由は、川辺に山百合がたくさんあったからで、

胡鷰子鶺鴒　千鳥ま鵐　アマトリ・ツツドリ・チドリ・マシトト。どれも鳥の名らしい。口調がいいし童謡らしくかわいい。だいたい鳥の目はまん丸で大きいし。

一夜共に寝た　聖婚であり儀式である。天の神の子と大地の娘が寝た。

山百合　地名の説明だが、

その名を取ってサイ川と呼ぶことにしたのだ。山百合は元の名をサイと言った。）

後になってイスケヨリヒメが宮廷に行った時、天皇が詠んだ歌——

葦原（あしはら）の　しけしき小屋（をや）に
菅畳（すがたたみ）　いや清（さや）敷きて　我が二人寝し

葦の原のぼろっちい小屋に菅の敷物をさやさやと敷いて二人で寝たねえ。

そうして生まれたのが
日子八井命（ヒコ・ヤヰのミコト）、次に
神八井耳命（**カム・ヤヰミミのミコト**）、次に
神沼河耳命（**カム・ヌナカハ・ミミのミコト**）、の三人
である。

しかし狭井は各地にあり、本来は湧き出る清水の意ではないか。

いや清　いよいよ爽やかであることと敷物を敷くさやさやという音が重なっている。

日子八井命・神八井耳命・神沼河耳命　どれもあまり意味はないが、水に縁がある名なのは狭井川の連想だろう。

神沼河耳命　二代綏靖天皇。

この天皇が亡くなった後、三兄弟の母違いの兄である多芸志美美命（タギシミミノミコト）がイスケヨリヒメを妻とした。

タギシミミが三兄弟を亡きものにしようと画策しているのを知ってイスケヨリヒメは辛（つら）く苦しく思い、歌によって息子たちに危険を知らせた。その歌というのは——

狭井河（さゐがは）よ　雲立ちわたり
畝火山（うねびやま）　木（こ）の葉さやぎぬ　風吹かむとす

狭井川に雲が湧く。畝火山の木の葉が騒ぐのは風が強くなる前兆かしら。

また別の歌に——

畝火山（うねびやま）　昼は雲とゐ

イスケヨリヒメを妻とした　タギシミミから見ればイスケヨリヒメは亡き父の後妻である。「古代では、若い寡婦は義理の息子たちにとって受けつぐことのできる一つの遺産であった」と西郷信綱は言う。

雲立ちわたり・木の葉さやぎぬ　不穏な空気なのだ。

畝火山　現在の表記では畝傍山。

夕(ゆふ)されば　風吹かむとぞ　木(こ)の葉(は)騒(さや)げる

畝火山に昼は雲が流れ、夕べは風が吹き出して木の葉が騒ぐ。

と歌った。

三兄弟はこれを聞いて驚き、タギシミミを殺そうとした。

末弟の神沼河耳命(カムヌナカハミミのミコト)が次兄の神八井耳命(カムヤヰミミのミコト)に「あなたが武器を持って押し入ってタギシミミを殺してください」と言った。

武器を持って押し入って殺そうとしたが、手足がふるえて殺せなかった。

そこでカムヌナカハミミが兄の武器を借りて中に入ってタギシミミを殺した。

その武勲を讃(たた)えて名を

建沼河耳命（タケ・ヌナカハ・ミミのミコト）

とも呼ぶようになった。

カムヤヰミミは弟の建沼河耳命に譲って言うには——
「私は敵を殺せなかった。敵を殺したのは君だ。だから私は兄ではあるけれど君主となるべきではない。これを機に君が君主となって天下を治めなさい。私は君を助けて、忌人となってお仕えしよう」
と言った。

長兄である日子八井命は
茨田の連、
手島の連、
の祖先である。
中兄であるカムヤヰミミは
意富の臣、
小子部の連、
坂合部の連、

忌人　「忌む」と「祝う」は共に神に対する働きかけで、消極的か積極的かの違いでしかない。カムヤヰミミは神事の面で弟を補佐すると申し出たということ。

茨田　河内国茨田郡茨田郷。

手島　摂津国豊島（てしま）郡。

意富　「多」とも「大」とも書く。『古事記』を編んだ太安万侶自身がこの一族の出身である。この系譜がこんなに詳しいのはその反映かもしれない。

小子部　宮廷で芸能に従事した侏儒の人たちらしい。

火の君、
大分の君、
阿蘇の君、
筑紫三家の連、
雀部の臣、雀部の造、
小長谷の造、
都祁の直、
伊余の国造、
科野の国造、
道奥の石城の国造、
常道仲の国造、
長狭の国造、
伊勢の船木の直、
尾張の丹羽の臣、
島田の臣、
などの祖先である。

坂合部　不明。
火の君　火は肥国（ひのくに）のこと。
大分　豊後国大分郡。
阿蘇　肥後国阿蘇郡。
筑紫三家　筑前国那珂郡や筑後国上妻郡に繋がる。「三家」は「宮家」とも「三宅」とも通じる。
雀部　後の十六代仁徳天皇に繋がる。
小長谷　後の二十五代武烈天皇に繋がる。
都祁　大和国山辺郡。
伊余　伊予国伊予郡。
科野　信濃国諏方郡。
道奥の石城　陸奥国磐城郡。
常道仲　常陸国那珂郡。
長狭　安房国長狭郡。
伊勢の船木　伊勢国渡会（わたらい）郡に船木という地名があるが関係は不明。

こうして末弟のタケヌナカハミミことカムヌナカハミミが天下を治めることになった。

父であるカムヤマトイハレビコ、この天皇は百三十七歳で亡くなった。御陵は畝火山の北の方、白檮の尾根にある。

二代綏靖天皇から七代孝霊天皇まで

カムヌナカハミミは葛城の高岡宮に住んだ。

この天皇が師木の県主の祖先である河俣毘売（カハマタ・ビメ）を妻として、生んだ子が、師木津日子玉手見命（シキ・ツ・ヒコ・タマデミのミコト）。一名。

この天皇は四十五歳で亡くなった。

尾張の丹羽　尾張国丹羽郡。

島田　尾張国海部郡。

百三十七歳　もちろん神話的な数字。

御陵　天皇などの墓。今は「みささぎ」と呼ぶがかつては「みさざき」であった。

カムヌナカハミミ　二代綏靖（すいぜい）天皇。

葛城　大和国葛上郡・葛下郡。

師木の県主　神武に兄は滅ぼされ、弟は恭順したとある。「師木」はそこから生まれた一族の名。

御陵は衝田《つきだ》の岡にある。

師木津日子玉手見命《シキツヒコタマデミのミコト》は片塩《かたしお》の浮穴宮《うきあなのみや》に暮らして天下を治めた。

この天皇が河俣毘売《カハマタビメ》の兄である県主の
波延（ハエ）の娘である
阿久斗比売（アクト・ヒメ）を妻として生んだ子は、
常根津日子伊呂泥命（トコネツヒコ・イロネのミコト）、
大倭日子鉏友命（オホヤマト・ヒコ・スキトモのミコト）、
師木津日子命（シキツ・ヒコのミコト）。
この三名の中の大倭日子鉏友命《オホヤマトヒコスキトモのミコト》が次の天皇になった。
弟の師木津日子命《シキツヒコのミコト》には二人の子があった。
孫（ヒコ）は

河俣毘売　師木氏は女性を祖先とするのだ。巫女だったのか。

衝田　大和国高市郡。

シキツヒコタマデミ　三代安寧（あんねい）天皇。

片塩の浮穴宮　不詳。

県主　師木の県主のこと。波延は個人名。

阿久斗比売　つまりシキツヒコタマデミにとっては母方の従妹。

大倭日子鉏友命　鉏（すき）は母方の姓の師木である。

師木津日子命　これも師木を含む。

孫　こういう名前。

伊賀の須知（すち）の稲置（いなき）、
那婆理（なばり）の稲置、
三野（みの）の稲置の祖先である。
もう一人の
和知都美命（ワチツミのミコト）は、淡道の御井宮（みいのみや）に住んで、二人の姫があった。姉の名は
蠅伊呂泥（ハヘ・イロネ）、別名を
意富夜麻登久邇阿礼比売命（オホヤマトクニ・アレ・ヒメのミコト）、
妹の名は
蠅伊呂杼（ハヘ・イロド）と言った。
この天皇は寿命は四十九歳。
御陵は畝火山のホトにあたるところにある。
オホヤマトヒコスキトモは軽（かる）の境岡宮（さかいおかのみや）に住んで天下を治めた。

伊賀の須知　伊賀国名張郡周知郷。
稲置　姓の一つ。最下級。
那婆理　これも伊賀国名張郡。
三野　伊賀国伊賀郡身野。
淡道の御井宮　井戸に関わるか。淡路の井戸と言えば、枯野（カラノ）という舟の話が仁徳天皇の段にある（P360）。
蠅伊呂泥　イロネは同母の弟から兄を、妹から姉を呼ぶ言葉。それがそのまま固有名詞になっている。
蠅伊呂杼　イロト（イロドとも）はその逆。この二人は七代孝霊天皇の后になっている。
畝火山のホト　山を女体に見立てた時にその性器にあたる部分。『古事記』はこ

この天皇が師木の県主の祖先である
賦登麻和訶比売命（フトマワカ・ヒメのミコト）、別名
は
　飯日比売命（イヒヒ・ヒメのミコト）を妻として生ま
　せた子が、
　御真津日子訶恵志泥命（ミマツ・ヒコ・カヱシネの
　ミコト）、次に
　多芸志比古命（タギシ・ヒコのミコト）。以上二名。
兄の御真津日子訶恵志泥命が天下を治めた。
弟の多芸志比古命は
　血沼の別、
　多遅麻の竹の別、
　葦井の稲置の祖先である。
この天皇は四十五歳で亡くなった。
御陵は畝火山の真名子谷の上にある。

の言葉が好きだ。

オホヤマトヒコスキトモ　四代懿徳（いとく）天皇。

軽の境岡　大和国高市郡。

血沼　P165に「血沼海」の注。

別　姓の一つ。天皇家から分かれたの意味。

多遅麻の竹　竹は地名のはずだが但馬国に竹というところはない。

葦井　これも但馬国だろうが不詳。

ミマツヒコカヱシネは葛城の掖上宮に住んで天下を治めた。
この天皇が尾張の連の祖先である
奥津余曾（オキツヨソ）の妹、名は
余曾多本毘売命（ヨソタホ・ビメのミコト）を妻として
生んだ子が、
天押帯日子命（アメ・オシタラシ・ヒコのミコト）、
次に
大倭帯日子国押人命（オホヤマト・タラシ・ヒコ・クニオシビトのミコト）。以上二名。
弟の大倭帯日子国押人命が次に天下を治めた。
兄の天押帯日子命は、
春日の臣、
大宅の臣、
粟田の臣、
小野の臣、

ミマツヒコカヱシネ　五代孝昭（こうしょう）天皇。
葛城の掖上　大和国葛上郡。
尾張の連　尾張国の豪族。
天押帯日子命・大倭帯日子国押人命　「押」は「大きい」、「帯」は「充ち足りる」、めでたい名前である。
春日　大和国添上郡春日郷。
大宅　同じく大和国添上郡。
粟田　山城国愛宕郡。
小野　近江国滋賀郡の可能性が高い。

柿本の臣、
壱比韋の臣、
大坂の臣、
阿那の臣、
多紀の臣、
羽栗の臣、
知多の臣、
牟邪の臣、
都怒山の臣、
伊勢の飯高の君、
壱師の君、
近淡海の国造

などの祖先である。
この天皇は九十三歳で亡くなった。
御陵は掖上の博多山の上にある。

柿本　大和国添上郡。
壱比韋　大和国添上郡。
大坂　備後国安那郡。
阿那　右の安那と同じか。
多紀　丹波国多紀郡。
羽栗　尾張国葉栗郡。
知多　尾張国智多郡。
牟邪　上総国武射郡。
都怒山　不詳。
伊勢の飯高　伊勢国飯高郡。
壱師　伊勢国壱師郡。
近淡海　不詳。
掖上の博多山　大和国葛上郡。
オホヤマトタラシヒコ　六代孝安（こうあん）天皇。
葛城の室　大和国葛上郡牟婁（むろ）郷。

オホヤマトタラシヒコは葛城の室（むろ）の秋津島宮（あきづしまのみや）に住んで天下を治めた。

この天皇が姪にあたる忍鹿比売命（オシカ・ヒメのミコト）を妻として生んだ子が、

大吉備諸進命（オホキビのモロススミのミコト）、次に

大倭根子日子賦斗邇命（オホヤマト・ネコ・ヒコ・フトニのミコト）。以上二名。

このうち、大倭根子日子賦斗邇命（オホヤマトネコヒコフトニのミコト）が次の天皇になった。

この天皇は百二十三歳で亡くなり、御陵は玉手（たまで）の岡の上にある。

オホヤマトネコヒコフトニは黒田（くろだ）の廬戸宮（いおどのみや）に住んで天下を治めた。

この天皇が、十市（とおち）の県主の祖先である

秋津島　アキヅはトンボ。トンボが飛びながら交尾する姿は豊饒の秋の象徴として尊ばれた。

姪にあたる　兄の娘。もう天つ神の男と国つ神の女の結婚ではない。

忍鹿比売命　「オシ」は「押し」。父の天押帯日子の名に由来する。

大吉備諸進命　次の七代孝霊天皇のところで吉備が出るのを先取りしたものか。

大倭根子日子賦斗邇命　「オホヤマトネコ」は尊称。「フトニ」は大きな玉。

玉手の岡　大和国葛上郡。

オホヤマトネコヒコフトニ　七代孝霊（こうれい）天皇。

黒田の廬戸　大和国城下郡黒田郷。

大目（オホメ）の娘、名は細比売命（クハシ・ヒメのミコト）を妻として生んだ子は、

大倭根子日子国玖琉命（オホヤマト・ネコ・ヒコ・クニクルのミコト）。以上一名。

また、春日（かすが）の千千速真若比売（チチ・ハヤマワカ・ヒメ）を妻として生んだ子は、

千千速比売命（チチ・ハヤ・ヒメのミコト）。以上一名。

また、意富夜麻登玖邇阿礼比売命（オホヤマトクニ・アレ・ヒメのミコト）を妻として生んだ子は、

夜麻登登母母曾毘売命（ヤマト・トモモソ・ビメのミコト）、次に

日子刺肩別命（ヒコ・サシ・カタワケのミコト）、

十市　大和国十市郡。

細比売命　「クハシ」は細やかな美しさ。

大倭根子日子国玖琉命　「クニクル」は「国繰る」、国を引き寄せるの意か。

意富夜麻登玖邇阿礼比売命　三代安寧天皇の段のP189に出てきた姉のハヘイロネの別名。

夜麻登登母母曾毘売命　要はヤマトのヒメということ。巫女だろう。

次に
比子伊佐勢理毘古命（ヒコ・イサセリ・ビコのミコト）、その別名は
大吉備津日子命（オホキビツ・ヒコのミコト）、
次に
倭飛羽矢若屋比売（ヤマト・トビハヤ・ワカヤ・ヒメ）。以上四名。
また、阿礼比売命（アレヒメのミコト）の妹である
蠅伊呂杼（ハヘイロド）を妻として生んだ子は、
日子寤間命（ヒコサメマのミコト）、次に
若日子建吉備津日子命（ワカヒコ・タケ・キビツ・ヒコのミコト）。以上二名。
以上、この天皇には八人の子がいた。（男王五名、女王三名。）
このうちの大倭根子日子国玖琉命（オホヤマトネコヒコクニクルのミコト）が次代の天皇になった。

日子刺肩別命　よくわからない。
比子伊佐勢理毘古命　「イサ」は勇む、「セリ」も元気がよい。
大吉備津日子命　後に見るように吉備国と縁が深い。
倭飛羽矢若屋比売　これも元気な名前だ。
蠅伊呂杼　三代安寧天皇の段にある（P189）。妹のハヘイロド。

また大吉備津日子命と若建吉備津日子命とは互いに助け合って、針間の氷河に忌瓮を据えて、この地から吉備国に入り、ここを平定した。

オホキビツヒコは
吉備の上道の臣の祖先である。

またワカヒコタケキビツヒコは同じく、
吉備の下道の臣、
笠の臣
の祖先である。

次に日子寤間命は、
針間の牛鹿の臣
の祖先である。

次に日子刺肩別命は、
高志の利波の臣、
豊国の国前の臣、
五百原の君、

針間の氷河　針間は播磨。氷河は不明。
忌瓮　神を祀るための酒を入れる器。出陣の前祝いだろうか。兵士たちがみんなで飲んで士気を高めた。
据えて　底の尖った土器を地面に掘った穴に半ば埋めて据える。「須恵器」という器の「すえ」はこれに由来する。
吉備の上道　備前国上道郡。
吉備の下道　同じく備前国下道郡。
笠　場所を特定できない。
針間の牛鹿　これもわからない。
高志の利波　越中国砺波郡。
豊国の国前　豊後国国埼郡。
五百原　駿河国廬原郡。

角鹿の海の直の祖先である。

この天皇は百六歳まで生き、御陵は片岡の馬坂の上にある。

八代孝元天皇と九代開化天皇

オホヤマトネコヒコクニクルは、軽の堺原宮に住んで天下を治めた。

この天皇が、穂積の臣などの祖先である内色許男命（ウツ・シコヲのミコト）の妹、内色許売命（ウツ・シコメのミコト）を妻として生んだ子は、大毘古命（オホビコのミコト）、次に少名日子建猪心命（スクナヒコ・タケヰゴコロのミコト）、次に

角鹿　越前国敦賀郡。

片岡の馬坂　大和国葛下郡。

オホヤマトネコヒコクニクル　八代孝元（こうげん）天皇。

穂積の臣　穂積は大和国山辺郡の地名。

シコヲ・シコメ　醜男・醜女の意か。

大毘古命　やがて高志の道に派遣される。

少名日子建猪心命　オホビコとスクナヒコは対になっている。

若倭根子日子大毘毘命（ワカヤマト・ネコ・ヒコ・オホビビのミコト）。以上三名。

また、内色許男命（ウツシコヲのミコト）の娘、伊迦賀色許売命（イカガ・シコメのミコト）を妻として生んだ子は、

比古布都押之信命（ヒコフツ・オシ・ノ・マコトのミコト）。

また、河内の青玉（アヲタマ）の娘、名は波邇夜須毘売（ハニヤス・ビメ）を妻として生んだ子は、

建波邇夜須毘古命（タケ・ハニヤス・ビコのミコト）。以上一名。

すなわちこの天皇の子は五名である。

このうち若倭根子日子大毘毘命（ワカヤマトネコヒコオホビビのミコト）が次の天皇になった。

若倭根子日子大毘毘命　次代の開化天皇。だから美称を重ねた大げさな名前なのか。

比古布都押之信命　後に見るように蘇我氏、平群氏などの祖先である。

波邇夜須毘売・建波邇夜須毘古命　香具山の近くにあった埴安（はにやす）の池に由来する名か。

その兄の大毘古命(オホビコのミコト)の子、
建沼河別命(タケ・ヌナカハ・ワケのミコト)は、
阿倍(あべ)の臣
などの祖先。
また比古伊那許志別命(ヒコイナ・コジ・ワケのミコト)、
これは
膳(かしわで)の臣
の祖先。
また、比古布都押之信命(ヒコフツオシノマコトのミコト)が、尾張の連(むらじ)などの祖先である
意富那毘(オホナビ)の妹、
葛城之高千那毘売(カヅラキノタカチナ・ビメ)を妻と
して生んだ子は、
味師内宿禰(ウマシウチのスクネ)。
これは
山代の内の臣

建沼河別命 東方征服に行く。
阿倍の臣 大きな一族である。出身は大和国十市郡か葛下郡。
膳の臣 天皇に食事を供する一族。大和国添上郡の出自。
尾張の連 P191に注。
意富那毘・葛城之高千那毘売 不詳。
味師内宿禰 ウマシは「甘し」、美称。ウチは地名。スクネは大兄(おおえ)に対する少兄(すくなえ)の略で、尊称。宿禰は八色(やくさ)の姓の第三位。

の祖先。

また、木国(きのくに)の造(みやつこ)の祖先である

宇豆比古(ウヅヒコ)の妹、

山下影日売(ヤマ・シタカゲ・ヒメ)を妻として生んだ

子は、

建内宿禰(タケウチのスクネ)。

この建内宿禰(タケウチのスクネ)の子は、男七人、女二人、合わせて九人。

そのうちの波多八代宿禰(ハタのヤシロのスクネ)は、

波多(はた)の臣、

林の臣、

波美(はみ)の臣、

星川の臣、

淡海(おうみ)の臣、

長谷部(はつせべ)の君、

などの祖先である。

山代の内　山城国有智(うち)郷。

宇豆比古　美称。

山下影日売　カゲは輝やくのカガと同じで、紅顔を讃える。

建内宿禰　ウチは大和国宇智(うち)郡か。十二代景行から十六代仁徳まで五代の天皇に仕えた伝説的人物。戦前は紙幣にもなっている。

波多八代宿禰　ハタは大和国高市郡波多郷。

波多　右に同じ。

林　河内国志紀郡拝志(はやし)郷。

波美　近江国伊香郡の波彌(はみ)神社のある地。

次に許勢小柄宿禰（コセのヲカラのスクネ）は、
許勢（こせ）の臣、
雀部（さざきべ）の臣、
軽部（かるべ）の臣、
などの祖先である。
次に蘇賀石河宿禰（ソガのイシカハのスクネ）は、
蘇我の臣、
川辺（かわべ）の臣、
田中の臣、
高向（たかむこ）の臣、
小治田（おはりだ）の臣、
桜井の臣、
岸田の臣、
などの祖先である。
次に平群都久宿禰（ヘグリのツクのスクネ）は、
平群の臣、

星川　大和国山辺郡星川郷。
許勢　大和国高市郡巨勢（こせ）郷。
蘇賀　ソガは大和国高市郡。次の蘇我氏に繋がる。
蘇我　後に馬子・蝦夷・入鹿を輩出して強大な一族となる。
川辺　摂津国河辺郡か大和国十市郡川辺郷か。
高向　越前国坂井郡高向郷。
小治田　大和国高市郡小治田。
桜井　河内国河内郡桜井郷。
岸田　大和国山辺郡岸田。
平群　ヘグリは大和国平群郡。
　ツクは木菟（みみずく）。仁徳天皇が生まれた日、産屋にツクが飛び込んだ。父応神天皇が建内宿禰を呼んで「これは何のしるしか」

佐和良の臣、
馬御織の連、
などの祖先である。
次に木角宿禰（キノツノのスクネ）は、
木の臣、
都奴の臣、
坂本の臣
の祖先。
次に久米能摩伊刀比売（クメノマイト・ヒメ）。
次に怒能伊呂比売（ノノイロ・ヒメ）。
次に葛城長江曾都毘古（カヅラキのナガエのソツビコ）は、
玉手の臣、
的の臣、
生江の臣、
阿芸那の臣、
などの祖先である。

と問うたところ、「吉祥です。昨日、私の妻も子を生みましたが、サザキ（ミソサザイ）が飛び込んできました」と言った。天皇は喜んで二人の赤子の名を取り替え、自分の子は大鷦鷯皇子（オホサザキのミコ）とし、宿禰の子は木菟宿禰（ツクスクネ）とした。

平群の臣　蘇我・葛城・平群・木、それぞれ栄えた一族である。

都奴　周防国都濃（つの）郡。

坂本　和泉国和泉郡坂本郷。

久米能摩伊刀比売・怒能伊呂比売　この二人は娘なので子孫についての記述がない。

玉手　大和国葛上郡玉手。

的　イクハという地名は淡

また、若子宿禰（ワクゴのスクネ）は、
江野間の臣
の祖先。
この天皇は、五十七歳にしてみまかった。
御陵は剣池の中の岡の上にある。

ワカヤマトネコヒコオホビビは春日の伊邪河の宮に住んで
天下を治めた。
この天皇が旦波の大県主、名を
由碁理（ユゴリ）という者の娘、
竹野比売（タカノヒメ）を妻として生んだ子が、
比古由牟須美命（ヒコ・ユムスミのミコト）、以上
一名。
また庶母である
伊迦賀色許売命を妻として生んだ子は、
御真木入日子印恵命（ミマキ・イリヒコ・イニヱのミ

路国津名郡育葉、筑後国生葉郡、尾張国海部郡に伊久波神社があるが特定できない。
生江　越前国足羽郡。
阿芸那　不明。
若子宿禰　若子は末っ子のこと。それがそのまま名前になった。
江野間　加賀国江沼郡。
剣池の中の岡　大和国高市郡。
ワカヤマトネコヒコオホビビ　九代開化（かいか）天皇。P１９８の注も参照。
春日の伊邪河　大和の春日山を源流として猿沢の池の南を流れ、佐保川に合流する。今は率川（いざかわ）と書く。
旦波　丹波だがこの時期に

コト）、

次に　御真津比売命（ミマツ・ヒメのミコト）。以上二名。

また丸邇の臣の祖先である

日子国意祁都命（ヒコクニ・オケツのミコト）の妹、

意祁都比売命（オケツ・ヒメのミコト）を妻として生んだ子は、

日子坐王（**ヒコ・イマス**のミコ）。以上一名。

また葛城の

垂見宿禰（タルミのスクネ）の娘、

鸇比売（ワシ・ヒメ）を妻として生んだ子は、

建豊波豆羅和気王（タケ・トヨ・ハヅラ・ワケのミコ）。以上一名。

この天皇の子は合わせて五名である。（男王四名、女王一名。）

このうち御真木入日子印恵命が、のちに天下を治めた。

は丹後も含んだ。

竹野比売　丹後国竹野（たかの）郡に由来する名。

庶母　もちろん実母とは結婚できないが（国つ罪に「己が母犯せる罪」がある）、それ以外の亡父の妻とは結婚できた。

丸邇　大和国添上郡。ワニは埴（ハニ）に通じる。埴は赤土。

日子坐王　このあたりから命（ミコト）が減って王（ミコ）が増える。神様的な面が減って人間らしくなる。

御真木入日子印恵命　次代の崇神天皇。

大筒木垂根王　ツツキは山城国綴喜（つつき）郡に由来するか。

その兄の比古由牟須美命（ヒコユムスミのミコト）の子は、
大筒木垂根王（オホ・ツツキ・タリネのミコ）、
次に讃岐垂根王（サヌキ・タリネのミコ）。以上二名。
この二人の王に、五人の娘があった。

次に日子坐王（ヒコイマスのミコ）が、
山代之荏名津比売（ヤマシロノエナツ・ヒメ）、別名は
苅幡戸弁（カリハタ・トベ）を妻として生んだ子は、
大俣王（オホマタのミコ）、次に
小俣王（ヲマタのミコ）、次に
志夫美宿禰王（シブミのスクネのミコ）。以上三名。
また、春日建国勝戸売（カスガのタケ・クニカツ・トメ）
の娘、
名は　沙本之大闇見戸売（サホノ・オホクラミ・トメ）を妻

讃岐垂根王　サヌキは大和国広瀬郡散吉（さぬき）郷。
山代之荏名津比売　ヤマシロは山城国。エナツも地名だろうが見あたらない。
苅幡戸弁　カリハタは山城国相楽郡蟹幡（かむはた）郷。トベは男女両方に用いるが、ここは女。
大俣王・小俣王　兄弟に「大」と「小」を付ける例は多い。
春日建国勝戸売　この場合はトメは男だろう。
沙本之大闇見戸売　サホは大和国添上郡。
沙本毘古王　沙本毘売命は同母の妹。
袁邪本王　ヲザホは小（を）なるサホ。弟だから。
沙本毘売命　十一代垂仁天皇の后となり、兄サホビコ

として生んだ子は、

沙本毘古王（**サホビコ**のミコ）、次に

袁邪本王（ヲザホのミコ）、次に

沙本毘売命（**サホビメ**のミコト）、別名を

佐波遅比売（サハヂ・ヒメ）。

（この沙本毘売命（サホビメのミコト）は、のちに伊久米天皇（イクメのスメラミコト）の后となった。）次に

室毘古王（ムロビコのミコ）。以上四名。

また、近淡海（ちかつおうみ）の御上（みかみ）の祝（ほうり）が仕える

天之御影神（アメノ・ミカゲのカミ）の娘、

息長水依比売（オキナガのミヅ・ヨリ・ヒメ）を妻として生んだ子は、

丹波比古多多須美知能宇斯王（タニハの**ヒコ・タタス・ミチノウシ**のミコ）、次に、

水之穂真若王（ミヅノホのマワカのミコ）、次に

神大根王（カム・オホネのミコ）、別名は

と夫垂仁の板ばさみになって死ぬ（P229以降）。

室毘古王　大和国葛上郡牟婁（むろ）郷に由来する名か。

御上の祝　ミカミは近江国野洲（やす）郡三上郷。ホウリと訳したハフリは神主・禰宜に次ぐ神職だが、言葉の成り立ちはこれが最も古いらしい。

天之御影神　神職だから神様が出てきた。カゲは蔭であると同時に形であり、光でもある。

息長水依比売　ヨリヒメは神の娘。大物主の娘がイスケヨリヒメであるのと同じ。息長は近江国坂田郡。

丹波比古多多須美知能宇斯王　娘が十一代垂仁天皇の妃になる。

八瓜入日子王（ヤツリの・イリヒコのミコ）、次に
水穂五百依比売（ミヅホのイホヨリ・ヒメ）、次に
御井津比売（ミヰツ・ヒメ）。以上五名。
また、母の妹にあたる
袁祁都比売命（ヲケツ・ヒメのミコト）を妻として生んだ子は、
山代之大筒木真若王（ヤマシロ・ノ・オホツツキ・マワカのミコ）、次に
比古意須王（ヒコオスのミコ）、次に
伊理泥王（イリネのミコ）。以上三名。
ヒコイマスの子は合わせて十一名である。
長兄である大俣王（オホマタのミコ）の子は、
曙立王（**アケタツ**のミコ）。次に
菟上王（**ウナカミ**のミコ）。以上二名。

母　これは意祁都比売（オケツヒメ）。オは大の意。
袁祁都比売命　ヲケツヒメ。ヲは小さい。妹だから。
山代之大筒木真若王　ツツキは山城の地名。
十一名　数えれば十五名なのだが十一名となっている。
曙立王・菟上王　後にものを言わぬ御子ホムチワケに同行して出雲に行った。

この曙立王は、
　伊勢の品遅部の君、
　伊勢の佐那の造の祖先。
菟上王は、
　比売陀の君の祖先。次に
小俣王は、
　当麻の勾の君の祖先。次の
志夫美宿禰王は、
　佐佐の君の祖先。次に
沙本毘古王は、
　日下部の連、
　甲斐の国造の祖先。次に
袁邪本王は、
　葛野の別、
　近淡海の蚊野の別の祖先。次に
室毘古王は、

佐那　伊勢国多気（たき）郡

当麻　大和国葛下郡当麻。後に当麻寺が建てられた。

日下　河内国河内郡。

葛野　山城国葛野郡。

別　皇別の地方豪族の姓の一つ。

近淡海の蚊野　近江国愛智郡蚊野郷。

若狭の耳別　若狭国三方郡弥美（みみ）郷。

若狭の耳別の祖先。

また、美知能宇斯王が、丹波の河上の
摩須郎女（マスのイラツメ）を妻として生んだ子は、
比婆須比売命（ヒバス・ヒメのミコト）、次に
真砥野比売命（マトノ・ヒメのミコト）、次に
弟比売命（オト・ヒメのミコト）、次に
朝廷別王（ミカドワケのミコ）。以上四名。
最後の朝廷別王は、
三川の穂別の祖先。

このミチノウシの弟になる水之穂真若王は、
近淡海の安直の祖先。
次に神大根王は、
三野の本巣国造、
長幡部の連などの祖先。

河上　丹後国熊野郡川上郷。
比婆須比売命　名前の意味はわからないが、後に十一代垂仁天皇の后となる。
三川の穂別　三河国宝飫（ほい）郡に由来する。
三野の本巣　美濃国本巣郡。
長幡部　常陸国久慈郡。

次に山代之大筒木真若王が、弟君の伊理泥王の娘、丹波阿治佐波毘売（タニハのアヂサハ・ビメ）を妻として生んだ子は、

迦邇米雷王（カニメ・イカヅチのミコ）。

この王が、丹波の遠津の臣の娘、名は高材比売（タカキ・ヒメ）を妻として生んだ子は、

息長宿禰王（オキナガのスクネのミコ）。

この王が、葛城の高額比売（タカヌカ・ヒメ）を妻として生んだ子は、

息長帯比売命（オキナガ・タラシ・ヒメのミコト）。次に

虚空津比売命（ソラツヒメのミコト）。次に

息長日子王（オキナガヒコのミコ）。以上三名。

この最後の王は、吉備の品遅の君、ならびに

迦邇米雷王　蟹の目のように厳めしいという意味か。

葛城の高額比売　大和国葛下郡高額郷に由来するか。

息長帯比売命　後の神功（じんぐう）皇后である。

吉備の品遅の君　備後国品治（ほむち）郡。

針間の阿宗　播磨国揖保（いぼ）郡。

針間（はりま）の阿宗（あそ）の君の祖先。

また、息長宿禰王（オキナガのスクネのミコ）が、河俣（かわまた）の稲依毘売（イナヨリビメ）を妻として生んだ子は、
大多牟坂王（オホタムサカのミコ）。
これは、多遅摩（たじま）の国造の祖先である。

また、天皇の末の御子である建豊波豆羅和気王（タケトヨハズラワケのミコ）は、
道守（ちもり）の臣、
忍海部（おしぬみべ）の造、
御名部（みなべ）の造、
稲羽（いなば）の忍海部、
丹波（たにわ）の竹野（たかの）の別、
依網（よさみ）の阿毘古（あびこ）、
などの祖先である。

この天皇は六十三歳で亡くなった。
御陵は伊邪（いざ）河の坂の上にある。

多遅摩　但馬国。
忍海部　大和国忍海郡。
御名部　紀伊国日高郡南部（みなべ）と関わるか。
稲羽　因幡国。この忍海部が前々項の忍海部に従属していたのかもしれない。
丹波の竹野　丹後国竹野郡。
依網の阿毘古　ヨサミは摂津国住吉郡と河内国丹比郡にまたがる。アビコは屯倉（みやけ）すなわち朝廷の直轄地を管理する役職から生まれた古い姓。

十代崇神天皇

ミマキイリヒコイニヱは、師木の水垣宮に住んで天下を治めた。

この天皇が、木国の造、名は荒河刀弁（アラカハ・トベ）の娘、遠津年魚目目微比売（トホツ・アユメ・マクハシ・ヒメ）を妻として生んだ子は、豊木入日子命（トヨキ・イリヒコのミコト）、次に豊鉏入日売命（トヨスキ・イリヒメのミコト）。以上二名。

また、尾張の連の祖先である、意富阿麻比売（オホアマ・ヒメ）を妻として生んだ子は、大入杵命（オホイリキのミコト）、次に

ミマキイリヒコイニヱ 十代崇神（すじん）天皇である。

ミマキはマキ、真木、本当の木という意味。建物を造るのに最もふさわしい木。『日本書紀』にこの天皇は「初国知らし御真木天皇（みまきのすめらみこと）」とあるように、初めて本格的な統治をした天皇に似合う名である。イリは「親しい」の意か。この先、イリを含む人名が多く登場する。

師木の水垣宮 水垣は瑞垣、玉垣。垣根の美称。

八坂之入日子命（ヤサカ・ノ・イリヒコのミコト）、
次に
沼名木之入日売命（ヌナキ・ノ・イリヒメのミコト）、
次に
十市之入日売命（トヲチ・ノ・イリヒメのミコト）。
以上四名。

また、
オホビコの娘、
御真津比売命（ミマツ・ヒメのミコト）を妻として生んだ子は、
伊玖米入日子伊沙知命（**イクメ・イリ・ヒコ・イサチ**のミコト）、次に
伊邪能真若命（イザノマワカのミコト）、次に
国片比売命（クニカタ・ヒメのミコト）、次に
千千都久和比売命（チチツク・ヤマト・ヒメのミコト）、次に

木国の造　紀国の豪族。
遠津年魚目目微比売　アユメは鮎の群れ。マクハシは目が繊細で美しいの意か。
豊木入日子命　父の名である御真木入日子印恵命の変形。
豊鉏入日売命　鉏（すき）は師木に通ずる。
尾張の連　P191の注参照。
意富阿麻比売　尾張国海部（あま）郡に由来する名か。
十市之入日売命　大和国十市郡に関わる。大入杵命、八坂之入日子命、沼名木之入日売命、にもみな「イリ」が入っている。父の名にちなむものだろう。
御真津比売命　P204に同名の姫がいるがたぶん別人。

伊賀比売命（イガ・ヒメのミコト）、次に
倭日子命（ヤマト・ヒコのミコト）。以上六名。
したがって、この天皇の子は合わせて十二名。（男王七名、
女王五名。）

このうち、伊玖米入日子伊沙知命（イクメイリヒコイサチのミコト）が次代の天皇となった。

次に豊木入日子命（トヨキイリヒコのミコト）は、
上毛野（かみつけの）の君、
下毛野（しもつけの）の君、
などの祖先である。

妹の豊鉏入日売命（トヨスキイリヒメのミコト）は伊勢の大神宮に仕えた。

大入杵命（オホイリキのミコト）は能登（のと）の臣（おみ）の祖先である。

倭日子命（ヤマトヒコのミコト）の時に初めて、御陵に人を埋める人垣が始まった。

この天皇の時代、疫病が蔓延（まんえん）して人民（たみ）がみな死に絶えそうになった。

天皇がこれを憂えて、神床を設（しつら）えて坐（ざ）していたところ、大（オホ）

伊玖米入日子伊沙知命　後の十一代垂仁天皇。

伊賀比売命　伊賀国伊賀郡と縁があるか。

上毛野・下毛野　上野（かみつけの）と下野（しもつけの）は元は毛野（けの）一国であった。毛野氏は関東の勢力ある一族。

人垣　殉死である。首長が亡くなると臣下を生きたまま共に埋葬する。あの世で身辺の世話をさせるためらしい。垂仁天皇がこれを止めさせ、代わりに埴輪を立てることにしたとされる。

人民　ここでは客観描写として「たみ」と読んでおく。

神床　神に夢を乞うて身を清めて寝る床。

大物主神　三輪神社の神。

物主神（モノヌシのカミ）が夢に現れて言うには――

「この疫病は私の意思である。

　意富多多泥古（**オホタタネコ**）

に命じて私を祀（まつ）らせるならば、神の祟（たた）りは収まり、国は平穏

になるだろう」と言った。

そこで駅使（はゆまづかい）を四方に送って意富多多泥古（オホタタネコ）という名の人を探

したところ、河内の美努（みの）村でその人が見つかったという報告

があった。

呼び出して天皇が「おまえは誰だ」と問うと、答えて言う

には――

「私はオホモノヌシが

　陶津耳命（スヱツ・ミミのミコト）の娘の

　活玉依毘売（**イクタマ・ヨリ・ビメ**）を妻として生ん

　だ

　　櫛御方命（クシミカタのミコト）、さらにその子の

　　飯肩巣見命（イヒカタ・スミのミコト）、さらに

意富多多泥古　タタは稲田か。『日本書紀』には「大田田根子」とある。

神の祟り　オホモノヌシのモノは鬼や悪霊の意。祀らないと祟るのだ。

駅使　「はゆまづかい」は「早馬（はやうま）使い」の略。急ぎのメッセンジャー。

河内の美努村　河内国若江郡に御野（みの）神社がある。ここを流れる大和川の上流が泊瀬川で、そのほとりに三輪神社がある。水で繋がっているのだ。

陶津耳命　スヱは陶器（すえもの）が作られる土地に由来する。三輪神社と陶器は縁が深いらしい。

活玉依毘売　イクは美称。タマヨリビメは「神霊が依

その子の
建甕槌命（タケ・ミカヅチのミコト）
の子です」と答えた。

天皇はとても喜んで「これで天下は平和になり、人民（おおみたから）も栄えるだろう」と言った。

オホタタネコを神主に任命し、御諸山（みもろ）に意富美和（オホミワ）の大神を祀る神社を造らせた。

また、
伊迦賀色許男命（イカガシコヲのミコト）
に命じて、祭祀（さいし）に使う八十（やそ）びらかを作らせ、天神（あまつかみ）・地祇（くにつかみ）の社を制定してこれを祀った。

更に宇陀（うだ）の墨坂神（スミサカのカミ）に赤い楯（たて）と矛（ほこ）を祀り、大坂神（オホサカのカミ）には黒い楯と矛を奉納した。

更に坂の御尾（みお）の神・河の瀬の神まで洩（も）れなく幣帛（みてぐら）を供えて祀った。

疫病は速やかに収まり、国家（あめのした）は平和になった。

り憑く女」の意。巫女である。P158も参照。

櫛御方命　クシは「奇し」、珍しい、貴重なの意。ミカは酒を醸したり貯蔵したりする甕（かめ）のこと。前々項の陶器から導かれた名か。酒を醸すのは神事に属する。

飯肩巣見命　このカはミカのカと同じで器の意。

建甕槌命　国譲りのところで出て来た建御雷神（タケミカヅチのカミ）と同じ名だが別の神。ここに至って「甕」の字が表に出てきた。オホモノヌシは酒に縁の深い神である。

人民　庶民・公民のこと。「おおみたから」は「大いなる宝」で、臣民は天皇の財とする解釈もあるが、タ

このオホタタネコという人が神の子であるとわかったわけは、まず先に述べた活玉依毘売(イクタマヨリビメ)がとても器量がよかったところから始まる。ここに顔も姿も他に例がないほど美しい男がいて、この男が夜中に何の前触れもなく通ってくるようになった。互いに好きになって共寝を重ねるうちに、さして日にちが過ぎたわけでもないのに、器量よしの女は妊娠した。

父と母は女が妊娠したのを怪しんで――

「おまえは妊娠しているようだ。夫もいないのにどうして妊娠したのか」と問うた。

女が答えて言うには――

「とても美しい男の人が来るのです。名前はわかりません。毎夜来て一緒に過ごすうちに自然と妊娠しました」と言った。

父母はその男が何者か知りたいと思い、女に教えて言うには――

「赤土を床の前に撒(ま)いておき、糸巻の糸の端を針に通してお

カラを「田のやから」とする語源説もうなずける。

御諸山　三輪山。海を照らしてやってくる神を「御諸山に祀った」（Ｐ１１６）とあるのをここで承けている。

八十びらか　八十は数が多いこと。「ひらか」は供物を入れる平たい器。カは先のミカのカ。

宇陀の墨坂　大和国宇陀郡。この坂は大和と伊勢を繋ぐ要路に当たる。

大坂神　大和国葛下郡の大坂。墨坂は大和の東、大坂は西。

赤い楯と矛・黒い楯と矛　赤と黒には疫病を退ける効果があったと信じられたらしい。陰陽道の影響。

坂の御尾の神・河の瀬の神

いて、その男の着物の裾に刺しなさい」と言った。

女が言われたとおりにして、朝になって見ると針をつけた糸は戸の鍵穴を通って外へ延び、糸巻には輪にして三つ分の糸しか残っていなかった。

糸が鍵穴を抜けて延びていることを知って糸のとおりに辿(たど)ってゆくと、美和(みわ)山へと続いていて神社に至っていた。それで生まれるのは神の子とわかった。

糸が糸巻に三巻き分残っていたからそこを美和、すなわち三輪と呼ぶのである。

オホタタネコは
神(みわ)の君と、
鴨(かも)の君
の祖先である。

この天皇の治世にオホビコを高志の道に派遣し、その子の建沼河別命(タケヌナカハワケのミコト)を東方の十二の国々に遣わし、そちらの方の反

諸々の神ということ。

国家　これを「あめのした」と読むのは本居宣長に依る。意味において「天下」すなわち天皇の統べるところ、と同じである。

高志の道　越の国に至る道。後の北陸道。

抗的な者どもを平定させた。

ヒコイマスを旦波国に遣って玖賀耳之御笠（クガ・ミミノミカサ）を殺させた。

オホビコが高志国に行った時、腰に裳を纏った少女が現れ、山代の幣羅坂に立って歌うには——

御真木入毘古はや　御真木入毘古はや
己が緒を　盗み殺せむと
後つ戸よ　い行き違ひ
前つ戸よ　い行き違ひ
窺はく　知らにと
御真木入毘古はや

ミマキイリビコさん、ミマキイリビコさん、どうしたの。あなたをこっそり殺すつもりの怪しい者が、裏の

東方の十二の国々　後の東海道に通じる十二の国々。
ヒコイマス　P204に注。
旦波国　丹波と丹後。
玖賀耳之御笠　不詳。
腰に裳を纏った　裳は腰から下に巻く布。巻きスカートか。なぜわざわざ腰裳と言ったか不明だが、案外「越」に引かれたのかもしれない。
山代の幣羅坂　山代は山城だが、幣羅坂は不明。
御真木入毘古　十代崇神天皇。

戸から行き違い、表の戸から行き違い、狙われている
のも知らないで、ミマキイリビコさん。

と歌った。

オホビコは怪しいと思って馬を返し、その少女(おとめ)に「何を言っているのだ」と問うたところ――

「私は何も言っていません。歌を歌っただけ」と言って、たちまち姿が見えなくなった。

オホビコが都に戻ってこのことを報告すると、天皇が言うには――

「私が思うに、これは山代国にいる母違いの兄建波邇夜須毘古命(タケハニヤスビコのミコト)が邪心を起こした徴(しるし)に違いない。伯父よ、軍を率いて行くべき時です」と言って、丸邇(わに)の臣の祖先である日子国夫玖命(ヒコ・クニブクのミコト)を副官として遣わした。

オホビコは丸邇坂に出陣の酒の甕(かめ)を据えて出陣の行事を行

歌を歌っただけ　予兆の歌である。この少女は神女なのだろう。

母違いの兄　タケハニヤスは孝元の子だからオホビコの異母兄弟だが、開化の子である崇神の血筋ではない。しかしここは歌の内容といい、崇神の異母兄弟としないと筋が通らない。

丸邇坂　大和国添上郡和邇

い、出発した。

山代の和訶羅河まで行くと、タケハニヤスが軍勢を率いて待ち構えていた。

(川を挟んで相手に挑んだのでその地を伊杼美と呼んだが今は伊豆美と呼んでいる。)

日子国夫玖命が「そっちの人、まず忌矢を射なさい」と言うとタケハニヤスが矢を射たけれども当たらなかった。

ヒコクニブクが矢を射ると、タケハニヤスに当たってあっさり死んでしまった。

彼の軍勢はちりぢりになって逃げた。これを追って久須婆の渡しまで追い詰めたところ、敵は怯えきって糞を漏らして褌を汚した。それでこの地を屎褌と呼ぶようになった。それを今は久須婆と呼んでいる。

また逃げる兵士を斬ると鵜のように水に浮かんだ。それでこの川を鵜河と呼ぶようになった。

その兵士たちを斬って屠ったのでその場所を「はふりそ

(わに)。ワニ臣の者をワニ坂に送ったのは、倒すべき相手がタケハニヤスだから。ワニとハニは通じ合う。こういう言葉遊びのような論法が『古事記』には多い。当時の人たちの思考法を反映するものであり、言霊への信仰でもあるだろう。この先に頻出する語源論も同じ。

据えて　P196の注参照。

和訶羅河　泉川(木津川)。語源はワ(曲)カハハラ(河原)か。そういう地形。

伊豆美　山城国相楽(そうらく)郡水泉(いずみ)郷。

忌矢　戦の始まりに儀礼的に交換する清めた矢。

久須婆の渡し　河内国交野(かたの)郡葛葉(くずは)

の」と言う。

こうして敵を打ち負かして、都に戻って天皇に報告した。

オホビコは先に天皇が命じたとおりに高志国に赴いた。

そして東の方から遣わされた息子のタケヌナカハワケと相津(あいづ)で再会した。それでこの地の名を相津と呼ぶ。

かくして二人はそれぞれ派遣された先を平定して戻って報告をした。

天下は平和になり、人民(たみ)は富み栄えた。

そこで初めて、男の弓端(ゆはず)の調(みつき)、狩猟の獲物と、女の手末(たなすえ)の調、手仕事の糸や織物を税として納める制度を作った。

この天皇の治世を讃えて、「初国(はつくに)知らしし御真木天皇(みまきのすめらみこと)」と呼ぶ。

依網(よさみ)の池をつくり、軽の酒折(さかおり)の池を造ったのもこの時代である。

この天皇は百六十八歳でみまかり（戊寅(つちのえのとら)の年の十二月）、

郷。淀川の渡し場で、泉川の下流になる。あきれた語源論だ。

はふりその　山城国相楽郡祝園（はふその）。ハフルは意味の多い動詞で基本は「あふれる」。そこから「溢（はふ）る」、「屠（はふ）る」、「葬（はぶ）る」、「放（はぶ）る」、「羽振（はぶ）る」などの意が生まれた。

相津　陸奥国会津郡。

弓端　弓の弦を掛けるところ。「弓端の調」とは、弓で射た狩猟の獲物の貢納物。

手末　タナスエは手の先。ここでは手で織った布。

初国知らしし御真木天皇　初代の天皇は神武のはずだがこれは神話的存在と見なし、その後の八代の天皇た

その御陵は山辺の道の勾の岡の上にある。

十一代垂仁天皇

イクメイリヒコイサチは師木に玉垣の宮を造って天下を治めた。

この天皇がサホビコの妹、佐波遅比売命を妻として生んだのが、

ちも創作ないし捏造として、崇神が国を統治した最初の天皇と宣言する。

依網の池　摂津国住吉郡大羅（おおよさみ）郷と河内国丹比郡依羅（よさみ）郷にまたがる大きな貯水池。大陸から渡来した人たちの技術でできたらしい。

山辺の道の勾の岡　大和国山辺郡。今の天理市。

イクメイリヒコイサチ　十一代垂仁（すいにん）天皇。イクメは寝目（イメ）すなわち夢の美称の活目（イクメ）で、Ｐ２３０にあると

品牟都和気命（**ホムツ・ワケ**のミコト）以上一名。

また、旦波のヒコタタスミチノウシノミコの娘、氷羽州比売命（ヒバスヒメのミコト）を妻として生んだのが、印色之入日子命（イニシキ・ノ・イリヒコのミコト）、次に大帯日子淤斯呂和気命（**オホ・タラシ・ヒコ・オシロ・ワケ**のミコト）、次に大中津日子命（オホ・ナカツ・ヒコのミコト）、次に倭比売命（**ヤマト・ヒメ**のミコト）、次に若木入日子命（ワカキの・イリ・ヒコのミコト）。以上五名。

また、この比羽州比売命（ヒバスヒメのミコト）の妹、沼羽田之入毘売命（ヌハタ・ノ・イリ・ビメのミコト）を妻として生んだ子は、沼帯別命（ヌ・タラシ・ワケのミコト）、次に伊賀帯日子命（イガ・タラシ・ヒコのミコト）。以上

おり夢でサホビコの野望を知ったことを先取りした命名。

師木　この一族の由来についてはP187の注を参照。

佐波遅比売命　サホビメの別名。

品牟都和気命　後に出てくる本牟智和気御子（ホムチワケのミコ）と同じ。P234に注。

大帯日子淤斯呂和気命　オホタラシは「大いに足りる」。オシロは「押して知る」、「おしなべて全てを知る」か。この子が後の十二代景行天皇になる。

大中津日子命　ナカツは長男と末っ子の間の兄弟たちのこと。

倭比売命　伊勢神宮の斎宮となる。ヤマトタケルとの

二名。

また、さらにその沼羽田之入毘売命の妹にあたる阿邪美能伊理毘売命（アザミ・ノ・イリ・ビメのミコト）を妻として生んだ子は、

伊許婆夜和気命（イコバヤ・ワケのミコト）、次に

阿邪美都比売命（アザミツ・ヒメのミコト）。以上二名。

また、大筒木垂根王の娘、迦具夜比売命（カグヤ・ヒメのミコト）を妻として生んだ子は、

袁邪弁王（ヲザベのミコ）。以上一名。

また、山代の大国淵（オホクニのフチ）の娘、苅羽田刀弁（カリハタ・トベ）を妻として生んだ子は、

落別王（オチワケのミコ）。次に

五十日帯日子王（イカ・タラシ・ヒコのミコ）。次に

伊登志別王（イトシ・ワケのミコ）。

間に行き来がある。

大筒木垂根王　P204に注。

迦具夜比売命　「輝く姫」の意。『竹取物語』のヒロインと同じだが普遍的な名だったようだ。

山代の大国淵　山城国宇治郡大国郷にちなむ名。

苅羽田刀弁　カリハタは山城の地名。

また、同じ大国淵の娘、弟苅羽田刀弁（オト・カリハタ・トベ）を妻として生んだ子は、

石衝別王（イハツク・ワケのミコ）、次に

石衝毘売命（イハツク・ビメのミコト）、別名は

布多遅能伊理毘売命（フタヂ・ノ・イリ・ビメのミコト）。以上二名。

かくしてこの天皇は合わせて十六名の子を成した。（男王十三名、女王三名。）

これらの子のうち、大帯日子淤斯呂和気命が次の天皇になった。

この人は背丈が一丈二寸、脛の長さが四尺一寸あった。

印色之入日子命は、血沼の池をつくり、狭山の池をつくり、日下に高津の池を造った。

また鳥取の河上の宮で暮らし、千本の剣を造らせて石上神

弟苅羽田刀弁　カリハタトベの妹。

布多遅能伊理毘売命　後にヤマトタケルの妃として十四代仲哀天皇を生む。

大帯日子淤斯呂和気命　十二代景行天皇。

一丈二寸　古代中国の本来の尺度ならば百九十センチほど。「丈」は立派な成人男子の身長を表した。後の尺貫法によると三メートルを超すことになる。

宮に納め、剣を造る人々を河上部（かわかみべ）とした。

大中津日子命（オホナカツヒコのミコト）は、
山辺（やまのへ）の別（わけ）、
三枝（さきくさ）の別、
稲木（いなき）の別、
阿太（あだ）の別、
尾張国の三野（みの）の別、
吉備の石无（いわなし）の別、
許呂母（ころも）の別、
高巣鹿（たかすか）の別、
飛鳥（あすか）の君、
牟礼（むれ）の別、
などの祖先である。

倭比売命（ヤマトヒメのミコト）は伊勢の大神宮に仕えた。

伊許婆夜和気命（イコバヤワケのミコト）は
沙本（さほ）の穴太部（あなほべ）の別

四尺一寸　同じくおよそ七十四センチ。

血沼の池　以下はどれも農業用の貯水池である。

狭山の池　河内国丹比郡狭山郷。後の世に堤が破れた時、修理に延べ八万三千人を要したというから大きかったのだ。

高津の池　和泉国大鳥郡。

鳥取の河上の宮　鳥取は和泉国日根郡鳥取郷。河上は宇度川の上流。

石上神宮　P166の注参照。

河上部　部は技術的職業集団のこと。刀鍛冶の一団だったのだ。

山辺の別　大和国山辺郡か。別は皇族から分かれたという意。

稲木　尾張国丹羽郡稲木郷。

の祖先である。
阿邪美都比売命（アザミツヒメのミコト）は
稲瀬毘古王（イナセビコのミコ）
の妻となった。
落別王（オチワケのミコ）は
小月（おつき）の山の君と
三川（みかわ）の衣の君、
の祖先となった。
五十日帯日子王（イカタラシヒコのミコ）は、
春日の山の君、
高志の池の君、
春日部（かすかべ）の君、
の祖先である。
伊登志別王（イトシワケのミコ）には子がなかったので、子代（このしろ）として
伊登志（いとし）部、
を制定した。

阿太　大和国宇智郡阿陁郷。
石无　備前国磐梨郡石生郷。和気清麻呂の地。
許呂母　すぐ後の落別王の項にある三川の衣（ころも）が紛れ込んだらしい。
高巣鹿　不詳。
飛鳥　大和の飛鳥か。
牟礼　これもわからない。
倭比売命は伊勢の大神宮に仕えた　実際には伊勢神宮を造ったのはヤマトヒメではないか。アマテラスの斎宮としてはトヨスキイリヒメに次いで二代目。ヤマトヒメはアマテラスを祀る場所を求めて菟田（うだ）の筱幡（ささはた）に行き、近江に入り、美濃を回って伊勢に着き、ここに社を建てた。
沙本の穴太部　大和国添上

　石衝別王（イハツクワケのミコ）は、
　　羽咋（はくい）の君、
　　三尾（みお）の君、
の祖先。
　布多遅能伊理毘売命（フタヂノイリビメのミコト）は、のちに
　　倭建命（ヤマトタケルのミコト）
の后となった。

　この天皇がサホビメを后とした時、サホビメの兄のサホビコが妹に向かって問うには――

「夫と兄とどちらが愛（いと）しいか」と問うと、

「兄の方が愛しい」と答えた。

　そこでサホビコが計略を明かして言うには――

「本当に俺の方が愛しいのなら、俺とおまえで天下を治めよう」

と言って、八塩折（やしおおり）の紐小刀を作って妹に渡し、

郡沙本。
稲瀬毘古王　十二代景行天皇の皇子の稲背入彦。
小月　近江国栗太郡。
山の君　山部を管理する伴造。
三川の衣　参河（みかわ）国賀茂郡挙母（ころも）郷。
春日　大和の春日山とは限らない。
春日部　たくさんあって特定できない。
子代　子がいない時に定めたというが、その皇族の生活を支えるための部民であったらしい。名代（なしろ）もほぼ同じ。
伊登志部　備前か。
羽咋　能登国羽咋郡羽咋郷。
三尾　近江国高島郡三尾郷。
天皇　本居宣長は、この場

「この小刀で天皇が寝ているところを刺して殺せ」と言った。

天皇はこの計略のことなど何も知らず、后の膝を枕に眠った。

后は紐小刀で天皇の首を刺そうと三度まで手を振り上げたが、悲しくてどうしても刺すことができなかった。

后の泣く涙が天皇の顔にこぼれ落ちた。

天皇が目を覚まして起き上がり、后に言うには――

「怪しい夢を見た。沙本(さほ)の方から驟雨(しゅうう)が来て私の顔を濡(ぬ)らした。そして錦色の小さな蛇が私の首にまつわりついた。この夢は何のしるしだろうか」と言った。

それで后はこうなっては言い訳もできないと思って、天皇に言うことには――

「兄のサホビコが『夫と兄とどちらが愛しいか』と私に聞きました。正面から問われて思わず『兄の方が』と答えてしまいました。そこで兄は『俺と共に天下を治めよう』と持ちかけて、八塩折の紐小刀を作って私に授けました。それでお首

合は天皇を「スメラミコト」ではなく「オホキミ」と読むことを推奨しているようだ。

妹　同母の妹である。同母の兄妹や姉弟の絆はとても強い。

俺とおまえで天下を治めよう　卑弥呼は弟の助けで統治を行ったと『魏志倭人伝』にある。古代日本では珍しいことではなかった。

八塩折の紐小刀　何度も鍛えた鋭利な小刀。紐がついているのは懐中に入れたから。

沙本　サホビメとサホビコの出身地。

蛇　刀が蛇に縁があるのは八俣のオロチの話でもわかる。

この夢は何のしるし　夢は

を刺そうと三度まで振り上げたのですが、悲しくなってしまってどうしても刺せないまま泣いていたら、涙がお顔にこぼれて落ちたのです。夢はこのことのしるしでしょう」と言った。

天皇は「あやうく欺(あざむ)かれるところだった」と言って、軍勢を出してサホビコを撃とうとした。サホビコは稲城(いなき)を築いて待ち構えた。

サホビメは兄を見捨てることができず、裏口から逃げ出してその稲城に入った。

この時、后は妊娠していた。

天皇は、妻は妊娠しているわけだし、また三年に亘(わた)って愛し続けた相手なのだから、と辛く思った。

そこで軍勢を呼び戻してしばらくは攻撃を控えた。

そうして待っている間に月満ちて子供が生まれた。

サホビメはその子を稲城の外に連れ出して地面に置き、天

お告げだから解かなければならない。ここではサホビメが堪えきれずに解いてしまった。

稲城　稲藁を束ねて積んで矢を防ぐ即席の塁としたらしい。火に弱いことは次のホムチワケの命名のところで明らかになる。

皇に向かって言うには──

「もしもこの子を自分の子と思われるのならば連れていって育てて下さい」と言った。

天皇が答えて言うには──

「兄に怨みはあるが、后を愛しいと思う心は抑えられない」と言った。

后も取り戻そうと思ったのだ。

そこで、兵士の中でも力が強くてすばしこいのを何名か選び、命じて言うには──

「その子を取り戻す時に、母親の方もひっさらって来い。髪でも手でも摑んで引っ張り出せ」と言った。

しかし后は天皇の性格をよく知っていたので、
まず髪を剃って、その髪で頭を覆い、
玉飾りの紐はわざと腐らせて手首に三重に巻き、
着るものも酒に浸して腐らせ、見た目は普通の着物のように見せかけた。

そこまで準備してから、子を抱いて稲城の外に出てきた。力のある兵士たちはまず子を受け取り、次に母親を捕まえようとした。しかし髪を摑むと髪は外れ、手を握れば玉の緒は切れ、着ているものを摑めばすぐに破れる。子は取り返したが、母親は取り返せなかった。

兵士たちが戻って報告して言うには――

「髪は外れますし、着物は引けば破れる、手に巻いた玉飾りもすぐに紐が切れました。母親は取り戻せず、御子（みこ）だけ連れてまいりました」と言った。

天皇はいたく悔やんで、玉作りの職人たちを憎み、その所領をすべて取り上げた。諺（ことわざ）に「地得（ところ）ぬ玉作り」というのはここから始まったことである。

ここで天皇が后に向かって言うには――

「子の名は必ず母親が付けるもの、この子の名はどうすればよいか」と問うた。

地得ぬ玉作り 「賞を得んとして罰を得る」という意味だろうが、しかしこの場面でこの諺の起源は説明できていない。『竹取物語』の玉作りの話は参考になるかもしれない。

后が答えて言うには——

「今、この子は稲城が火で焼かれる時に、火の中で生まれました。ですから、この子の名は

本牟智和気御子（ホ・ムチ・ワケのミコ）

としたらどうでしょう」と言った。

更に天皇が問うて——

「どうやって育てればよいだろう」と問うと、答えて言うには——

「乳母を付け、湯浴みの係も大湯坐（おおゆえ）と若湯坐（わかゆえ）の二名を定めて育てればいいのです」と答えた。

更に天皇が后に問うて言うには——

「おまえが結んだみづの小佩（おひも）は誰に解かせようか」

と問うと、答えて言うには——

「ヒコタタスミチノウシの娘の、

兄比売（エ・ヒメ）と

弟比売（オト・ヒメ）

子の名は必ず母親が付けるもの　そういう習慣だったらしい。妻問婚ならば子供は母のもとに居るわけだし。

本牟智和気御子　ホは「火」、ムチはオホナムヂなどの「ムチ」、ワケは火を分けて生まれたの意か。コノハナノサクヤビメが火の中で出産した時のことも参考になる。

乳母・大湯坐・若湯坐　育児に関しても既に職掌が分かれていることがわかる。

みづの小佩　「みづ」は美称。小佩は緒紐か。下着の紐で、互いに結ぶことで貞節を誓う。要するに天皇は今にも死のうとしている妻に、次の妻は誰がいいかと問うているのだ。愛と言うか甘えと言うか。

という二人の姉妹ならば心も正しいので、新しい后にふさわしいはず」

と言った。

その後でサホビコを殺すと、サホビメも後を追って亡くなった。

ヒコタタスミチノウシ　P206に注。

兄比売と弟比売　姉と妹と言っているだけで固有名詞になっていない。

心も正しいので　反乱を企てたりはしないという意味か。

ホムチワケ

天皇がホムチワケと一緒に遊んだようすを言えば、尾張の相津にある二股の杉の木をそのまま舟に造って、これを持って倭の市師(いちし)の池や軽(かる)の池に浮かべて、その子と一緒に遊んだ。

しかしこの子は髭(ひげ)が拳八つ分まで伸びても口を利かなかった。

ある時、高い空を飛ぶ鵠(くくい)を見て初めてカタコトを口にした。

一緒に遊んだ　子をかわいがる父であったのだ。亡き妻への思慕の念も混じっていたかもしれない。

尾張の相津　不詳。

二股の杉の木　杉はめったに二股にならない。珍しい木を使って二隻の対の舟に

そこで
山辺之大鶙（ヤマのべ・ノ・オホタカ）
という者を遣わして、その鳥を捕まえようとした。
この男はその鳥のあとを追って、
木の国から
針間の国、その先は
稲羽の国に入って、また
旦波の国、
多遅麻の国に至り、更に東の方に追って行って、
近淡海の国に着き、そこから
三野の国に越え、
尾張の国を通って
科野の国まで追い、遂に
高志の国まで行って、
和那美の水門
に網を張ってその鳥を捕り、持ち帰って献上した。

仕立てたものか。
市師の池 磐余（いわれ）の市磯（いちし）の池。この池は埴安（はにやす）の池という別名で八代孝元天皇の系図に出ている。
髭が拳八つ分まで伸びても 大人になってもの意の定型句。スサノヲがそうだった。
口を利かなかった 唖は神の属性である。
カタコトを口にした 発声はしたがまだ発語ではなかった。
山辺之大鶙 鳥を追って行った人ということ。以下の地名の羅列の地理観がおもしろい。
木 紀伊。
針間 播磨。
稲羽 因幡。
多遅麻 但馬。

だからそこには和那美(わなみ)の水門(みなと)という地名が付いた。

その鳥を見れば口を利くようになるかと思ったのだが、その思いが叶(かな)ってホムチワケが喋(しゃべ)ることはなかった。

天皇はホムチワケのことを憂えて、夢を見るべく寝所に入った。

神が現れて言うには——

「私の宮を天皇の宮殿と同じように造ったならば、子供は必ず口を利くようになる」

目覚めてから改めて占いを立てて、夢に聞いたのはどの神の意思かと探ると、この祟りは出雲の大神のなすことだとわかった。

その大神の宮に子供を連れて行って拝ませることにして、誰を随行させるかをまた占いで問うと、占いに当たったのはアケタツだった。

そこでアケタツにうけいをさせてみた——

近淡海　近江。
三野　美濃。
科野　信濃。
高志　越は越前・越中・越後。
和那美　罠網（わなあみ）だろう。そういう地名があったわけではないらしい。
夢を見るべく寝所に入った　ただ寝たのではなく神意を問うつもりで夢を待つ。
造ったならば　P132の反復。修理ではなく造営。
出雲の大神　オホクニヌシ。
うけい　問題を特定した上で占いで神意を問うこと。

「この大神を拝むこととして、これに効力があるのならば、鷺巣の池の鷺、占いの力で落ちろ」

そう言うとその鷺は地面に落ちて死んだ。

「占いの力で生きろ」と言うと生き返った。

また、甜白檮の崎にある葉広熊白檮を占いの力で枯らし、また生き返らせた。

そこでアケタツに名を与えて

倭者師木登美豊朝倉曙立王（ヤマト・ハ・シキ・トミ・トヨ・アサクラの**アケタツ**のミコ）

と呼ぶことにした。

そしてアケタツとその弟のウナカミを付き添いにして送り出した。

それに際してまた占いを立てると

「那良戸から行くと跛者と盲者に出会うだろう。大坂戸から行っても跛者と盲者に出会うだろう。紀伊に通じる掖戸から行くのがよい」と出た。

鷺巣の池　大和国高市郡に鷺栖神社がある。

甜白檮の崎　大和国高市郡に甘樫坐神社がある。崎はこの丘の先端ということ。

葉広熊白檮　「はびろ」は美称。「くま」も大きいという意味の美称。木としては樫（かし）である。

師木・登美・朝倉　倭者師木登美豊朝倉曙立王の名に含まれるこれらの名はどれも三輪山の南の地名。

那良戸　那良を越えて大和から山城へ抜ける道。

跛者と盲者に出会う　旅立ちに際して不吉とされた。

大坂戸　大和と河内の境。二上山の北。

掖戸　脇道、ないし抜け道。間道。

それに沿って進み、行く先ごとに品遅部を定めた。

そうして出雲に到着して大神を拝み終えて、都へ戻る途中、肥河の中に黒巣橋を作り、仮宮を建ててホムチワケを泊めることにした。

すると出雲の国造の祖先で、名を

　岐比佐都美（キヒサ・ツミ）

という者が青葉を山の形に飾って川下に立てて、ホムチワケに食事を出したところ、

「あの川下にある青葉の山のようなものは、山に見えるけれど山ではないな。ひょっとして出雲の石硐の曾宮におられるアシハラシコヲに仕える神官たちが立てたものだろうか」と言った。

お伴として同行した王たちもそれを聞いて喜び、ホムチワケを檳榔の長穂宮に泊まらせて、駅使を都に送った。

ホムチワケはここで

品遅部　ホムチワケの名代。

肥河　天から追放されたスサノヲが最初に降り立った河（P81）。

黒巣橋　皮がついたままの丸太を並べた仮の橋。巣は簀か。

岐比佐都美　よくわからない。キヒサは地名か。

青葉を山の形に　正餐の場の背景に置いた飾り物だろうか。

出雲の石硐の曾宮　杵築大社のこと。石硐は岩陰。

アシハラシコヲ　オホクニヌシの別名。神格のうちのネガティブな祟る神の部分をこの名で呼ぶと考えよう。

神官たちが　よくわからない。要するに青葉を山に似

肥長比売（ヒナガ・ヒメ）
という女と一夜を共にしたが、その乙女を密かに見ると正体
は蛇だった。
恐くなって逃げた。
そこで肥長比売は嘆いて、海原を光で照らしながら舟に乗
って追いかけてきた。
それを見ていよいよ恐ろしくなって、舟を引き上げ山の低
くなったところを越えて逃げた。
天皇のもとに戻って、
「大神を拝みましたところ、皇子さまはものを言うようにな
りました。そこで戻って参りました」と報告した。
天皇は大いに喜んで、ウナカミをすぐに出雲に返して神の
宮を造らせた。
また、これをきっかけとして
鳥取部、
鳥甘部、

せて立てたら口を利かぬ子が喋ったということ。出雲の呪いは解けたのだろう。

檳榔の　檳榔は沖縄でクバという植物だが（笠を作る）、ここでは「あじまさの」は長穂に掛かる枕詞ではないかと思われる。

肥長比売　「肥」は肥河に繋がり、「長」は蛇を連想させると同時に「長穂」にも関係する。

海原を光で照らしながら　蛇のくねって進むようすは波を連想させる。それで肥河なのに海原になったか。トヨタマビメを思い出そう。
　またこの話はイザナキとイザナミにも共通するところがある。

山の低くなったところを越えて　船越という地名は各

品遅部（ほむちべ）、
大湯坐（おおゆえ）、
若湯坐（わかゆえ）、
などを定めた。

天皇はサホビメが言い遺（のこ）したとおりに、
ヒコタタスミチノウシの娘たち、すなわち――
ヒバスヒメ、次に
弟比売命（オトヒメノミコト）、次に
歌凝比売命（ウタゴリ・ヒメのミコト）、次に
円野比売命（マトノヒメノミコト）、
以上四名の姫を呼び寄せた。

しかし、ヒバスヒメとオトヒメだけを手元に留め、残る二人は顔がみっともないからというので、元の国に返してしまった。

そこでマトノヒメが恥じて言うには――

地にある。

鳥取部　白鳥を捕らえて献上するのを職とする部。

鳥甘部　宮廷で鳥を飼う係。白鳥などはペットだったらしい。但し食用として神に捧げたりもしたようだ。

四名の姫を呼び寄せた　一人を娶れば姉妹がみんな付いてきたのだろうか。一夫多妻制のもとでは夫にその権利はあったのかもしれない。地名縁起でもあるし、史実よりは説話に近い気がする。

「同じ姉妹なのに、顔がみっともないと言われて送り返されるなんて、ご近所にも知れ渡るし、こんな恥ずかしいことはないわ」と言った。

山代国の相楽まで戻った時に木の枝から首に懸けた縄でぶら下って死のうとしたけれど果たせなかった。だからこの地を懸木と呼んだが、今は相楽という。

弟国まで戻った時、深い淵に身を投げて死んでしまった。そのためにそこは堕国と呼ばれたが今は弟国と呼んでいる。

天皇は三宅の連などの祖先に当たる

多遅摩毛理（**タヂマ・モリ**）

を常世国に派遣して、トキジクノカクの実を取ってくるよう命じた。

多遅摩毛理はその国まで行って、その木を見つけ、縵八縵、矛八矛を採って戻る間に、天皇は亡くなった。

タヂマモリは縵四縵、矛四矛を后に贈り、残る縵四縵、矛

同じ姉妹なのに　コノハナノサクヤビメとイハナガヒメの話（P143）と同じ構成。

山代国の相楽　山城国相楽郡。

弟国　山城国乙訓（おとくに）郡。

三宅　各地にあるので特定できないが、摂津国三島郡か。

多遅摩毛理　応神天皇のところにまた出てくる（P325）。『古事記』は年代記ではないからこういうことは珍しくない。杵築大社の造営も同じこと。

四矛を御陵（みささぎ）の入口に捧げて、哭いて叫んで言うには——

「常世国のトキジクノカクの実を持ち帰りました」

と言って、哭き叫ぶあまり、遂に死んでしまった。

このトキジクノカクの実とは今言うところの橘（たちばな）である。

この天皇は百五十三歳でみまかり、御陵は菅原の御立野（みたちの）にある。

后のヒバスヒメの時世に
石祝作（いしきづくり）と
土師部（はにしべ）
を定めた。
后は狭木（さき）の寺間（てらま）の陵墓に葬られた。

常世国　海の彼方の仙郷。
トキジクノカクの実　時を超えて芳香を放つ木の実の意。夏に実って秋冬になっても枝から落ちないよい香りの実。すぐ後にあるように橘のことである。不老不死の霊薬だから天皇の死に間に合わなかったとタヂマモリは泣いたのだろう。
縵　縵橘は枝ごと折って葉のついたままの橘。矛橘は実を串に刺したものらしい。
菅原　大和国添下郡。
石祝作　「祝」は「棺」の誤字らしい。石棺を作る部。
土師部　埴（赤土）で土器や埴輪を作る部。
狭木　大和国添下郡佐紀郷。

十二代景行天皇

オホタラシヒコオシロワケは纏向（まきむく）の日代宮（ひしろのみや）に住んで天下を治めた。

この天皇が、吉備（きび）の臣（おみ）などの祖先であるワカタケキビツの娘である針間之伊那毘能大郎女（ハリマ・ノ・イナビ・ノ・オホ・イラツメ）を妻として生んだ子は

櫛角別王（クシ・ツヌ・ワケのミコ）、次に

大碓命（**オホウス**のミコト）、次に

小碓命（**ヲウス**のミコト）、別名は

倭男具那命（**ヤマトヲグナ**のミコト）、次に

倭根子命（ヤマト・ネコのミコト）、次に

神櫛王（カム・クシのミコ）。以上五名。

オホタラシヒコオシロワケ　十二代景行（けいこう）天皇である。タラシは次の成務天皇、仲哀天皇、さらに神功皇后にも共通する。祝詞に「足らし御世」という言葉がある。天皇の威力が行き渡った盛んな世の意味。実際この三人の業績は大きかった。

纏向の日代宮　大和国城上（しきのかみ）郡。纏向には古墳など多くの遺跡があり、近年の発掘で大きな建物の遺構が見つかって、邪馬台国畿内説と結びつけて

八尺入日子命（ヤサカのイリ・ヒコのミコト）の娘、
　八坂之入日売命（ヤサカ・ノ・イリ・ヒメのミコト）を
　妻として生んだ子は
　　若帯日子命（ワカ・タラシ・ヒコのミコト）、次に
　　五百木之入日子命（イホキ・ノ・イリ・ヒコのミコ
　　ト）、次に
　　押別命（オシワケのミコト）、次に
　　五百木之入日売命（イホキ・ノ・イリ・ヒメのミコ
　　ト）。
また別の后の子は
　　豊戸別王（トヨト・ワケのミコ）、次に
　　沼代郎女（ヌノシロのイラツメ）。
また別の后の子は
　　沼名木郎女（ヌナキのイラツメ）、次に
　　香余理比売命（カゴヨリ・ヒメのミコト）、次に
　　若木之入日子王（ワカキ・ノ・イリ・ヒコのキミ）、

重要視されている。

ワカタケキビツ　この人は七代孝霊天皇の子であり、景行天皇は孝霊天皇から見ると孝元・開化・崇神・垂仁と四世代を隔てた子孫に当たる。結婚はあり得ないわけだが、しかし『古事記』は年代記ではないのでこれを時代錯誤と見る必要はない。エピソードはみな並置されているのだ。

針間之伊那毘能大郎女　針間は播磨国印南郡。大郎女は次に若郎女があるから。

大碓・小碓　双子だったという。小碓は後のヤマトタケル。

倭男具那命　ヲグナは少年の意。

八尺入日子　十代崇神天皇の子。

次に

吉備之兄日子王（キビ・ノ・エヒコのミコ）、次に

高木比売命（タカキ・ヒメのミコト）、次に

弟比売命（オト・ヒメのミコト）。

日向之美波迦斯毘売（ヒムカノミハカシ・ビメ）を妻

として生んだ子は

豊国別王（トヨクニ・ワケのミコ）。

伊那毘能大郎女（イナビ・ノ・オホ・イラツメ）の妹、

伊那毘能若郎女（イナビ・ノ・ワカ・イラツメ）を妻

として生んだ子は、

真若王（マワカのミコ）、次に

日子人之大兄王（ヒコヒトノオホエのミコ）。

倭建命（ヤマトタケルのミコト）の曾孫（ひまご）である

須売伊呂大中日子王（スメイロ・オホ・ナカツ・ヒコの

ミコ）の娘、

訶具漏比売（カグロ・ヒメ）を妻として生んだ子は、

若帯日子　父が大帯日子だから。後の十三代成務天皇である。

訶具漏比売　天皇が自分の子であるヤマトタケルすなわちヲウスの曾孫と結婚するというのはやはりあり得ない。何かの誤りで、七代孝霊天皇の子の稚武彦とヤマトタケルを取り違えたという説がある。

記録に残る者が二十一人　『古事記』以前にも何か書かれた記録があったのだろう。数字も合っている。

八十人　こちらはただたくさんのというだけ。

次の天皇の候補とした　皇太子になったわけではなく、皇太子になる資格を認めたということ。皇位継承について規定があったわけでは

大枝王（オホエのミコ）。

オホタラシヒコオシロワケの子は記録に残る者が二十一人、残らない者が五十九人、合わせて八十人であった。

このうちの若帯日子命（ワカタラシヒコのミコト）と、倭建命（ヤマトタケルのミコト）、それに五百木之入日子命（イホキノイリヒコのミコト）を次の天皇の候補とした。

他の七十七名は各国の国造（くにのみやつこ）、和気（わけ）、稲置（いなき）、県主（あがたぬし）などにそれぞれ任命した。

この内、ワカタラシヒコがやがて天下を治めた。

小碓命（ヲウスのミコト）は東や西の暴れ狂う神々や刃向かい逆らう者どもを退治した。

櫛角別王（クシツヌワケのミコ）は茨田（まむた）の下（しも）の連（むらじ）などの祖先、

大碓命（オホウスのミコト）は守（もり）の君、

大田の君、

島田の君の祖先、

ないから、しばしば争いを伴った。

国造　行政区分としての地方の「国」の長。P72の注も参照。

和気　皇族から分かれた家系の意。ホムチワケなど。実際には尊称の一つだったらしく、別とも書く。

稲置　地方を預かる職種。国造や県主よりは小さな区画だったらしい。

県主　「県」は地方の小国。その主というところからきた職種・姓（かばね）。神武以来だから古い言葉である。

任命した　実際には地方豪族が中央に服従することになった時に、天皇の系図上の位置が与えられたのだろう。

神櫛王《カムクシのミコ》は
木国の酒部《さかべ》の阿比古、
宇陀《うだ》の酒部の祖先、
豊国別王《トヨクニワケのミコ》は
日向《ひむか》の国造の祖先である。

天皇は、三野《みの》の国造の祖先である、
神大根王（カム・オホネのミコ）の娘たち
兄比売（エ・ヒメ）、
弟比売（オト・ヒメ）
が二人とも美しいと聞いて、息子のオホウスを遣わして宮廷に呼び寄せようとした。

遣わされたオホウスは二人を父のところに差し出さず、二人とも自分のものにして床を共にした。そして別の女たちを用意してそちらを天皇のところへ遣った。

天皇は二人が別の女であることを知って、ずっと眺めてい

小碓命は　ヤマトタケルとなってからの冒険はこの先で語られる。
守の君　美濃国の豪族。
大田　美濃国安八（あはち）郡大田郷。
島田　尾張国海部郡嶋田郷か。
木国の酒部の阿比古　木国は紀伊。酒部は酒を造る部。
宇陀の酒部　大和国宇陀にあった酒部。
三野　美濃。
呼び寄せようとした　采女制度か。地方出身で、天皇などの身辺の世話をしながら、子を成すこともある。
眺めているだけ　原文の文字使いだと「長眼を経しめ」。長く眼をとめることが「ながめる」の語源であ

るだけで寝床を共にしようとはせず、二人に居心地の悪い思いをさせた。

オホウスが兄比売を妻として生んだ子が

押黒之兄日子王（オシグロ・ノ・エヒコのミコ）。

これは三野の宇泥須の和気の祖先である。

弟比売を妻として生んだ子は

押黒弟日子王（オシグロのオトヒコのミコ）。

これは牟宜都の君などの祖先である。

この天皇の時代に

田部を定め、

東の淡水門を定め、

膳の大伴部を定め、

倭の屯家を定め、

坂手の池を造って、その堤に竹を植えた。

る。

押黒　特に意味なし。

三野の宇泥須の和気　三野は美濃。ウネスは不明。

牟宜都　美濃国武芸（むげ）郡か。

田部　朝廷の直轄地である屯倉を耕す部民。

東の淡水門　東と言ったのは安房と西の阿波を区別するため。

膳の大伴部　宮廷の料理係の部。

倭の屯家　倭は大和。ここから始めてこの制度を全国に広めた。

屯家は御家（みやけ）で朝廷の直轄地。またそこに造った作物を納める倉をもそう呼んだから屯倉という字も用いられる。

坂手の池　今の奈良県磯城

ヤマトタケルの冒険

天皇がヲウスを呼んで言うには——

「おまえの兄はなぜか朝と夕の食事の席に出てこない。行ってねんごろに諭してこい」と言った。

それから五日ほど過ぎたが、まだ出てこない。

天皇はヲウスをまた呼んで——

「なぜ今もっておまえの兄は顔を見せないのだろう。諭してやったのか」と問うた。

（しき）郡田原本町阪手と伝える。今も溜池がたくさんある。

堤に竹を植えた 根で堤防を強化するため。治水と屯家設置は深くむすびついている。

朝と夕の食事 食事は家族で一緒に摂ったらしい。ここは生活感があっていい。兄が出てこなかったのは三野の美女を横取りして後ろめたかったからか。

ねんごろに諭して 原文は「ねぎ教へ覚（さと）せ」

便所 原文は「厠（かわ

「ねんごろに諭しました」との答え。

「どう諭したのか」と更に問うと、答えて言うには——

「朝、明け方に、便所に入るところを待ち伏せして、引っ摑んで手足をもぎ取り、薦に包んで投げ捨てました」と答えた。

天皇がこの息子の猛く荒々しい性格を恐れて言うには——

「西の方に熊曾建（クマソ・タケル）という二人がいる。我らに刃向かう無礼な奴らだ。行って殺してこい」と言って遣わした。

ヲウスはその時はまだ髪を額で結っていた。

まず叔母のヤマトヒメのところに行ってその衣装を分けてもらい、剣を懐に入れて出立した。

熊曾建の家に着いてみると、周囲を兵士たちが三重に囲んで、新しい部屋を造っているところだった。

人々は新しい部屋の祝いの宴を開こうと食事の準備などをしていたので、あたりをうろついてその日を待った。

や）」。川の上に造った水洗便所。セヤダタラヒメと丹塗矢の話（P178）。

薦に包んで　薦とは、マコモを粗く編んだむしろ。ヲウスは「ねんごろに」をこう解釈したのかもしれない。

ここに来て文体が一変する。稚拙な神話的表現と権力の配分に関わる系譜ばかりだったのが、この話の殺害場面の生き生きとした描写力はほとんど映画だ。

猛く荒々しい性格を恐れて　自分の地位と生命が危ういと思った。

無礼な　礼儀を知らぬ、文明化されていないの意。

叔母のヤマトヒメ　伊勢神宮の斎宮。女の装束を借りに行ったのだが、同時に伊

宴の日がくるとヲウスは童女のように髪に櫛(くし)を入れて垂らし、叔母にもらった女の衣装を着て童女の姿になって、女たちに混じって新築の部屋に入った。

クマソタケルたちはこの乙女を見ていたく気に入り、二人の間に坐(すわ)らせて宴席を盛り上げた。

宴もたけなわとなった頃、ヲウスは懐から剣を出してクマソ兄の襟首を引っ摑み、胸に剣を刺し通した。

クマソ弟はこれを見て恐れて逃げ出したが、ヲウスはその部屋の階段の下で追いつき、背中から摑みかかって尻から剣を刺し通した。

そこでクマソ弟が言うには――

「その剣を動かさないで下さい。まだあなたに言いたいことがある」と言った。

言うことを聞いてやることにして、その場に押さえ込んだ。

クマソ弟が問うには――

「あなたは誰ですか」と問うた。

勢神宮にまつわる霊威も授かったはず。

祝いの宴 原文は「楽」と書いてウタゲと読ませる。ウタゲはウチアゲ、すなわち酒を飲んで手を拍（う）ち上げて盛り上がること。ウタの語源もこれかもしれない。

童女のように髪に櫛を入れて垂らし 童女は髪を結わない。

そこで答えて言うには――

「私は、纏向（まきむく）の日代宮（ひしろのみや）に住まわれて大八島国を治めるオホタラシヒコオシロワケの子で、名は倭男具那王（ヤマトヲグナノキミ）と言う。おまえらクマソの二人は我らに刃向かう無礼な奴らだから退治せよと言われたので、そのためにやってきた」と言った。

クマソ弟がそこで言うには――

「その言葉のとおりです。西の方には私ら二人を除いて勇猛で強い者はおりません。しかし大倭の国には私らより強い男がいらっしゃる。あなたに名前を上げましょう。これからは倭建御子（ヤマト・タケルのミコ）と名乗りなさい」と言った。

そこまで言わせたところで熟れた瓜（うり）を切り裂くように斬って殺した。

それ以来は尊称をつかって

倭建命（**ヤマト・タケル**のミコト）

と名乗ることにした。

オホタラシヒコオシロワケの子で　つまり十二代景行天皇。父の権威を強調して正式の長い名を言っているようだ。

倭建御子　ヲウスからヤマトヲグナへ、そしてヤマトタケルへ、名が変わるごとに成長の一段階を上る。そもそも生涯を誕生から死まで語られる者は『古事記』にはヤマトタケルしかいない。

山の神、河の神　中央集権は地方の聞き分けのない勢

帰路には山の神、河の神、また穴戸（あなと）の神などをすべて言葉で服従させて戻った。

倭建命（ヤマトタケルのミコト）は出雲の国に入った。

出雲建（イヅモ・タケル）を殺そうと思って、まずは親友になった。

そして赤檮（いちい）の木で偽の刀を作り、これを腰に帯びて、二人で肥川に水浴びに行った。

ヤマトタケルは先に川から上がって、出雲建（イヅモタケル）がそこに外して置いておいた剣を取って、

「刀を取り替えよう」と言った。

イヅモタケルも川から上がってきてヤマトタケルの偽の刀を腰に着けた。

するとヤマトタケルは、

「ちゃんばらごっこしないか」と相手を誘った。

二人とも刀を抜こうとしたが、イヅモタケルの刀はどうや

力を平定して従わせてこそ実現する。神々も豪族も同じ。

穴戸の神　海峡の神。

だまし討ちの話だが、卑怯ではなく知略と捉えている。

出雲建　出雲の勇者ということ。クマソタケルやヤマトタケルと同じ命名法だが人格の具体性が薄い。

赤檮　イチイガシ。堅くてよい材になる。木刀に最適だったのだろうが、この場合は何の木でもよかったのではないか。書き手の連想が走ったということか。

っても抜けない。

ヤマトタケルは刀を抜いてイヅモタケルを打ち殺した。

そこで歌を詠むには――

やつめさす　出雲建(いづもたける)が　佩(は)ける刀(たち)

黒葛多纏(つづらさはま)き　さ身無(みな)しにあはれ

（やつめさす）イヅモタケルが身に着けた刀ときたら、

葛をたくさん巻いて見た目はいいが、刀身がないとは

お気の毒。

こうして平定の務めを果たして、戻って報告した。

天皇がすぐにまたヤマトタケルに命じて言うには――

「東の方に十二の国々があって、荒々しい神や服従しない民がいる。これを説得して従うと言わせてこい」

やつめさす　出雲にかかる枕詞。

黒葛　つづらは蔓草一般、あるいはそれを使った容器などの細工物。ここでは刀の装飾。

さ身無しにあはれ　「さ」は接頭語。「身」は刀身あるいは刃。「あはれ」はもちろん嘲りないし揶揄。

このあたりからヤマトタケルの人格にぐんと奥行きが増す。このような悲哀はここまでの登場人物にはなかった。

吉備の臣　ヤマトタケルとは母方で繋がっている。

と言った。

そこで吉備の臣らの祖先である御鉏友耳建日子（ミスキ・トモミミ・タケ・ヒコ）を副官としてつけ、柊（ひいらぎ）で作った長さ八尋（やひろ）の矛を授けた。

この命を受けたヤマトタケルはまず伊勢の大神の神殿にお参りをして、神前で祈った後で、叔母のヤマトヒメに言うには――

「天皇は私が死ねばいいと思っているのでしょうか。西の方の悪人どもを退治しに送り出して戻って報告した後、さほどの時も経ていないというのに、なぜまた兵士も付けてくれないまま、東の方の十二国の悪人どもを平定せよと遣わすのか。これを考えてみれば、私が死ねばいいと思っているに違いありません」と言って、嘆いて泣いた。

ヤマトヒメは草薙（くさなぎ）の剣（たち）をヤマトタケルに与え、また袋を一つ手渡して、

「急な危難に出遭ったらこの袋の口を開きなさい」と言った。

御鉏友耳建日子　後にヤマトタケルは彼の妹と結婚している。

柊　葉の縁が尖っていて指に痛い。そういう木だから矛にしたのか。

ヤマトヒメ　P251の注にも記したとおり、彼女は伊勢の斎宮である。ヤマトを名に負う叔母が伊勢神宮の神威を同じくヤマトを名に負う甥に授け、その力によって甥は全国を平定した。

死ねばいいと思っているのでしょうか　この段階ではまだ疑問だが、この発言の最後では断定に変わる。見事な心理描写だ。

草薙の剣　この先でヤマトタケルが草を薙ぐのに使ってこの名になった。名前が事象を先取りしている。

尾張の国に着いたところで、後に尾張の国造（くにのみやつこ）の祖先になる、美夜受比売（ミヤズ・ヒメ）の家に行って泊まった。

この人を妻にしようと思ったが、妻にするのは帰る時にしようと思い直し、約束をした上で、東の国に進んで山や河の荒々しい神々ならびに天皇の権威に従わない者どもをすべて説得して従わせた。

相武（さがむ）の国に至った時、ここの国造がヤマトタケルを騙そうとして言うには――

「この先の野の中に大きな沼があります。この沼の中に住む神はまこと猛々しく乱暴な神です」

と言った。

その神を見ようと野に入った。

国造が野に火を放った。

袋　後にわかるが火打ち石のセットが入っている。古代の旅人必携の品。

美夜受比売　尾張氏は熱田神宮に関わる。ミヤズヒメはそこの巫女だったか。ミヤズは宮主（みやず）かもしれない。

帰る時にしよう　これは凶徴。

相武　後の相模だが読みはサガミではなくサガムだった。

火打ち石　近代以前、火の熾しかたには火打ち石と弓で回す錐の二つがあった。今も伊勢神宮外宮では毎日弓と錐で熾した火で神の食事を調理している。

向い火を点けて　近い範囲の草を予め焼いてしまって、

騙されたと気付いて、叔母ヤマトヒメから貰った袋の口を開いてみると、中には火打ち石があった。
まず刀で周囲の草を薙ぎ払い、火打ち石で火を燧して向い火を点けて野火の勢いを止めた。
戻ってから国造らを切り殺して火で焼き滅ぼした。
だからこの土地を今も焼遣と呼ぶ。

それからも旅を続けて、走水の海を渡ろうとした時、この海峡の神が波を起こして船をぐるぐる回し、先へ進ませなかった。

するとヤマトタケルの后の
弟橘比売命（オト・タチバナ・ヒメのミコト）
が言うには——
「私があなたに代わって海の中に入りましょう。あなたは与えられた仕事を果たして帰って報告なさって下さい」
と言って、海へ入ろうとする時に、菅畳八重、皮畳八重、絁

野火の本体が身辺に及ばないようにする。

焼遣　「遣」は「津」の誤記かもしれない。本当は焼津は相模ではなく駿河にあるのだが、次のところに出てくる歌が相模を舞台とするものなので、それを先取りしたとも考えられる。『古事記』は論理だけではない。

走水　今の浦賀水道。潮の流れが速いからこの名がある。もともと武蔵国は東海道ではなく本州の中央を縦断する東山道に属していた。海岸沿いは湿地や大きな川が多くて通りにくかったらしい。安房に行くのも走水で海を渡るのがルートだった。海は彼我の地を隔てる

畳八重を波の上に敷いて、船を下りてその上に坐った。
荒波はすぐに静まって船は進むことができた。
そこでこの后が歌って、

さねさし　相武(さがむ)の小野(をの)に　燃ゆる火の
火中(ほなか)に立ちて　問(と)ひし君はも

(さねさし) 相模の野で火に囲まれた時、
火の中に立っておまえは大丈夫かと聞いてくれたあなた。

と歌った。
七日の後、后の櫛が海辺に流れ着いた。
その櫛を取って陵墓を作って納めた。
更に旅を続けて、荒々しい蝦夷(えみし)をすべて服従させ、また山

と同時に結ぶものでもある。

后　これは天皇の正妻のことだから、ヤマトタケルを天皇に準じるものとして扱っていることになる。

弟橘比売命　係累についての言及なしにいきなり登場する姫である。橘についてはトキジクノカクの実を見ること（Ｐ２４３の注）。武蔵国には橘樹（たちばな）郡があったし、相模からは橘が宮廷に献上されていたので、そういう連想による命名だろう。

報告なさって　報告するまでが天皇に命じられた義務である。

菅畳八重、皮畳八重、絁畳八重　人身御供だが、海神への供物だからギフト・ラッピングをしたというとこ

や川の荒々しい神たちをも平定して、都へ帰ろうと戻る途中、足柄の坂本まで来たところで乾飯などを食べていると坂の神が白い鹿の姿で現れた。近くに来るのを待ってヤマトタケルが食べ残した蒜の端で打ったところ、目に当たって鹿は死んでしまった。

その坂に立って、嘆いて言うには、

「あづまはや」と三回言った。

だからその地は「あづま」と呼ばれることになった。

そこを越えて甲斐に出た。

酒折宮にいた時にヤマトタケルが——

新治　筑波を過ぎて　幾夜か寝つる

新治と筑波を過ぎてから何晩寝たんだったか。

ろか。

さねさし　相武の枕詞。これは春の野焼きの歌の流用かもしれない。

櫛　女性の象徴である。

蝦夷　この言葉の語源はアイヌ語として解けるが（「人間」の意）、しかしここで平定されたのが今の概念で言うところのアイヌそのままであるわけではない。ここはもっと大きく、本州の北東の方にいた反抗的な部族くらいに思っておいた方がいい。

足柄の坂本　足柄山の登り口。駿河と相模の境界。大和朝廷の勢力と塞外との境界。

乾飯　原文は粮（カレヒ）。炊いた飯を乾した携行食品。

と歌うと、火の番の老人がその先を続けて——

かがなべて　夜には九夜(ここのよ)　日には十日(とをか)を

日々を重ねて九泊十日となりました。

と歌った。

そこでこの老人を褒めて、東(あづま)の国造にした。

水か湯を注ぐと柔らかくなる。食事一般をも言う。

坂の神　境界は神の領するところであった。

白い鹿　白いのは霊的なるものの表象か。すぐ後には白い猪が登場する。

蒜　臭いの強いユリ科ネギ属の植物。ニラやニンニク、ネギなど。魔除けの効果がある。

あづまはや　「ああ、我が妻よ」の意。

これは問答形式の歌の話であり、連歌の始まりなどと言われる。

酒折宮　今の甲府市酒折とされるが、ここは具体的な地名ではなく坂が連なるから坂折ということらしい。甲斐も山の峡（かひ）に基

ヤマトタケルの死

そこから科野(しなの)へ抜け、科野の坂の神を服従させて、尾張の

づく命名。

幾夜か寝つる 日数は夜で数える。日没が一日の始まり。

火の番 警護のためのかがり火を維持する役。下級の者の仕事。

夜には・日には 夜の庭と昼の庭に掛けてある。かがり火は屋外で焚く庭火であった。このウィットが評価された。

東の国造 具体的な地位ではなく名誉の称号のようなもの。

科野の坂 科野は信濃。こ

国まで戻り、先に約束しておいた美夜受比売(ミヤズヒメ)のところに到着した。

食事の時にミヤズヒメが大きな盃(さかずき)に酒を満たして差し上げた。

この時、襲(おすい)の裾に生理の血がついていた。

ヤマトタケルがそれを見て歌うようには——

ひさかたの　天(あめ)の香具山(かぐやま)
とかまに　さ渡る鵠(くび)
弱細(ひはぼそ)　手弱腕(たわやかひな)を
枕(ま)かむとは　我(あれ)はすれど
さ寝(ね)むとは　我(あれ)は思へど
汝(な)が著(け)せる　襲(おすひ)の裾(すそ)に　月立ちにけり

（ひさかたの）天の香具山を鎌のように細い白鳥が渡ってゆく。

の坂は、古代の幹線道路である東山道の、信濃国伊那郡の阿智駅から美濃国恵奈郡の坂本駅に至る間。標高一五六九メートル。今の長野県下伊那郡阿智村から岐阜県中津川市に抜ける神坂（みさか）峠の道。今は中央道のトンネルの上にある。

生理の血がついていた　穢れとされることが多いが、ここでは後に共寝しているのだから穢れとは考えられていない。また、生理中の女は神のものだからこそ俗人は交わることを慎むのだとすれば、ミヤズヒメはヤマトタケルを神として遇したことになる。

ひさかたの　天などにかかる枕詞。

とかまに　鋭利な鎌のよう

その白鳥の首のようにしなやかでなよなよとした腕のきみと枕を共にしようとしたら、抱いて寝ようとしたら、きみが着ている服の裾に月が昇った。

これに対してミヤズヒメが答えて歌うには――

高光る　日の御子
やすみしし　我が大君
あらたまの　年が来経れば
あらたまの　月は来経往く
諾な諾な　君待ち難に
我が著せる　襲の裾に　月立たなむよ

（高光る）太陽の御子、（やすみしし）私の高貴な方。（あらたまの）年が来るように、（あらたまの）月は去ります。

に細いの意か。
鵠　くぐい。白鳥のこと。
高光る　「日」にかかる枕詞。
やすみしし　「我が大君」にかかる枕詞。
あらたまの　「年」にかかる枕詞。「あら」は「改まる」だろう。魂は年ごとに更新されたらしい。
諾な諾な　相手の言うことをそのまま認める。演劇的なやりとりである。
ミヤズヒメのところに置いたまま　この剣は後に熱田神宮に納められた。象徴的には北東の蛮族への守りであり、その延長上に下総の

仰るとおり、あなたを待ちきれなくて、私の服の裾
に月が昇りもしましょうよ。

と歌った。

その夜は二人で共に寝て、大事な刀である草薙の剣をミヤズヒメのところに置いたまま、伊服岐の山の神を討ち取りに行った。

そこでヤマトタケルが言うことには――

「この山の神は素手でやっつけてやろう」と言った。

山に登ってゆくと途中で白い猪に出会った。大きさは牛ほどもあった。

そこで言挙げして言うには――

「この白い猪はたぶん神の使いだろう。今殺さなくても帰りに殺せばいい」と言ってそのまま山に登った。

すると激しい氷雨が降ってきて、そのためにヤマトタケル

香取、常陸の鹿島などの神社が造られた。

伊服岐　美濃と近江の境にある伊吹山。伊吹は息吹で神の毒気が強いこと。この先でヤマトタケルは難渋する。

素手で　剣を持っていないから。

白い猪　P261「白い鹿」の注も参照。

言挙げ　心に思うだけでなく敢えて言葉に出して言うこと。それで怒りを買った。

帰りに殺せばいい　帰りにと言って先に延ばすのはミヤズヒメの時にも起こったこと。ヤマトタケルの力の弱りなのかもしれない。

激しい氷雨　雹あるいは霰。

は朦朧となってしまった。

(白い猪は神の使いではなく神そのものだったのに、間違いを言挙げしたからこんなことになったのだ。)

帰路、玉倉部の清泉まで戻って休んでようやく少し心が目覚めてきた。

そこでこの清泉を居寤の清泉と呼ぶことになった。

そこを出て当芸の野のあたりに着いた時、言うことには

――

「私の心はいつも空を飛んで行こうとするほど元気だったのに、今は歩くこともむずかしく、足はたぎたぎしくなってしまった」と言った。

そこでその地を当芸と呼ぶことになった。

そこからまた少し行ったところでいよいよ疲れ果てて、杖をついてようやく歩を進めるばかり。

そこでその地には杖衝坂という名がついた。

玉倉部　美濃国不破郡か近江国坂田郡か、いずれにしても伊吹山の南麓。

当芸　美濃国多芸（たぎ）郡。

たぎたぎしく　足が曲がって腫れ上がること。道の場合はカーブやアップダウンが多いこと。伊吹山の神の祟り。

当芸（たぎ）と呼ぶ　実際にはこの地名は「滝」が語源ではないかと西郷信綱は言う。水が「たぎる」とは激しく流れることだし。

杖衝坂　この名の坂や峠はあちこちにある。伊勢国三重郡かもしれない。

尾津の崎　伊勢国桑名郡尾津郷。崎は岬。

尾津の崎の一つ松まで行くと、前にそこで食事をした時に置き忘れた刀がそのまま残っていた。

そこで歌を詠んで――

尾張に　直に向へる
尾津の崎なる　一つ松　あせを
一つ松　人にありせば
太刀佩けましを　衣著せましを
一つ松　あせを

尾張にまっすぐ向いている、尾津の一本松、あ、こりゃ、
一本松が人であったらば、刀も持たせりゃ服も着せるのに、
一本松、あ、こりゃ。

前にそこで食事をした時　ヤマトヒメのところを出て東に向かった時のこと。**尾張に　直に向へる**　尾張にはミヤズヒメが居た。**あせを**　囃子ことば。悲劇的な状況で歌っているが、本来は宴会の歌だろう。後世の「関の五本松」と同じような松の擬人化。松の語源は股かもしれない。枝分かれが人の四肢を思わせる。

そこを出て三重の村に着いた時、また言うことには――

「私の足は三重に曲がったまがり餅のように腫れて曲がってしまった。とても疲れた」と言った。

だからここを三重と呼ぶのだ。

そこを出て能煩野(のぼの)まで行った時、郷里を思って歌うことには――

倭(やまと)は　国のまほろば
たたなづく　青垣(あをかき)
山隠(やまごも)れる　倭しうるはし

倭は囲まれた国、山々は青い垣のように居並び、
その山々に守られて倭はうるわしい国。

また歌って――

三重の村　伊勢国三重郡。

まがり餅　ねじ曲がった餅の一種。大嘗祭の供物にもある。

能煩野　伊勢国鈴鹿郡あたり。ノボノは「登り野」だろう。

郷里を思って　原文は「国思(くにしの)ひて」。「偲ぶ(しのふ)」は遠いものに思いを馳せること。

まほろば　「ほろ」は「洞(ほら)」。山に囲まれた盆地状の地形を褒めている。もともとは国見の歌で、山の上から見下ろした感慨を歌う。

たたなづく　重なり合う。

青垣　青い山々を垣根に喩えた。昔の日本語では青は緑を含む。

命の　全けむ人は
畳薦　平群の山の
熊白檮が葉を　髻華に挿せ　その子

まだまだ先の長い人は、（たたみこも）平群の山の熊樫の葉を髪に飾るといい、その子は。

これは思国歌である。

また歌って――

愛しけやし　吾家の方よ　雲居起ち来も

懐かしい我が家の方から雲が湧く、雲が湧く。

これは片歌である。

山隠れる　山に囲まれた。
うるはし　「うつくし」よりも主観が入る。
命の　全けむ人　命のことを心配しないですむ人。
畳薦　平群の枕詞。
熊白檮　大きな樫の木。P238の注も参照。
髻華　髪に挿す木の枝葉や花。神に仕える者のしるし。アメノウズメのウズもこれ。
思国歌　望郷の歌、国ほめの歌。
愛しけやし　いとしい。懐かしい。
吾家　この「家」は「旅」の反対語である。これに対して「故郷（ふるさと）」はかつて住んでいたところ。
吾家の方よ　雲居起ち来も　この時、ヤマトタケルは故

ここで急に病状が悪化した。
それでも歌を詠んで——

嬢子（をとめ）の　床の辺（べ）に
我が置きし　つるきの太刀（たち）　その太刀はや

乙女の寝床に私が置いてきたあの刀、あの刀が恋しい。

歌い終わって亡くなった。
それを伝えるために宮廷へ早馬の駅使（はゆまづかい）を遣わした。

ヤマトタケルの葬送と系譜

倭にいた后たちや子供たちはみんなで能煩野（のぼの）へ下り、そこに御陵（みさざき）を造り、そこのなづき田を這い回って哭（な）きながら歌う

郷の方角を向いて、そちらに湧く雲を見ているのだろう。

片歌　問答体の歌の片割れということ。だからこそヤマトタケルが息も絶え絶えであることが伝わる。

嬢子　ミヤズヒメのこと。

つるきの太刀　剣（つるぎ）と刀（たち）は同じもの。腰に吊すからツルギで、ものを断つからタチか。

この節では次に紹介される歌の歌詞を説明文で先取

ようには——

なづきの田の　稲幹（いながら）に

稲幹に　匍（は）ひ廻（もとほ）ろふ　野老蔓（ところづら）

水に浸かった田の　刈った稲の茎、

刈った稲の茎、そのまわりに這い回っているトコロ芋の蔓。

と歌った。

ヤマトタケルの魂は八尋の白い千鳥になって空に昇り、浜の方へと飛んでいった。

后たちや子供たちは生えている細い竹の刈った茎に足を切られながら、その痛みにも気付かぬまま、鳥の後を追った。

そこで歌ったのが——

りしている。

なづき田　たぶん水に浸かった田。

哭きながら　普通になく時は「泣」を使い、死者を悼む時は「哭」を使う。

稲幹　刈った後の稲の茎。

野老蔓　トコロ芋の蔓。トコロはヤマイモ科の蔓草。なぜこのようなものが出てくるかというと、葬儀に際して遺族たちは地面に這いつくばって嘆いた。その所作が蔓を辿って芋を探す身振りに似ていたらしい。

八尋の白い千鳥　死者の魂が鳥になって飛び去るという話は世界中にある。遺族たちの幻視であるから千鳥がいくら大きくてもかまわない。もう空を飛ぶほどの覇気は無くなったと嘆いた

浅小竹原　腰なづむ
空は行かず　足よ行くな

背の低い篠の原を行くと、篠が腰に絡んでなかなか進めない。鳥のように空は飛べないし、足で行くしかない私たち。

と歌った。

また海の水の中まで入って苦労して進みながら歌った歌が

——

海処行けば　腰なづむ
大河原の　植ゑ草
海処は　いさよふ

海に入れば、水が腰まで来て歩きにくい。

ヤマトタケルは死んでまた飛ぶようになった。**足よ行くな**　ここもよろよろと歩む所作があったのだろう。

広い川面を漂う浮き草のように、私たちは海を漂って
先に進めない。

と歌った。

また鳥が飛び立って近くの磯にいる時に歌って――

浜つ千鳥(ちとり) 浜よは行(ゆ)かず 礒伝(いそづた)ふ

浜の千鳥のはずなのに浜は歩かないで私たちが歩きに
くい磯伝いに行く。

と歌った。

この四つの歌はその時の葬儀で歌ったもの。だから今に至るまで天皇の大葬の際に歌われている。

鳥になったヤマトタケルの魂はその国から飛び立って、河

今に至るまで この「今」がいつのことかわからない。『古事記』の八年後にできた『日本書紀』はこの歌のことを記していない。

内の志幾（しき）に降りた。
そこに御陵を造って祀った。これを白鳥（しらとり）の御陵と呼ぶ。
それでも魂はそこからまた飛び立って天に向かって飛んで
行ってしまった。
ヤマトタケルが各地を平定するために旅をしていた間、
久米直（くめのあたい）の祖先である、名を
　七拳脛（ナナツカハギ）
という者がずっと賄い方として随行した。

ヤマトタケルが
伊玖米天（イクメノスメラミコト）皇の娘、
　フタヂノイリビメを妻として生んだのが
　帯中津日子命（タラシ・ナカツ・ヒコのミコト）。
　以上一名。
海に入った
弟橘比売命（オトタチバナヒメのミコト）を妻として生んだ子は

河内の志幾　河内国志紀郡士紀郷。
白鳥の御陵　各地に御陵はできたが、本人は天まで飛んで行ってしまった。美しい消えかただ。
七拳脛　なぜこの男のことが唐突にここに出てくるのだろう。久米一統への政治的な配慮が裏にあったのか。「ななつかはぎ」は脛の長さが拳にして七つ分あったということだが、格別の意味はない。
伊玖米天皇　十一代垂仁天皇。
フタヂノイリビメ　ヤマトタケルには叔母にあたる。
帯中津日子命　ナカツヒコだから第一子ではないはず。この人が後の十四代仲哀天

若建王（ワカ・タケルのミコ）。以上一名。
近淡海（ちかつおうみ）の安（やす）の国造（くにのみやつこ）の祖先である
意富多牟和気（オホ・タム・ワケ）の娘、
布多遅比売（フタヂ・ヒメ）を妻として生んだのは
稲依別王（イナヨリ・ワケのミコ）。以上一名。
吉備の臣（おみ）、
建日子（タケヒコ）の妹、
大吉備建比売（オホ・キビ・タケ・ヒメ）を妻として
生んだ子は
建貝児王（タケ・カヒコのミコ）。以上一名。
山代の
玖玖麻毛理比売（ククマモリ・ヒメ）を妻として生んだ
子は
足鏡別王（アシカガミ・ワケのミコ）。以上一名。
また、ある妻の生んだ子は、
息長田別王（オキナガタ・ワケのミコ）。

皇。

ワカタケル　二十一代雄略とは別人。

吉備の臣、建日子　P255、P256の注参照。

建比売　兄がタケヒコだから妹はタケヒメ。

玖玖麻毛理比売　ククマは地名か。山城国久世（くぜ）郡に栗隈郷があるが。このクリクマの短縮形かもしれない。

息長田別王　オキナガは近江の地名。

ヤマトタケルの子は合わせて六名。
このうち、帯中津日子命(タラシナカツヒコのミコト)が後に天下を治めた。

稲依別王(イナヨリワケのミコ)は、
犬上の君、
建部の君、
などの祖先。
建貝児王(タケカヒコのミコ)は、
讃岐の綾(あや)の君、
伊勢の別(わけ)、
登袁(とお)の別、
麻佐(まさ)の首(おびと)、
宮首(みやじ)の別、
などの祖先。
足鏡別王(アシカガミワケのミコ)は、
鎌倉の別、

犬上の君　犬上（いぬかみ）は近江国犬上郡。
建部の君　ヤマトタケルにちなんでできた部であるとも言う。各地にある。
讃岐の綾の君　讃岐国阿野（あや）郡の土豪。
伊勢の別　伊予ではないかと言う。伊予には和気郡があった。

小津石代の別、
漁田の別、
の祖先である。
息長田別王の子は、
杙俣長日子王（クヒマタナガ・ヒコのミコ）。
この王の子は、
飯野真黒比売命（イヒノ・の・マグロ・ヒメのミコト）。次に
息長真若中比売（オキナガ・マワカ・ナカツ・ヒメ）。
次に
弟比売（オト・ヒメ）。以上三名。
先に述べた若建王が、
飯野真黒比売を妻として生んだ子は
須売伊呂大中日子王。
この王が、
淡海の柴野入杵（シバノ・イリキ）の娘、

杙俣長日子王　クヒマタは地名。摂津国住吉郡杭全（くまた）郷。
飯野真黒比売命　マグロは髪が黒いことを褒めたもの。
息長真若中比売　次女なのでナカが付く。後の十五代応神天皇の后になる。
須売伊呂大中日子王　ヤマトタケルの曾孫。
淡海の柴野入杵　シバノは近江の地名らしい。

柴野比売（シバノ・ヒメ）を妻として生んだ子は、
迦具漏比売命（カグロヒメのミコト）。そして
オホタラシヒコオシロワケが、このカグロヒメを妻として生んだのが
大江王（オホエのミコ）。以上一名。
さらにこの王が異母妹の
銀王（シロガネのミコ）を妻として生んだ子は、
大名方王（オホ・ナカタのミコ）。次に
大中比売命（オホ・ナカツ・ヒメのミコト）。以上二名。
この大中比売命（オホナカツヒメのミコト）は、
香坂王（**カゴサカ**のミコ）
忍熊王（**オシクマ**のミコ）の母君である。
この天皇は百三十七歳まで生きた。
御陵は山辺の道の上にある。

香坂王・忍熊王　後に十四代仲哀天皇に反逆する。
この天皇　ヤマトタケルの父、十二代景行天皇である。
山辺の道　Ｐ２２３の注参照。

十三代成務天皇と十四代仲哀天皇

ワカタラシヒコは、近淡海の志賀の高穴穂宮を造って天下を治めた。

この天皇が穂積の臣などの祖先である建忍山垂根（タケ・オシヤマ・タリネ）の娘、名は弟財郎女（オト・タカラのイラツメ）を妻として生んだ子は、

和訶奴気王（ワカヌケのミコ）。以上一名。

天皇は

建内宿禰（タケウチのスクネ）を大臣に任命し、大国小国の国造を定め、また国々の境界、および大県小県の県主を定めた。

この天皇は享年九十五。（乙卯の年の三月十五日に亡くな

ワカタラシヒコ　十三代成務（せいむ）天皇。
志賀　近江国滋賀。
高穴穂　今の大津市穴太（あのう）。
穂積の臣　P197の注参照。
建内宿禰　成務から仁徳まで四代の天皇に仕えた。

った。)

御陵は沙紀の多他那美にある。

タラシナカツヒコは穴門の豊浦宮を造り、また筑紫の訶志比宮を造って天下を治めた。

この天皇がオホエノミコの娘、オホナカツヒメを妻として生んだ子は、

香坂王と
忍熊王、の二名。

大后と定めた息長帯比売命(**オキナガ・タラシ・ヒメ**のミコト)との中に生んだ子は、

品夜和気命(ホムヤ・ワケのミコト)。次に
大鞆和気命(オホトモワケのミコト)、別名は
品陀和気命(**ホムタ・ワケ**のミコト)、の二名。

この内、大鞆和気命が日嗣の皇子となったが、この名が付

沙紀 垂仁天皇の后の陵墓の狭木(さき)と同じ。

タラシナカツヒコ 十四代仲哀(ちゅうあい)天皇。

穴門 一般には海峡。ここでは長門国のこと。

豊浦 長門国豊浦(とよら)郡。

訶志比 筑前国糟屋郡香椎(かしひ)郷。

息長帯比売命 神功皇后。

品陀和気命 後の十五代応神天皇。

いた由来はと言えば、生まれた時に腕に弓を射る時に用いる鞆(とも)のような形の肉が付いていたからである。母の胎内にいる時から天下を治めていたのだ。

また、その統治の時に淡道(あわじ)の屯家(みやけ)を定めた。

大后の息長帯比売命(オキナガタラシヒメのミコト)に神が降りた。

その時、天皇は筑紫の訶志比宮にいて、熊曾(くまそ)の国を撃とうとしていた。神を呼ぶために天皇は琴を弾き、大臣建内宿禰(おおおみタケウチのスクネ)が沙庭(さにわ)に控えて神の言葉を待った。

すると神は大后に降りて、教え諭して言うには――

「西の方に国がある。その国には金や銀をはじめ、目にも輝かしいさまざまな珍しい宝物がたくさんある。その国をおまえに服従させてやろう」と言った。

天皇が答えて言うには――

「高いところに立って西の方を見ても国など見えない。見えるのは海ばかり」と言った。

鞆　要は生まれた時から武装していたということ。P68の注参照。

熊曾の国　この時、撃つべき国は熊曾と新羅の二つあった。どちらを優先するかという問題。

琴を弾き　熊曾征伐の是非を問うために神を呼び寄せる。

沙庭　神を呼ぶために浄めた場。後に神のお告げを聞く者をも「さにわ」と呼ぶようになった。

金や銀をはじめ……珍しい宝物が　文明の中心に対する周辺の憧れはしばしば金銀への欲求の形を取った。

嘘をつく神だと言って琴を弾くのをやめて向こうへ押しやり、黙って坐っていた。

神が大いに怒って言うには――

「おまえは天下を治めるべき者ではない。ただ一本の道を行け」と言った。

そこでタケウチが言うには――

「恐れ多いこと。我が大君、どうかその琴をお弾きください」と言った。

天皇は琴を引き寄せて形ばかり弾いてみせた。

間もなく琴の音が止んだ。

火を挙げて見ると、天皇はもう亡くなっていた。

みなは驚き脅えて、遺骸を殯宮に遷し、祓いの場に用いるヌサを国々から集め、また

生剝、

逆剝、

日本の場合、仏教も金銅をもって造った仏像そのものへの憧れから始まった。

ただ一本の道を行け　あの世へ、黄泉国へ行け、の意。

火を挙げて見ると　神降ろしの儀式は夜に行われた。

殯宮　本式に埋葬するまでの間、棺に納めた遺骸を安置しておくための仮の宮。モガリはアラキとも言う。

ヌサ　祓いの場に用いるもの。幣の字を当てることもあるがここの原文は「奴佐（ヌサ）」と音表記になっている。大祓のために諸国か

阿離（あはなち）、
溝埋（みぞうめ）、
屎戸（くそへ）、
上通下通婚（おやこたわけ）、
馬婚（うまたわけ）・牛婚（うしたわけ）・鶏婚（とりたわけ）・犬婚（いぬたわけ）

などなどの罪の類をさまざま調べ上げて、国の大祓（おおはらえ）を行った。

タケウチは沙庭に赴いて神の言葉を求めた。

神が教え諭して言ったのは先日の言葉とまったく同じで、更に――

「およそこの国は、おまえの腹にいる子が治めるべき国である」と諭した。

タケウチが、

「恐れ多いことで。神の腹にいらっしゃるのはどのような御子で」と問うと――

「男の子である」と答えた。

なお詳しいことを知ろうと――

ら集めた供物。

生剝　生きている獣の皮を剝ぐこと。以下、羅列されるのは古代における罪である。スサノヲの所業を思い起こすといい。

逆剝　獣の皮を逆さに剝ぐことか。単に生剝に口調を合わせただけかもしれない。

阿離　田の畦を壊すこと。

溝埋　田に水を引く溝を埋めること。

屎戸　神聖な場所に脱糞すること。ここまではスサノヲの狼藉のところで出てきた「天つ罪」である。

上通下通婚　母子間の相姦や母と娘の双方を姦すること。

馬婚・牛婚・鶏婚・犬婚　獣姦。

罪の類　古代の「罪」は犯

「そう仰る大神のお名前が知りたく存じます」と言えば、その答えは——

「これはアマテラスの意志である。神の名は、

底筒男（ソコツツのヲ）
中筒男（ナカツツのヲ）
上筒男（ウハツツのヲ）

の三人の神である。

本当にその国が欲しいと思うのなら、天神（あまつかみ）、地祇（くにつかみ）、また山の神と海河のもろもろの神に漏れなくヌサを奉りなさい。また私の魂を船に乗せて、真木（まき）の灰を瓢（ひさご）に入れ、箸とヒラデをたくさん用意して、それらを大海に散らし浮かべてから海を渡るように」

と言った。

そこですべて教えられたとおりに計らって、兵士を用意し船を並べて、海を渡ろうとすると、海の魚が大きいのも小さ

罪だけではない。ケガレ・ワザワイ・トガ・アヤマチまでが罪に含まれる。だから「罪の類」と言う。

国の大祓 罪は祓わなければならない。ここでは国を挙げての大きな祓いの儀式が行われる。

神の腹 オキナガタラシヒメ（神功皇后）の胎内。神が乗り移っているから。

底筒男・中筒男・上筒男 イザナキの禊ぎで生まれた「墨江の三前（みさき）の大神」、あるいは「住吉三神」（P63）。ここでツツは星の意か。航海に出るのだから星は大事な指針である。また船体にツツという部分があって、船霊（ふなだま）を納めるところだから、そちらかもしれない。

いのもみな集まって船を負って運んだ。

更に、追い風が吹き起こって船は波に任せて速やかに進んだ。

この波はそのまま新羅国（しらきのくに）に押し上がり、勢いよく国土の半分までを浸した。

相手の国王（こにきし）が恐れ入って言うには――

「これから先は天皇の仰るままに御馬甘（みまかい）となって、毎年違わず船を並べ、船腹が乾く間もないように、棹や舵（かじ）が乾く間もないように、天地と共に、怠ることなく、お仕え申しましょう」

と言った。

そこで新羅国は御馬甘と決め、百済国（くだらのくに）は渡りの屯家（みやけ）と決めた。

大后は手にした杖を新羅の国王の門のところに突き立てた。

墨江大神の荒御魂（あらみたま）をこの国を守る神として祀ることとした上で、海を渡って帰国した。

私の魂を船に乗せて　これが船霊の起源か。

真木　杉や檜など良質の材。今、薪をマキと呼ぶのはこれによる。タキギの方は「焚く木」だろう。

瓠　瓢箪（ひょうたん）を二つに割って中をくりぬき、柄を付けて水を汲むのに使う。水の神と縁がある。

ヒラデ　柏の葉を重ねて竹の串で留め、大皿のようにした器。瓠も箸もヒラデも海の神への捧げ物である。

海の魚が大きいのも小さいのも……船を負って運んだ　このあたり、およそ現実味のない妄想のような話である。宝物が欲しいという欲望と、隣国への無意味な蔑み、あるいはその裏返しの

さて、実はこの遠征がまだ終わらないうちに懐妊した子が生まれそうになるということがあった。

ひとまずそれを抑えようと石を衣装の腰に巻き付けたところ、筑紫国に戻ってから子は生まれた。

そこでこの子が産み落とされたところを宇美（うみ）と呼ぶ。

なお、腰に巻き付けた石は筑紫国の伊斗村（いとのむら）にある。

また、筑紫の末羅県（まつらのあがた）の玉島里（たましまのさと）まで戻った時、そこの河の辺で食事をした。

四月（うづき）の上旬のことだった。

皇后は河の中の岩に坐って、着ているものの糸を抜き取り、飯粒を餌にしてその河の年魚（あゆ）を釣った。（この河の名は小河（おがは）、岩の名は勝門比売（かちとひめ）と言う。）

それ以来、四月の上旬の頃に女が自分の着ているものの糸を抜いて飯粒を餌に年魚を釣ることが今に至るまで行われている。

劣等感などが透けて見える。

新羅国　金銀財宝があまたある国とはここのことだった。

勢いよく国土の半分までを　まるで津波だ。

御馬甘　「馬飼い」である。これが卑しい職業であるという卑下の表現（言い換えればこちら側の尊大）と同時に、馬は大陸から朝鮮半島を経て日本にもたらされたという事情をも反映しているのかもしれない。

毎年違わず船を並べ……　以下すべてこういう場合の定型句であったらしい。

百済国　『日本書紀』には新羅に続いて高麗と百済も服従することになったとある。

渡りの屯家　海を渡って朝

貢するから。
杖を……突き立てた　武力制圧の象徴として。
荒御魂　神霊の穏和な側面を和御魂（にきみたま）と呼び、激しい働きの面を荒御魂とする。遠方領土の司令官は武断的でなければならなかったのだろう。
宇美　福岡県糟屋郡に宇美八幡がある。しかしこの地名の語源は「海」ではないか。
伊斗村　筑前国伊怡郡。『魏志倭人伝』の伊都国はここである。
末羅県　肥前国松浦郡。
玉島里　佐賀県唐津市浜玉町のあたり。
小河　玉島川、別名松浦川。
勝門比売　新羅に勝ったか

神功皇后の帰国

オキナガタラシヒメが倭(やまと)に帰還しようとした時、都に怪しい動きがあることが聞こえた。

そこで喪船(もふね)を一艘(いっそう)仕立てて、生まれた子をそれに乗せ、

「子は死んでしまった」

という噂を流した。

そうやっておいて都に向かうと、果たしてカゴサカノミコとオシクマノミコの兄弟が待ち伏せしようと斗賀野(とがの)まで兵を進めていた。

ここで戦いの行方を占うために狩りをすることにした。

ら。

女が　『日本書紀』には男が釣っても釣れない、とある。

オキナガタラシヒメ　神功皇后。

都に怪しい動き　この時、正式には天皇はいない。つまり政治的には不安定な時期である。

喪船　棺を乗せる船。

カゴサカノミコ・オシクマノミコ　太子ホムタワケの異母兄弟。

斗賀野　今の大阪市北区兎我野町、あるいは神戸市灘

カゴサカが歴木に登って見ていると怒り狂った猪がやってきて歴木を掘り倒し、カゴサカを食い殺した。

そんなことがあったのに弟のオシクマはこの凶兆を無視し、兵を調えて喪船を待ち迎え、空の船だと思って攻めようとした。

しかし船には兵が乗っており、降りてきて戦いになった。

この時、オシクマは

難波の吉師部の祖先である

伊佐比宿禰（イサヒのスクネ）

を将軍とした。

太子の方は

丸邇の臣の祖先である

難波根子建振熊命（ナニハ・ネコ・タケフルクマのミコト）

を将軍とした。

太子側が有利に戦って敵を追い立てて山代まで行くと、相

区都賀川のあたりという。狩場だったらしい。

歴木　クヌギ。ブナ科の高木で、今は櫟と書くことが多い。

しかし船には　トロイの木馬と同じ戦法である。

難波根子建振熊命　十六代仁徳天皇の代にもまだ活躍する長寿の英雄。

手はそこで踏みとどまって反撃して、双方負けずに戦った。

そこで建振熊命（タケフルクマのミコト）は一計を案じて、

「オキナガタラシヒメが亡くなった。これ以上は戦う理由がない」

と言って、弓の弦を切り、偽りの降伏をした。

相手方の将軍はそれを真に受けて、弓の弦を外し、武器を収めさせた。

するとタケフルクマの側は束ねて結った髪の中に隠しておいた設弦（おさゆづる）を出して弓に張り、また追撃にかかった。（設弦のことは宇佐由豆留（うさゆづる）とも呼ぶ。）

相手は逢坂（おうさか）まで逃げて、そこでまた反撃した。

しかし更に追い迫って打ち破り、沙沙那美（ささなみ）まで行ったところで相手の兵をことごとく斬り殺した。

伊佐比宿禰（イサヒのスクネ）と共に追い詰められて船に乗って出た湖の上でオシクマが歌って言うことには——

弓の弦を切り　自ら武装解除したわけだ。

設弦　弦が切れた時のための予備の弦。

逢坂　逢坂山。山城と近江の境。

沙沙那美　琵琶湖の南西の方の岸。滋賀の枕詞は「ささなみの」である。

いざ吾君(あぎ) 振熊(ふるくま)が
痛手負(いたてお)はずは 鳰鳥(にほどり)の
淡海(あふみ)の海に 潜(かづ)きせなわ

なあきみ、振熊(フルクマ)の手にかかって痛い思いをするより、
いっそ鳰鳥のように近江の海に潜ろう。

そう歌って、二人とも水に入って死んだ。

タケウチは禊(みそ)ぎをしようと太子を連れて淡海と若狭国を巡り、高志(こし)の前(みちのくち)の角鹿(つぬが)に仮宮(かりみや)を造って太子を住まわせた。
するとこの地の神である
伊奢沙和気大神之命（イザサ・ワケのオホ・カミノミコト）
が夜の夢に見えて、
「太子の名を私の名に変えてほしい」

吾君 親しい者への呼びかけ。
鳰鳥 カイツブリ。水鳥。よく水に潜る。
高志の前の角鹿 高志は越（こし）。角鹿は今の敦賀。すなわち越前の敦賀である。前（みちのくち）、すなわち道の入口。
伊奢沙和気大神之命 後で出てくる気比大神の名。この神の拠点が角鹿で、ここは大陸との交易の大事な港

と言った。

　タケウチは喜んで答えて言うには――

「恐れ多いことで。お言葉のままに名を変えましょう」

と言った。

　するとその神が言うには――

「明日の朝、浜に出なさい。名を変えた幣(まい)を差し上げよう」

と言った。

　そこで翌朝、浜に出てみると、鼻に傷を負ったイルカが湾いっぱいに犇(ひし)めいていた。

　そこで太子が神に向かって言うには――

「私の食べ物として魚を下さったのですね」

と言った。

　そこで神の名を讃えて
　　御食津大神（ミケツ・オホカミ）

と呼ぶことにした。今では、
　　気比大神（ケヒのオホカミ）

だったから、朝廷と大陸の関係を強調するためにもこの神の名を出したのかもしれない。

夜の夢に見えて　身を清めて寝たのは気比大神を待つため。神はそれに応じた。夢を見たのは太子ではなくタケウチである。

太子の名を私の名に変えて　角鹿の地との絆の確定のためなのだろう。

名を変えた幣　幣は謝礼の品。

鼻に傷を負ったイルカ　鼻の傷は神が捕らえた時にできたもの。なぜイルカかと言えば、ツヌガ→ツルガ→ツルカ→イルカという音韻変化を辿った地口。『古事記』は言葉遊びの世界なのだ。

と呼んでいる。

また、そのイルカの鼻の血が臭かったのでその地を血浦(ちうら)と呼んだが、今は都奴賀(つぬが)と呼ぶ。

太子が都へ帰ると、母のオキナガタラシヒメは待酒(まちざけ)を醸して待っていた。

母が歌って言うには——

この御酒(みき)は　我が御酒ならず
酒(くし)の司(かみ)　常世(とこよ)に坐(いま)す
石立(いはた)たす　少名御神(すくなみかみ)の
神寿(かむほ)き　寿(ほ)き狂ほし
豊寿(とよほ)き　寿き廻(もとほ)し
献(まつ)り来(こ)し　御酒ぞ
あさず食(を)せ　ささ

私の食べ物として　天皇の食べるものを御食（みけ）と呼ぶ。伊勢や淡路は「御食つ国」つまり天皇の食材を提供する国とされた。また魚（な）は名に通ずる。名を変えたことが魚を献上したことに繋がる。角鹿も後々宮廷に食材を提供したのだろう。これはその縁起譚か。

気比大神　ケヒはカヘに通じている。名を変えた（カヘタ）からケヒ。

血浦と呼んだが、今は都奴賀　この地名起源説はちょっと無理がありはしないか。この地は今の敦賀である。

待酒　来訪者を待って醸しておく酒。ちなみにこの宴席はホムタワケの成人式で

この酒は私の酒ではありません。
常世に岩として立っていらっしゃるスクナビコナの神が、
酒の長として醸す者たちを舞い狂わせて造られためでたい酒。
賜ったからには余さず飲み干しなさい。
いざいざ。

こう歌って酒を勧めた。
タケウチが太子に替わって答えて歌うには——

この御酒（みき）を　醸（か）みけむ人は
その鼓（つづみ）　臼（うす）に立てて
歌ひつつ　醸みけれかも
舞ひつつ　醸みけれかも
この御酒の　御酒の

あり、オキナガタラシヒメの後見はここで終わる。

醸して　よく知られていることだが「醸す」の語源は「噛む」である。飯を噛んで唾液中の酵素によってアルコール発酵を促す。醸すのは若い女の仕事だった。

この御酒は　我が御酒ならず　酒を褒める時の常套句であったらしい。

酒の司　酒を司る長。クシは「奇し」で、稀で貴重なこと。クスリの語源も同じ。

常世に坐す　石立たす　少名御神　常世にいらして岩として居ますスクナビコナ。自然石は神として崇められた。

寿き狂ほし・寿き廻し　狂うことは回転と結びつけて考えられたらしい。「狂う」

あやにうた楽し(だの)　ささ

この酒を醸した人は、鼓を臼のところに立てて、
歌いながら、舞いながら、醸したかもしれない。
この酒は、この酒は、とことん楽しい酒。
いざいざ。

これは酒楽(さかほがい)の歌である。

タラシナカツヒコは享年五十二。壬戌(みずのえいぬ)の年の六月十一日に亡くなった。

御陵は河内の恵賀の長江(ながえ)にある。

(皇后は百歳まで生きて亡くなった。狭城(さき)の楯列(たてなみ)の陵に葬った。)

と「車」、「目くるめく」、あるいは動詞の「刳る」などが連なっている。

その鼓　臼に立てて　醸すのに臼を用いたから。歌舞音曲は発酵を促進させると考えたのかもしれない。

舞ひつつ　これも「回る」に繋がる。一方、「踊る」は跳びはねること。

酒楽　酒宴のこと。

狭城　大和国添下郡。

十五代応神天皇

品陀和気命は軽島の明宮に住んで天下を治めた。

この天皇は、
品陀真若王（ホムタ・マワカのミコ）の三人の娘を妻とした。

すなわち——
　高木之入日売命（タカキ・ノ・イリ・ヒメのミコト）、
次に
　中日売命（ナカツ・ヒメのミコト）、次に
　弟日売命（オト・ヒメのミコト）。

なお、この三人の父である品陀真若王は
五百木之入日子命（イホキ・ノ・イリ・ヒコのミコト）
が、尾張の連の祖先である、

品陀和気命　十五代応神（おうじん）天皇。
　命名の由来は不詳だが、生まれた時に腕に鞆の形の肉があったところから、この「手を褒めた」のかもしれない。田と手はしばしば通じる。

軽島　大和国高市郡。島は一定の地域の意。

品陀真若王　品陀和気を繰り返しただけか。

高木之入日売命　高は妹たちの中と弟に対して姉の意かもしれない。

五百木之入日子命　景行天

建伊那陀宿禰（タケ・イナダのスクネ）の娘、
　志理都紀斗売（シリツキ・トメ）を妻として、生ん
　だ子である。

三人の妻のうち、
　高木之入日売（タカキノイリヒメ）が生んだ子は——
　額田大中日子命（ヌカタのオホ・ナカツ・ヒコのミコト）、次に
　大山守命（**オホヤマ・モリ**のミコト）、次に
　伊奢之真若命（イザ・ノ・マワカのミコト）、次に妹の
　大原郎女（オホハラのイラツメ）、次に
　高目郎女（コムクのイラツメ）。以上五名。
　中日売（ナカツヒメ）が生んだ子は——
　木之荒田郎女（キ・ノ・アラタのイラツメ）、次に
　大雀命（**オホ・サザキ**のミコト）、次に
　根鳥命（ネトリのミコト）。以上三名。

皇の子。
額田大中日子命　額田は大和国平群郡額田。
大山守命　後に反乱を起こす。
大原郎女　大和国高市郡に大原がある。
高目郎女　河内国石川郡紺口（こむく）郷に縁があるか。
木之荒田郎女　紀伊国那賀郡に荒田神社がある。これに由来するか。
大雀命　後の十六代仁徳天皇である。
根鳥命　大雀のついでに鳥が出てきただけか。
阿倍郎女　阿部は大和の地名か。
阿具知能三腹郎女　阿具知は阿波知かもしれない。淡路の御原（みはら）か。

弟日売（オトヒメ）が生んだ子は——
阿倍郎女（アベのイラツメ）、次に
阿具知能三腹郎女（アハヂノミハラのイラツメ）、次に
木之菟野郎女（キノウノのイラツメ）、次に
三野郎女（ミノのイラツメ）。以上五名。

また、天皇が
丸邇之比布礼能意富美（ワニ・ノ・ヒフレ・ノ・オホミ）の娘、名は
宮主矢河枝比売（ミヤヌシ・ヤカハエ・ヒメ）を妻として生んだ子は、
宇遅能和紀郎子（ウヂ・ノ・ワキイラツコ）、次に
妹の
八田若郎女（ヤタのワキ・イラツメ）、次に
女鳥王（メドリのミコ）。以上三名。

その矢河枝比売（ヤカハエヒメ）の妹、

木之菟野郎女　木之菟野は紀伊国伊都郡の宇野か。

三野郎女　三野は美濃か。
この子たちはみな地名に由来する名を持っている。五名とあるけれど実際には四名。

丸邇之比布礼能意富美　意富美（オホミ）は大臣（おおおみ）かもしれない。比布礼（ヒフレ）は「日触れ」。暦を担当する職。

宮主矢河枝比売　天皇との出会いの話が後に出てくる。

宇遅能和紀郎子　オホサザキと皇位を譲り合う。山城国の宇治に関わる命名。「和紀」は「若」と同じ。

八田若郎女　大和国添下郡矢田郷を負う名。

女鳥王　十六代仁徳天皇のところで再登場する。

袁那弁郎女（ヲナベのイラツメ）を妻として生んだ子は、
宇遅之若郎女（**ウヂ・ノ・ワキ・イラツメ**）。以上一名。
また、
咋俣長日子王（クヒマタナガヒコのミコ）の娘、
息長真若中比売（オキナガ・マワカ・ナカツ・ヒメ）を妻として生んだ子は、
若沼毛二俣王（ワカ・ヌケ・フタマタのミコ）。以上一名。
また、桜井の田部の連の祖先、
島垂根（シマ・タリネ）の娘、
糸井比売（イトヰ・ヒメ）を妻として生んだ子は、
速総別命（**ハヤブサ・ワケ**のミコト）。以上一名。
また日向の
泉長比売（イヅミのナガ・ヒメ）を妻として生んだ子は、

宇遅之若郎女　先の宇遅能和紀郎子と対になっている。
咋俣長日子王　ヤマトタケルの系譜にこの名がある。
若沼毛二俣王　十三代成務天皇の子に和訶奴気王（ワカヌケのミコ）という名がある。
桜井の田部の連　桜井は河内国河内郡桜井郷。田部は屯倉の田に属する部民。連はその長。
速総別命　速総は鳥のハヤブサ。この人は後に女鳥王を仁徳天皇と争う。
泉長比売　泉は薩摩国出水郡。

大羽江王（オホ・ハエのミコ）、次に
小羽江王（ヲ・ハエのミコ）、次に
幡日之若郎女（ハタヒ・ノ・ワキイラツメ）。以上三名。

また、
カグロヒメを妻として生んだ子は、
川原田郎女（カハラダのイラツメ）。次に
玉郎女（タマのイラツメ）、次に
忍坂大中比売（オサカのオホ・ナカツ・ヒメ）、次に
登富志郎女（トホシのイラツメ）、次に
迦多遅王（カタヂのミコ）。以上五名。

また、
葛城之野伊呂売（カヅラキ・ノ・ノのイロメ）を妻として生んだ子は、
伊奢能麻和迦王（**イザ・ノ・マワカ**のミコ）。以上一名。

カグロヒメ　ヤマトタケルの系譜に曾孫として出ている。
十二代景行天皇と十五代応神天皇が共に妻としたというのだから、紛れ込んだのかもしれない。

葛城之野伊呂売　葛城は大和国の地名。

伊奢能麻和迦王　先に高木之入日売（タカキノイリヒメ）の子として名が出てい

この天皇の御子たちは、合わせて二十六名いた。(男王十一名、女王十五名)。

このうち、大雀命(オホサザキのミコト)が、のちに天下を治めた。

天皇が息子の大山守命(オホヤマモリのミコト)とオホサザキを呼んで問うて言うには――

「おまえたち、自分の子では兄と弟とどちらがかわいいか」

と問うた。

(天皇がこういうことを聞いたのは、宇遅能和紀郎子(ウヂノワキイラツコ)に天下を治めさせたいと思っていたからである。)

オホヤマモリは、

「兄の方がかわいいです」と答えた。

オホサザキは天皇がそんなことを聞いた意図を察して、

「兄の方はもう成人していて心配することもないのですが、弟の方はまだ成人しておらず気遣いも多いのでそちらがかわいいと思います」と答えた。

る。ただしそちらでは「伊奢之真若命」という表記になっている。その前に十代崇神天皇のところにも登場している。

宇遅能和紀郎子　この名そのものに「若い、いとしい子」の意があり、そのまま天皇の意図を示している。

そこで天皇が言うには――
「サザキ、正におまえの言うとおりだ。それこそ私の思うところだ」と言って、更に言うには――
「オホヤマモリは山と海の政をするがいい。オホサザキは食国の政を担当しなさい。ウヂノワキは天津日継として天下を治めなさい」と言った。
この後、オホサザキが天皇の言葉に逆らうことはなかった。
ある時、天皇が近淡海国に行った時、宇遅野の山の上に立って葛野を望み見て歌うようには――

千葉の　葛野を見れば
百千足る　家庭も見ゆ　国の秀も見ゆ

（ちばの）葛野を見れば、
開けた人里にたくさんの家が見える。尖った山々も見

政　ここでは山と海を管理するということ。

食国の政　「食（お）す」は統治するの意らしい。オホヤマモリは山と海、オホサザキはそれ以外か。しかし、次の項に見るように、天皇になるのはウヂノワキだからこの二人は補佐ということになる。

天津日継として　次代の天皇になれ、ということ。

この後、オホサザキが……　オホヤマモリは反逆を起こしたけれど、という含意がある。

宇遅野　大和から近江に行くのだから宇治を通るのは当然だが、これはむしろウヂノワキの名が先にあってのことかもしれない。

　える。

と歌った。

木幡(こはた)の村まで行くと、分かれ道のところで美しい娘に出会った。

天皇がその娘に、

「おまえは誰の子だ」と問うと、答えて言うには——

「丸邇之比布礼能意富美(ワニノヒフレノオホミ)の娘で、名を

　ヤカハエヒメ

と申します」と答えた。

天皇がその娘に言うことには——

「明日、戻り道でおまえの家に行くことにしよう」と言った。

ヤカハエヒメはこのことを詳しく父親に話した。

そこで父親が言うには——

「それは天皇さまに違いない。恐れ多いことだ。しっかりとお仕えするように」と言って、家をきれいに飾って待ってい

葛野　山城国葛野郡。　これは国見の歌である。

千葉の　千枚の葉が茂るの意。葛野の枕詞。

百千足る　数多くの、の意。

家庭　開けた人里。

国の秀　山などで突出したところ。平らなヤニハと突き出たクニノホの対比である。

木幡の村　今は宇治市にある。

丸邇之比布礼能意富美　ワニ一族

ると、翌日、天皇がやってきた。
宴会を開き、ヤカハエヒメに大盃の酒を勧めさせた。
天皇がその大盃をヒメに持たせたまま、歌に詠むことには

——

この蟹や　何処の蟹
百伝ふ　角鹿の蟹
横去らふ　何処に到る
伊知遅島　美島に著き
鳰鳥の　潜き息づき
しなだゆふ　佐佐那美路を
すくすくと　我が行ませばや
木幡の道に　遇はしし嬢子
後姿は　小楯ろかも
歯並みは　椎菱如す
櫟井の　丸邇坂の土を

大盃をヒメに持たせたまま　盃にははじめから酒が入っていた。

この蟹　食卓に蟹があった。蟹の塩辛である。肴から歌になるのはP171にもあった。

百伝ふ　多くの道を伝わって、の意。角鹿に掛かる枕詞。

角鹿　越前の敦賀である。塩辛にしないと運べない。

横去らふ　何処に到る　横に這ってどこに行くのだ。たぶん踊りの所作と共に歌われた。

伊知遅島・美島　不詳。おそらくは琵琶湖のどこかの

初土は　膚赤らけみ
底土は　土黒き故
三つ栗の　その中つ土を
かぶつく　真火には当てず
眉画き　ここに画き垂れ　遇はしし女
かもがと　我が見し子ら
かくもがと　我が見し子に
うたけだに　対ひ居るかも　い添ひ居るかも

食卓のこの蟹は、どこから来た蟹か。はるか遠い敦賀から来た蟹。
横歩きしてどこへ行くつもりだ。
伊知遅島と美島を通って、カイツブリみたいに潜った
り息をしたり、
（しなだゆふ）佐佐那美の道を、俺さまがどんどん進んでゆくと、

島か沿岸の地名なのだろう。

鳰鳥の　潜き息づき　カイツブリのように水に潜ったり息をしたり、の意。これも踊りの所作か。

しなだゆふ　次の佐佐那美にかかる枕詞か。

佐佐那美　琵琶湖の南西部。

小楯　大きな楯は置いて使うが、小楯は軽く造って手に持った。

椎菱　椎の実や菱の実のように美しいということ。後ろ姿から始めて前に回って歯を褒める。すれ違って、振り返って、改めて前に回った、という所作かもしれない。

櫟井　大和国添上郡の地名。

丸邇坂　大事なのは「ニ」で、これは埴（はに）、青丹（あをに）、赤丹（あか

木幡の道で娘に出会った。
後ろ姿は手持ちの小楯のようにすらりとして、
歯並びはまるで椎の実か菱の実のよう。
櫟井の丸邇坂の土、すぐ掘れるところは赤っぽくて使えない。
深く掘ると黒くて使えない。
ちょうどいい中のところを、強い火には当てずに作ったのを、
こうやって眉に沿って塗った、きれいな女。
この相手とああもなりたい、
こうもやりたいと願っていたら、
今こうして向き合っている、添い合っているのは、なんと嬉しいことか。

と歌った。

こうして二人が寝所に入って、生まれた子がウヂノワキで

に）に見るように土のことである。丸邇（わに）という地名も埴（はに）が転化したもの。なお、この土は黛（まゆずみ）にする。
三つ栗の　三つのものを論じる時の枕詞。栗は一つの毬（いが）に三つの実が入っている。
かぶつく　不詳。

ある。

天皇は、日向国（ひむかのくに）の諸県（もろがた）の君の娘、**髪長比売（カミ・ナガ・ヒメ）**がとても美しいという評判を聞いて、使いを送って身近に呼び寄せようとした。

太子（ひつぎのみこ）であるオホサザキは、この乙女が難波津に泊まっている時に会って、あまりの美貌に感嘆して、大臣（おおおみ）であるタケウチに頼んで言うには――

「日向から父上が呼び寄せられた髪長比売（カミナガヒメ）だが、天皇（おおきみ）の方にお願いして私に賜るということにしてもらいたいのだが」

と言った。

そこでタケウチが願い出ると、天皇はカミナガヒメを息子に譲ることにした。

その次第はと言うと、豊楽（とよのあかり）の宴会で天皇はカミナガヒメに盃代わりの大きな柏の葉を渡し、そこに盛った酒を太子に供

諸県　日向の西の方。牟良加多（むらがた）という表記も他にある。

髪長比売　美女をそのまま表す名である。

太子　次の天皇はウヂノワキと決まっていたが、「ひつぎのみこ」と呼ばれるのは一人とは限らない。

難波津に泊まっている時に会って　日向から瀬戸内海を船で来て難波津に到着、一泊したのだろう。オホサザキは父の代理として出迎えたのか。

豊楽の宴会　豊は美称。楽は酒で顔が赤らむこと。酒がふんだんにふるまわれる盛大な宴。

させた。

そして歌を詠んで歌うことには――

いざ子ども　野蒜(のびる)摘みに
蒜(ひる)摘みに　我が行く道の
香(か)ぐはし　花橘(はなたちばな)は
上枝(ほつえ)は　鳥居(とりゐ)枯(が)らし
下枝(しづえ)は　人取(ひとと)り枯らし
三つ栗の　中(なか)つ枝(え)の
ほつもり　赤ら嬢子(をとめ)を
いざささば　良(よ)らしな

さあ、みんなで野蒜を摘みに行こう。
蒜を摘みに行く道には橘が香しい。
上の枝の実は鳥が食べ、下の枝の実は人が取る。
（三つ栗の）中の枝の

この宴会は要するにオホサザキとカミナガヒメの婚礼の宴である。だからヒメが太子に酒を勧める。

いざ子ども……　みなを連れて野生のニラを摘みに行く、という道行きの踊りだったのだろう。それから三つに一つを選ぶという定型になり（「三つ栗」のことはP３０６の注参照）、良いのを選べという促しになる。必ずしもカミナガヒメが三姉妹の真ん中だったわけではあるまい。

頰あからめた乙女をものにするのがいいぞ。

また詠んで歌うには――

水たまる　依網の池の
堰杙打ちが　刺しける知らに
蓴繰り　延へけく知らに
我が心しぞ　いや愚にして　今ぞ悔しき

（水たまる）依網の池の杭打ちが己がものと言っていたのを知らず、
蓴菜取りが手を伸ばしてその蓴菜を取ろうとしていたのを知らず、
俺の心はまったく馬鹿だった、と思うと悔しいことよ。

こう歌ってヒメを賜った。

水たまる　池に掛かる枕詞。
依網　摂津国住吉郡。この池は灌漑用に造った溜池である。
堰杙打ち　池の水の流出を止める杙を打つ係。水門の管理者。それから転じて、あるものの専有を宣言する者の意になった。男女関係について比喩としてよく用いられたらしい。
　君主が美女を呼び寄せようとした時に使者が横取りする、という話は既にオホウスの段にある。その時は争いになってオホウスは弟のヲウス（後のヤマトタケル）に殺されるが、このオホサザキの場合、父は快く譲って自嘲気味の歌まで歌う。使者の横取りというパターンは、アーサー王伝説

その後で太子が歌うには――

道の後(しり)　古波陀嬢子(こはだをとめ)を
雷(かみ)の如(ごと)　聞えしかども　相枕(あひまくら)まく

街道の果てにある古波陀の乙女、
その美貌が雷のように遠く鳴り響いていた乙女と、
枕を共にする嬉しさよ。

また歌うには――

道の後(しり)　古波陀嬢子(こはだをとめ)は
争(あらそ)はず　寝(ね)しくをしぞも　愛(うるは)しみ思ふ

街道の果てにある古波陀の乙女は、
嫌とも言わず共に寝てくれた。

の「トリスタンとイゾルデ」の話とまったく同じである。

蒓繰り　蒓はジュンサイ。これも同じくジュンサイ取りが茎を摑んでその先にある若芽を己がものとしているのに、の意。

道の後　「道の口」に対してずっと先の方を言う。

古波陀　日向の地名か。

雷の如　美貌が評判として轟いていたこと。そもそもその評判ゆえに天皇はこの乙女を呼び寄せようとした。

　そのかわいさよ。

と歌った。

オホサザキとウヂノワキ

吉野の国主(くにす)たちがオホサザキが腰に帯びた太刀を見て歌うには——

品陀(ほむた)の　日の御子(みこ)
大雀(おほさざき)　大雀　佩(は)かせる太刀(たち)
本(もと)つるぎ　末(すゑ)ふゆ
冬木(ふゆき)の　すからが下木(したき)の　さやさや

ホムタさまの皇子さま

吉野の国主　吉野に住むクニスあるいはクズと呼ばれる一族。後には国栖と書かれた。宮中の神事や節会（せちえ）に際して歌を歌い笛を吹き、また食物を献上した。
　ここで国主が登場したのは前の歌に「豊楽」という宴のことがあったからで、それは正に国主たちの出番であった。

オホサザキさま　オホサザキさま　そのお腰に帯びられた太刀
鞘の元を吊られ、鞘の先はゆらゆら。
冬の木の幹に下枝が触れるように、さやさやと鳴る。

また、吉野の白檮の上に横臼を作り、そこで酒を醸し、その酒を奉った時に、口鼓を打ち、大笑いの演技をして歌った歌は――

白檮の上に　横臼を作り
横臼に　醸みし大御酒
うまらに　聞しもち食せ　まろが父

樫の生えたところで横臼を作り、その横臼で醸したこの御酒。
どうぞおいしく召し上がって下さい、我らの父上よ。

品陀の　日の御子　ホムタワケの嫡男であるオホサザキのこと。
本つるぎ　末ふゆ　難解なところだが、要するに太刀とそれを帯びた人の両方を賛美している。剣（つるぎ）の語源は「吊る」であるらしい。「ふゆ」は揺れるか。この音が次の「冬」を呼び出す。
白檮　堅い木で（檮は今は「樫」と書く）、臼に向いている。
横臼　低い平たい臼。歌詞の中で「よくす」となっているのは歌い勝手のための圧縮。
口鼓を打ち　上唇と下唇で音を立てる。うまさの表現。今の舌鼓と同じ。
大笑いの演技をして　酒を

と歌った。

この歌は、それ以来、国主たちが大贄（おおにえ）を献上する時に歌う歌となっている。

この天皇の時代に、

海部（あまべ）

山部（やまべ）

山守部（やまもりべ）

伊勢部（いせべ）

を定めた。

また剣（つるぎ）の池を造った。

また新羅（しらき）の人たちが渡ってきた。

そこでタケウチに命じて堤を築き池を掘らせ、百済（くだら）の池（いけ）を造った。

百済の国王（こにきし）である

飲んだ後で天を仰いで大笑いする所作。邪を祓う効果があったのか。

大贄を献上する時　他の本には国栖が「栗、菌（たけ）、年魚（あゆ）」を献上したとある。菌はきのこ。

海部　漁民だが、魚や塩を宮廷に献上すべく組織化されて「部（べ）」の一つとなった。

山部　とすればこちらは山の獲物を献上した狩猟民だろう。

山守部　宮廷に属する山を密猟や密伐採から守る。

伊勢部　「伊勢（いせ）」は「磯（いそ）」。これも漁猟の民か。

百済の池　この時代、灌漑用の池を造る技術は渡来人

照古王（セウコワウ）が雄馬を一頭、雌馬を一頭、阿知吉師（アチキシ）という者に託して献上してきた。（この阿知吉師は阿直の史たちの祖先である。）また横刀と大鏡も献上してきた。

天皇は百済の国に、「もし、賢い人がいるのなら寄越していただきたい」と言った。

その言葉に応じて派遣されたのが和邇吉師（ワニキシ）で、この人は「論語」十巻、「千字文」一巻、合わせて十一巻を携えて来た。（和邇吉師は文の首らの祖先である。）

また手に技術を持つ、韓の鍛冶で名を卓素（タクソ）という人、並びに呉服も二名、やってきた。

が持っていた。これも特定の池ではなく、彼らが造った池ということだろう。

照古王　百済十三代の王。

雄馬・雌馬　馬は大陸から渡来した。中央アジアから中国に入り、朝鮮半島に入り、日本まで来た。ウマという言葉は元は訓読みではなく音読みだった。

阿知吉師　吉師は元は新羅の官位だが、ここでは渡来人の尊称として使われている。

史　フビトは文人（フミヒト）の略。宮廷で記録を司る職掌。渡来人に与えられる姓（かばね）の一つ。

横刀　これが石上神宮に伝わる七支刀であるという。六十一の文字が金で象嵌してある。

また、
秦(はだ)の造(みやつこ)の祖先、
漢(あや)の直(あたい)の祖先、
酒の醸造に通じた
仁番（ニホ）、別名を
須須許理（ススコリ）という者、
などもやってきた。
須須許理(ススコリ)は大御酒(おおみき)を醸して献上した。
天皇はこの大御酒に心楽しく酔い、歌を詠んで言うには
——
須須許理(すすこり)が　醸(か)みし御酒(みき)に　我酔(われゑ)ひにけり
事無酒(ことなぐし)　笑酒(ゑぐし)に　我酔ひにけり

ススコリが醸した酒に私は酔った。
無事息災のめでたい酒、笑いを誘う酒に私は酔った。

献上　原文は「貢上」。こちらは自分が偉いから「献上」してきたと言うが、相手の方は目下の者に下げ渡したと思っている。見栄の張り合い。

論語・千字文　『論語』は紀元前五世紀頃に書かれたとされるからここで舶来してもおかしくないが、『千字文』は成立が六世紀。三十三代推古天皇の時代から十九代も前にこれが来ているはずはない。
　しかしこんな風に渡来人がさまざまな文化を持ち来たって、それで文字も普及したという流れはわかる。

韓　もとは朝鮮半島南部の伽羅（から）国を指したが、後に朝鮮半島ぜんたいの意になり、更には中国まで

こう歌って外出した。

大坂まで行って道の真ん中にあった石を杖で打ったところ、その石はあわてて逃げた。

それから「堅い石も酔っ払いは避ける」という諺ができた。


天皇が亡くなったので、オホサザキは天皇が決めたとおりにウヂノワキに天下を譲った。

ところが兄のオホヤマモリは父天皇の命に逆らって天下を自分のものにしようと欲して、弟を殺そうと考え、こっそりと兵士を集めて攻め上ろうとしたが、オホサザキは兄が兵を動かしたことを聞き知って、ウヂノワキのところに使者を送って知らせた。

聞いて驚いたウヂノワキは自分の手兵を川辺に隠し、山の上に絁垣（きぬがき）を張り、帷幕（あげはり）を立てて陣地のように見せた。そして舎人（とねり）の一人を自分の代わりに仕立てて、外から見える位置に

（「唐天竺」とか）含むようになった。

鍛冶　「かぬち」は「金打ち」が語源。

呉服　『三国志』で知られる呉は織物の技術で抜きんでていた。そこから招来した技術者。日本の使者がわざわざ呉まで行って連れてきたらしく、『日本書紀』によれば四人の女性が渡来したという。

ちなみにハトリは「機織り」の略。今の「服部」という姓は「機織り部」に由来する。

また「呉服」という言葉は千数百年を経て今も使われている。

秦の造　秦氏は多くの渡来人を率いる伴造（とものみやつこ）。山城国葛野郡と

胡座をかいて坐らせた。

そこに何十人もの官吏が行き来するさまは正に王子のようだった。

更に兄のオホヤマモリが川を渡ろうとすることを見越して、船に艪などをきちんと調え、さな葛の根を搗き砕いて作ったぬるぬるした汁を船の底に敷いた簀の子に塗って踏んだら滑って転ぶように仕掛けた。

王子自身は粗末な麻の衣と褌を身に着けて身分の低い者になりすまし、船の中に立って艪を握っていた。

兄のオホヤマモリは兵士を隠しておいて、衣の下に鎧を着て、川のところまで行って船に乗ろうとした。対岸の山の上で威儀を正して胡座をかいている姿を遠望してそちらが弟だと信じ込み、よもや船で艪を握っているのが本人だとは思いもせず、艪を扱うその者に向かって言うには——

「この山には怒り狂った猪がいると人づてに聞いている。私はこの猪を獲ろうと思うが、猪は獲れるだろうか」と言った。

紀伊郡を拠点として土木・養蚕・機織りなど殖産の術に長けた大きな一族であった。

漢の直 これも渡来系の一族。大和に住んで記録や大蔵の職務に就いたらしい。

酒の醸造に通じた 前に書いたように「醸す」は「嚙む」に由来するようだが、唾液中のアミラーゼを用いるこの方法とは別に黴を利用する方法があって、言うまでもなく今はこれが主流になっている。渡来人がもたらしたのはこの新しい技術ではなかったか。「かもす」と「かび」が語源という説もある。

仁番 ニホのニは丹で、酒を飲むと顔が赤くなることに関わるか。

船頭は、

「無理でしょう」と答えた。また「どうしてか」と問うと、答えて、

「これまでにも折々、獲ろうとした者はおりましたが、獲った者はおりません。だから無理だろうと申すのです」と言った。

川の中まで行った時、船頭は船を傾けてオホヤマモリを水に落とした。

落ちた方はすぐに浮かび上がって水に流されてゆく。

そこで歌って言うには——

ちはやぶる　宇治（うぢ）の渡（わたり）に
棹執（さをと）りに　速（はや）けむ人し　我がもこに来む

（ちはやぶる）宇治の渡し場で棹を取る人よ、
きみは敏捷（びんしょう）そうだ、私を助けてくれ。

須須許理　ススコリも酒を「すする」に繋がるかもしれない。

大坂　大和から河内に抜ける坂。石が多いのでここで引き合いに出されたが、まさか酔った勢いでそこまで歩いたわけではあるまい。

堅い石も……　原文は「堅石（カタシハ）も酔人（ヱヒビト）を避（サ）く」である。

川辺　宇治川。ウヂノワキという名がそもそもこの川と縁がある。

絁垣　貴人や神体などの周りを囲む絹の幔幕。

帷幕　棟を立てて幕を張った仮屋。天幕。

舎人　天皇などの近くに侍る者。諸々の用を足し、護

川の辺に隠しておいた兵があっちこっちで一斉に立ち上がったが、矢をつがえたまま、流れるオホヤマモリを見送るしかなかった。

訶和羅の崎まで流れていって沈んだ。沈んだあたりを鉤で探ると、衣の下に着た鎧にひっかかってカワラッと音をたてた。それでこの地を「かわらの崎」と呼ぶようになった。

遺骸を引き上げた時に弟が歌った歌は——

ちはや人　宇治の渡に
渡り瀬に　立てる　梓弓檀
い伐らむと　心は思へど
い取らむと　心は思へど
本方は　君を思ひ出
末方は　妹を思ひ出

衛に当たる。

胡座　西域の胡の国の坐りかたの意だが、和語のアグラはアシクラ、脚を組むこと。貴人の坐りかた。

さな葛　モクレン科の蔓草。茎や根から取る粘液を調髪に用いた。

ちはやぶる　「宇治」に掛かる枕詞。もとは「勢いが盛ん」という意味。宇治川の流れが速いことを言う。

もこ　元は婿と同じ。自分に対面する相手。

この歌、もとは「宇治川は流れが速いので一人では漕ぎきれない。手を貸してくれ」の意だったと思われる。

ちはや人　「ちはやぶる」と同じ意の枕詞。

梓弓檀　マユミは木の種類。

苛（いら）なけく　そこに思ひ出
かなしけく　ここに思ひ出
い伐（き）らずそ来る　梓弓檀

（ちはや人）宇治川の徒渉の場に立てたマユミの木、
この木を伐ろうと心は思うが、これを取ろうと心は思うが、
木の本ではあの方を思い、木の先ではあの子を思い、
兄のことを辛いと思い、兄のことを悲しいと思い、
伐らずに戻ったそのマユミの木。

と歌った。

オホヤマモリの遺骸は那良山（ならやま）に埋葬した。

このオホヤマモリは、
土形（ひじかた）の君、
幣岐（へき）の君、

弓にする。「あづさゆみ」は檀に掛かる枕詞。
　この歌で檀はオホヤマモリを指すらしいが、結局は伐らなかったのだからストーリーとは合わない。

本方・末方　木の縁語。

君・妹　敢えて言えば「君」は亡くなった父、「妹」はウヂノワキの妻となったオホヤマモリの妹か。
　もともと嵌め込まれた歌だからあまり整合性を問わない方がよい。

那良山　奈良山。今の奈良市北部の丘陵地。古来、墓地として使われた。

幣岐　日置とも書き、ヒキ・ヒオキとも言う。

榛原の君、などの祖先である。

オホサザキとウヂノワキの二名が互いに天皇の位を譲り合っているところへ、海人が魚を献上しにやってきた。ところが兄は辞退して弟のところへ持っていけと言い、弟は辞退して兄のところへ持っていけと言う間に何日も過ぎた。譲り合いは一度や二度ではなかった。

海人は行ったり来たりで疲れ果てて泣いた。

そこで、

「海人は自分が持っている物ゆえに泣く」

という諺が生まれた。

結局、ウヂノワキが早くに亡くなったので、オホサザキが天下を治めることになった。

オホサザキ　十六代仁徳天皇。

互いに天皇の位を譲り合って　これは儒教的な美徳であり、前段で朝鮮から和邇吉師（ワニキシ）が『論語』を携えて来たことと無縁ではない。

しかしこういう美談が生まれた裏には、逆に皇位継承が常にいざこざの元だったという事情がある。

行ったり来たりで　オホサザキは難波に居り、ウヂノワキが宇治に居たから。

泣いた　疲れたからだけでなく、魚が腐ったから。

海人は自分が持っている物ゆえに　普通は何かが欲しくて泣くものだが、海人だけは持て余して泣く、の意。

新羅から来たアメノヒボコ

昔、新羅の国王に子が一人いた。名を
天之日矛（アメ・ノ・ヒボコ）
と言った。

この人がこの国にやってきた。

渡ってきた理由を話せば——

新羅の国に沼が一つあった。名をアグヌマという。この沼の辺で身分の低い女が昼寝をしていると、日の光が虹のようにこの女のホトを照らした。

一人の男がそれを見て不思議なことだと思い、それからずっとこの女のすることを見張っていた。

女は昼寝したのを機に妊娠して、やがて赤い玉を生んだ。

ずっと様子を見ていた男はその玉を自分にくれと頼み、そ

昔 この言葉が文書で用いられた最初の例。時間の順序を言うならば、アメノヒボコから四代目にあたるタヂマモリの話が十一代垂仁天皇の時のことであるから、アメノヒボコの来日は更にその前、この十五代応神天皇の時期からははるか昔ということになる。しかし例によって『古事記』は順序や時代には無関心で、すべて神話的な無時間の中にあると言っていい。

天之日矛 和風の名である。ヒボコは一種の祭器である

れ以後はずっと布で包んで腰に着けていた。

この男はもともと山の谷間に田を作っていた。

ある日、農夫たちの食べ物や飲み物を牛に負わせて谷間に行こうとしたところ、この国の王子である王之日矛（アメノヒボコ）に出会った。

そして男に問うには——

「おまえはどうして牛に食べ物や飲み物を負わせて谷間に向かうのだ。さてはその牛を殺して食う気だな」

と言って、男を捕らえて牢屋（ろうや）に入れようとした。

男が答えて言うには——

「牛を殺すつもりなどありません。農夫たちに食べる物を届けるだけです」と言った。

それでも赦してもらえない。

そこで腰の玉を包んだ布を解いて王子に差し出した。

王子は男を赦（ゆる）し、玉を持って帰って寝床の近くに置いたところ、玉はたちまち美しい乙女になった。

らしい。それが天から降りてきたという王子らしい名前。

アグヌマ　いかにも異国らしい名。実在云々を問うべきではない。

この沼の辺で寝たというのだからこの女は水の神の子なのだろう。だから日光に感じて妊娠した。これも珍しい話ではないが。

捕らえて牢屋に　他人の牛を盗んで食べようとしたと疑われた。

そこで寝床を共にして、正妻とした。

乙女はいつも珍しい食べ物をさまざま調えて夫に食べさせた。

王子はやがて威張るようになり、妻を罵ったところ、女が言うには――

「私はもともとあなたの妻になるような女ではありません。先祖の国に帰ります」

と言って、こっそり小船に乗って逃げ、海を渡って難波まで来た。

（これが難波の比売碁曾の社にいる阿加流比売（アカル・ヒメ）という神である。）

アメノヒボコは妻が逃げたと聞いて、すぐに追いかけて海を渡ったが、いざ難波に着こうとするところで渡の神に阻まれて港に入れなかった。

そこでしかたなく戻って多遅摩国に船を泊めた。

威張るようになり　妻が献身的なので増長した。

比売碁曾の社　摂津国東成郡比売許曾神社。また住吉郡には赤留比売（あかるひめ）神社もある。どちらも住吉系で新羅と縁が深い。

阿加流比売　明るい姫、光の姫。赤い玉のアカでもある。

渡の神　海峡や河口の神。走水でヤマトタケルを阻んだのもこの神。

戻って多遅摩国に　文字どおり読めば瀬戸内海を戻って日本海側に出たことになる。ともかくここでは多遅摩すなわち但馬を出すことが大事なのだ。だから追う相手の妻のことはもう語られない。

そのままそこに留まって、
　多遅摩之俣尾（タヂマ・ノ・マタヲ）の娘で、名は
　前津見（マヘツミ）を妻として生んだ子が、
　　多遅摩母呂須玖（タヂマ・モロスク）。そしてその
　子が、
　　多遅摩斐泥（タヂマ・ヒネ）。そしてその子が、
　　多遅摩比那良岐（タヂマ・ヒナラキ）。そして
　　その子が
　　　タヂマモリ。次に
　　　多遅摩比多訶（タヂマ・ヒタカ）、次に
　　　清日子（キヨ・ヒコ）。以上三名。
この清日子が
　当摩之咩斐（タギマ・ノ・メヒ）を妻として、生んだ子
　は、
　　酢鹿之諸男（スガ・ノ・モロヲ）。次に妹の
　　菅竈由良度美（スガカマ・ユラドミ）。

多遅摩母呂須玖　但馬国出石郡に諸杉（もろすぎ）神社がある。
タヂマモリ　タヂマモリは十一代垂仁天皇の時に橘を取りに常世国に行った人（P242）。
酢鹿之諸男・菅竈由良度美　スガは地名か。但馬国二方郡に須加神社がある。
オキナガタラシヒメ　これは神功皇后だから、また新羅との縁が増えることになる。アメノヒボコの逃げた妻は新羅遠征に力のあった住吉系の神社に祀られた。アメノヒボコの一族を大和朝廷と結ぶ意図が見える。
珠飾りが二連　いくつもの珠を糸で繋いだものが「連」である。
ひれ　霊力のある薄い布。

そして右に述べた多遅摩比多訶（タヂマヒタカ）が、その姪の
菅竈由良度美（スガカマユラドミ）を妻として生んだ子は、

葛城之高額比売命（カヅラキ・ノ・タカヌカ・ヒメのミコト）。（これは、オキナガタラシヒメの母である。）

アメノヒボコが新羅から持ってきた品は玉津宝（たまつたから）と呼ばれ、

珠飾りが二連、
浪振るひれ、
浪切るひれ、
風振るひれ、
風切るひれ、また
奥津鏡（おきつかがみ）、
辺津鏡（へつかがみ）、

以上合わせて八点であった。（これが伊豆志（いづし）の八前（やまえ）の大神である。）

この神の娘に、

スセリビメがオホクニヌシに渡したのがこれ（P95を参照）。「ひれ」は「振る」に通じる。
それぞれ、波を起こすひれ・波を切って船を進めるひれ・風を起こすひれ・風を切って船を進めるひれ。すべて航海に関わる。

奥津鏡・辺津鏡　奥は沖、辺は沿岸で対になっている。これも霊力があるのだが、鏡はそれだけで財宝だった。

伊豆志の八前の大神　伊豆志は但馬国出石郡出石郷。先に述べられた八種の宝がそのまま八名の神として祀られた。

伊豆志袁登売神（イヅシ・ヲトメのカミ）
という神がいた。
諸々の神たちがこの乙女を得たいと願ったが、恋人にできた者はいなかった。
ここに二名の神がいて、兄は、
秋山之下氷壮夫（アキヤマ・ノ・シタヒ・ヲトコ）、弟は、
春山之霞壮夫（ハルヤマ・ノ・カスミ・ヲトコ）
という名だった。
兄が弟に向かって言うには——
「伊豆志袁登売神（イヅシヲトメのカミ）に声を掛けてみたが相手にされなかった。おまえはものにできると思うか」と言うと、弟は、
「簡単ですよ」と答えた。
そこで兄が言うには——
「万一にもおまえがあの乙女を恋人にできたら、俺は上の服も下の服も脱いでおまえに渡し、身の丈ほどの甕（かめ）に酒を用意

この神　伊豆志の八名の神の一人だが特定はされていない。

伊豆志袁登売神　単純明快な命名である。

秋山之下氷壮夫　秋の神格化。シタヒはシタフ、すなわち紅葉するという動詞を名詞化して名前とした。

春山之霞壮夫　春の山の霞がそのまま名前になった。
　つまりこれは秋と春の対決なのだ。

上の服も下の服も　上は衣（きぬ）、下は袴（はかま）。財としての衣類を渡すことと、裸になる屈辱の両方があるように思う。

して、山や川の産物をことごとく手に入れておまえにやろう。そういう賭けをしよう」と言った。

弟が母のところに行って、兄が言ったことを事細かに伝えると、母は藤葛(ふじかづら)を手に入れて一晩のうちに上着と袴(はかま)、それに靴下と靴まで織って縫って作り、また弓矢も作って、弟にそれらの衣装を着せ弓矢を持たせて、乙女の家に送り出した。

するとその衣装も弓矢もことごとく藤の花で飾られた。

春山之霞壮夫(ハルヤマノカスミヲトコ)は弓矢を乙女の便所に掛けておいた。

イヅシヲトメがそれを見つけ、不思議な花だと思って持って戻る後をつけてハルヤマノカスミヲトコも部屋に入り、そこで彼女と共寝した。

イヅシヲトメは子を一人生んだ。

弟が兄に向かって言うには——

「イヅシヲトメを恋人にしましたよ」と言った。

兄は弟が乙女をものにしたのが妬ましくて、神かけての賭けの支払いをしなかった。

賭け 原文は「うれづく」。「うれ」は「うらなひ」に通じるか。運命の「裏」かもしれない。

藤葛 藤はもともと蔓(つる)植物である。

弓矢を乙女の便所に 藤の花で飾られた弓矢。便所から入るのは丹塗矢に化けたオオモノヌシとセヤダタラヒメの話と同じ(P178)。矢は男性器の象徴である。

弟が母に向かって兄の不実を訴えるのを聞いて、母が言うには——

「今は神の世、私たち神は神らしく振る舞わねば。人間のような真似をしてはいけません。賭けの品を払わせましょう」

と言った。

兄の所業を嘆いた母は、まず伊豆志（いづし）の川の川中の洲（す）に生えた節一つの竹を切って目の多い粗い籠を編み、川の石を取って塩をまぶして、その竹の葉で包んで、呪って唱えることには——

「この竹の葉が青いように、この竹の葉が萎（しお）れるように、青く栄えまた萎れるがいい。またこの潮が満ちたり引いたりするように、満ちて引くような思いをするがよい。そしてこの石が沈むように沈むがよい」

こう呪いの言葉を発して籠を竈（かまど）の上に置いた。

兄は八年に亘って萎れて病んでひどい目にあった。

その果てに母に泣きついて呪いを解いてもらった。

伊豆志の川　伊豆志のあたりを流れる川という意味で、固有名詞ではない。

この竹の……　呪いの言葉がだんだんピッチが速く、表現が直接的になる。

竈の上　本来はものを置いてはいけない場所。

それで元のような平穏な日々に戻ることができた。（これが「神うれづく」つまり「神かけて賭ける」という言葉の始まりである。）

ホムタワケの天皇の子である、
若野毛二俣王（ワカ・ノケ・フタマタのミコ）が母の妹
百師木伊呂弁（モモ・シキ・イロベ）、別名を
弟日売真若比売命（オトヒメ・マワカヒメのミコト）
を妻として生んだ子が
　大郎子（オホ・イラツコ）、別名は
　意富富杼王（オホホドのミコ）、次に
忍坂之大中津比売命（**オサカ・ノ・オホ・ナカツ・ヒメ**のミコト）、次に
田井之中比売（タヰ・ノ・ナカ・ヒメ）、次に
田宮之中比売（タミヤ・ノ・ナカ・ヒメ）、次に
藤原之琴節郎女（フヂハラ・ノ・コトフシのイラツ

若野毛二俣王　P299の系譜では「若沼毛二俣王」とある。
母の妹　叔母との婚姻は九代開化天皇とヲケツヒメや、ウガヤフキアヘズとタマヨリビメなど例がある。
忍坂之大中津比売命　十九代允恭天皇の后。

メ）、次に
取売王（トリメのミコ）、次に
沙禰王（サネのミコ）。以上七名。
右に挙げた意富富杼王（オホホドのミコ）は、
三国の君、
波多（はた）の君、
息長（おきなが）の君、
坂田（さかた）の酒人（さかひと）の君、
山道（やまじ）の君、
筑紫（ちくし）の米多（めた）の君、
布勢（ふせ）の君、
などの祖先である。
また、
根鳥命（ネトリのミコト）が、異母妹の
阿具知能三腹郎女（アハヂノミハラのイラツメ）を妻として生んだ子は、
中日子王（ナカツ・ヒコのミコ）。次に

三国の君　越前国三国地方の豪族。

波多の君　近江国の豪族であったらしい。

息長の君　近江国坂田郡に住んだ。

坂田の酒人の君　やはり近江国坂田郡。

山道の君　越前国らしい。

筑紫の米多の君　肥前国三根（みね）郡米多郷。

布勢の君　この地名は各地にあって特定しがたい。

伊和島王（イワジマのミコ）。以上二名。また、

堅石王（カタシハのミコ）の子は、

久奴王（クヌのミコ）である。

このホムタワケの天皇は、享年百三十。（甲午(きのえうま)の年の九月九日に亡くなった。）

御陵は川内の国、恵賀(えが)の裳伏(もふし)の岡にある。

御陵　いわゆる応神陵である。今の大阪府羽曳野市誉田。仁徳陵に次ぐ大きな古墳。

下巻

十六代仁徳天皇

オホサザキは難波の高津宮に住んで天下を治めた。

この天皇が

葛城之曾都毘古の娘、（のちに大后となる）

石之日売命（**イハ・ノ・ヒメ**のミコト）を妻として生んだ子は、

大江之伊邪本和気命（オホエ・ノ・**イザホ・ワケ**のミコト）、次に

墨江之中津王（**スミのエ・ノ・ナカツ・ミコ**）、次

オホサザキ　十六代仁徳（にんとく）天皇。
サザキは鳥の一種で、今でいうミソサザイ。このあたりからツク（ミミヅク木菟）や、ハヤブサ（隼）、メドリ（女鳥）、モズ（百舌）、クイナ（水鶏）、イカルガ（斑鳩）、マガモ（真鴨）、ノガモ（野鴨）など、鳥に関わる人名や地名が増

に
蝮之水歯別命（タヂヒ・ノ・ミヅハ・ワケのミコ
ト）、次に
男浅津間若子宿禰命（ヲ・アサツマ・ワクゴのスク
ネのミコト）。以上四名。
また、前に述べた日向の県主の君、
牛許（ウシモロ）の娘、
カミナガヒメを妻として生んだ子は、
波多毘能大郎子（ハタビ・ノ・オホ・イラツコ）、
別名は
大日下王（オホ・クサカのミコ）。次に
波多毘能若郎女（ハタビ・ノ・ワキ・イラツメ）、
別名は
長目比売命（ナガメ・ヒメのミコト）、また別名
は
若日下部命（ワカ・クサカベのミコト）。以上

えるが、それはこのサザキがきっかけだったかもしれない。

またサザキは「陵」の訓読みであり、史上最大の陵墓を遺したこの天皇にふさわしいとも言える。今も多い佐々木という姓もこれに由来するか。

難波の高津宮　実在したとすれば、大阪市中央区法円坂に残る難波宮趾に重なるかもしれない。この天皇はなにかと難波と縁が深い。仁徳陵と呼ばれている古墳がある毛受（もず）も遠くない。

葛城之曾都毘古　タケウチの子。

石之日売命　この名は美女コノハナノサクヤビメの姉の醜いイハナガヒメを連想

二名。

また、異母妹の
八田若郎女を妻とし、同じく異母妹の
宇遅能若郎女を妻としたが、
この二人の后には子がなかった。
オホサザキの子は合わせて六名。（男王五名、女王一名。）

そのうち、
伊邪本和気命、次に
蝮之水歯別命、次に
男浅津間若子宿禰命
の三名が後に天下を治めた。

この天皇の時代に大后である石之日売命の名代として
葛城部を定め、
皇子であるイザホワケの名代として
壬生部を定め、

させる（P142）。誉めたとは思えない命名で、しかも後に述べるごとく嫉妬深かった。

大江之伊邪本和気命　十七代履中天皇。「大江」は「大兄」で長兄の意かもしれない。また、摂津の西成郡長溝郷大江という地名との縁もあるかもしれない。

墨江之中津王　墨江は住吉と同じ。中津王は三兄弟の中の意。後に反逆して殺される。

蝮之水歯別命　後の十八代反正天皇。

男浅津間若子宿禰命　後の十九代允恭天皇。男（ヲ）は美称。

カミナガヒメ　P307に注。

波多毘　地名と思われるが

ミヅハワケの名代として
　蝮部(たじひべ)
大日下王(オホクサカのミコ)の名代として
　大日下部(おおくさかべ)を定め、
若日下部王(ワカクサカベのミコ)の名代として
　若日下部(わかくさかべ)を定めた。また、
秦人(はだひと)に命じて
　茨田(まむた)の堤と
茨田の三宅を造り、
丸邇(わに)の池と
依網(よさみ)の池を造り、
難波の堀江を造って海に通じるようにし、
小椅江(おばしのえ)を掘り、
　墨江の津
を造らせた。

不詳。

日下　河内国河内郡。

波多毘能若郎女・長目比売命・若日下部命　後に二十一代雄略天皇の大后になる。

八田若郎女　応神天皇と矢河枝比売の間の子。子がないのに名が残ったのは珍しいが、この後でまた語られる。Ｐ２９８の注も参照。

宇遅能若郎女　応神天皇が矢河枝比売の妹の袁那弁郎女を妻として生んだ子。Ｐ２９９の注も参照。

名代　天皇・后妃・皇子・皇女などの名を付けた部(べ)、すなわち民の集団。王族私有の部民。大化の改新の後では公民に戻った。

葛城部　大后は葛城の出身である。

天皇が高い山に登って四方の山々を見て言うことには——「国のどこにも煙が立っていない。みな貧しいのだろう。これから三年間は人民（おおみたから）の労役や納税をさせないことにしよう」と言った。

その結果、宮殿は壊れても壊れたまま、雨が漏っても修理もせず、器を置いて滴る雨水を受けつつ、雨漏りの箇所を避けて暮らした。

三年の後にまた国のようすを見ると、到るところに炊事の煙が立ち上っていた。

人民もようやく豊かになったと見て労役や納税を課することにした。

かくして民は栄え、勤労奉仕に苦しむことはなくなった。

この天皇の治世は「聖帝（ひじりのみかど）」の世と呼ばれた。

大后であるイハノヒメはとても嫉妬ぶかかった。

なにかことがあると足をばたつかせて妬みまくるので、天

蝮部　河内国丹比（たじひ）郡にちなむ。

大日下部　クサカは河内国の地名。

秦人　渡来人である。彼らには土木技術があった。

茨田　河内国茨田郡茨田郷。淀川沿いの地。暴れ川で、人柱を立てたりした。

丸邇の池　P204に「丸邇」の注。

依網の池　P223に注。

難波の堀江　放水路を造って氾濫を鎮めようとした。無論、水運にも用いた。今の天満川という説もある。

小椅江　小さな橋を架けた掘割。

墨江の津　難波津の港。国際港であり、住吉の神が祀られた。仁徳陵がここに近いのは

皇に召された女たちはおちおち宮中を歩くこともできない。

天皇は
吉備の海部の直の娘の
黒日売（クロ・ヒメ）
という女性が美しいと聞いて呼び寄せた。

しかし黒日売は大后があまりに妬むので恐くなって生国に逃げ帰った。

天皇が高台に上って、クロヒメを乗せた舟が港を出て沖を行くのを遠く見て詠んで歌うには——

沖方には　小船連らく
くろざやの　まさづ子吾妹　国へ下らす

沖に小舟が何艘も連なっている。
（くろざやの）かわいいおまえもその舟で国へ帰るのか。

外国からの使節にその威容を見せつけて国威を示したのかもしれない。大工事は国力と政治の安定の象徴であり、クフ王のピラミッドなども抑止力の装置であったかと思う。

高い山に登って……　前にもあった「国見」だが、ここには登った山の名も見えた土地の名もない。「聖帝」像のための抽象的な国見なのだ。あるいはもう見ることの予祝の力が信じられなくなった時代の、つまりは呪力ではなく政治の時代の始まりということか。『古事記』の「下巻」はこういう世界である。

聖　「ひじり」は「日知り」。天文や暦、あるいは日々の

大后はこの歌を聞いてまた怒り、寄港地である大浦に人をやってクロヒメを舟から追い下ろし、あとは歩いて帰れと追い払った。

天皇はクロヒメが恋しくてならない。

大后をだまして、「淡道島を見に行く」と言って行幸に出た。

途中の淡道島から遥か遠くを見て歌って言うには――

おしてるや　難波の崎よ
出で立ちて　我が国見れば
淡島　淤能碁呂島
檳榔の　島も見ゆ　さけつ島見ゆ

（おしてるや）難波の岬、そこから出て自分が統べる

吉凶を知る者。つまり自然界と人間界を媒介する者だった。転じて霊的な指導者、また徳の高い者の意になった。

嫉妬　原文の読みは「うはなりねたみ」。正妻が後から来た妻「うはなり」などを妬むこと。一夫多妻では当然のことであり、だからこういう言葉も作られた。

黒日売　髪が黒いことを讃えた命名。

高台に上って……歌う　これでも原形は「国見」の歌。

くろざやの　「黒鞘の」で、「まさづ子」に掛かる枕詞か。

淡道島　淡路島のこと。宮廷とは特別に縁の深い島で

国を見れば、淡島、淤能碁呂島が見える。
檳榔の生えた島も見える。離れた島々も見える。

と歌った。

そこから吉備(きび)まで行った。

クロヒメは天皇をその国の山沿いの地に案内し、御馳走(ごちそう)を差し上げた。

お吸い物を作ろうとその土地の青菜を摘むと、天皇がその菜を摘んだところまで行って歌って言うには――

山がたに　蒔(ま)ける菘菜(あをな)も
吉備人(きびひと)と　共にし採(つ)めば　楽しくもあるか

山辺に播(ま)いた青菜も、吉備の人と一緒に摘むとこんなに楽しい。

あり、だから言い訳に利用されたのだろう。

おしてるや　「難波」に掛かる枕詞。

我が国見れば　これも「国見」の歌である。

さけつ島　離れた島。そこに離ればなれになった恋人の面影がたゆたう、とは読めないか。

お吸い物　原文は「羹（あつもの）」、温かい汁もの。古代、他には「むしもの」、「ゆでもの」、「あぶりもの」、「あえもの」などがあった。

と歌った。天皇が戻る時、クロヒメが歌った歌は――

倭方(やまとへ)に　西風(にし)吹き上げて
雲離(ばな)れ　退(そ)き居(を)りとも　我忘れめや

倭(やまと)に向かって西風が吹く。空の雲はちりぢりに離れる
けれど、
離れても私のことを忘れないで。

もう一つクロヒメが歌ったのが――

倭方(やまとへ)に　往(ゆ)くは誰(た)が夫(つま)
隠水(こもりづ)の　下よ延(は)へつつ　往くは誰が夫

倭へ行くのは誰の思い人なの。
見えない流れが地下をどんどん行くように行ってしま

倭方に……　西の風が倭の方へ吹いて雲を散らす。そのように私とあなたは離れていく。

うのは誰の人なの。

仁徳天皇とイハノヒメの歌

それからまた後のこと、大后は豊楽の宴を開こうと思って、銘々の器にする御綱柏を採りに木国に行った。

その間に天皇はヤタノワキイラツメを恋人にした。

大后が御綱柏を船に積み終えて戻ろうとした時、水取司から遣わされたある吉備国児島出身の運搬係が自分の国に帰ろうとして船に乗り遅れ、難波の大きな港で倉人女にばったり会った。

そこでその男が言うには――

「天皇さまはこのところ、ヤタノワキイラツメさんを恋人にして昼も夜も楽しいことをしまくっているんだよ。大后さまはなんにも知らないから、ああやって遠出なんかしてるけれ

豊楽の宴　Ｐ３０７に注。
御綱柏　柏の葉に酒や料理を盛ることもＰ３０７に既出。木の葉だから木国が出てきただけで、実際に遠く＝紀伊まで行ったわけではないだろう。
ヤタノワキイラツメ　亡くなった異母弟ウヂノワキの妹、つまり天皇にとっては異母妹。Ｐ２９８の注も参照。
　イハノヒメの嫉妬には自分は葛城氏の出なのに恋敵は王族という引け目もあっ

どね」と言った。
それを聞いた倉人女はすぐ大后が乗った船に行って、運搬係が言ったことを詳しく伝えた。
大后はものすごく怒って、船に積んだ御綱柏をぜんぶ海に捨ててしまった。
だからこの場所には御津前(みつのさき)という名が付いた。
そして宮廷には帰らず、そのまま船を引かせて堀江を遡行(そこう)し、川づたいに山代(やましろ)まで行った。
そこで歌って言うには——

つぎねふや　山代河(やましろがは)を
河上(かはのぼ)り　我が上れば
河の辺(べ)に　生(お)ひ立(だ)てる
烏草樹(さしぶ)を　烏草樹の木
其(し)が下に　生ひ立てる

たかもしれない。

水取司　宮中の飲料水を扱う部署。

運搬係　水運びだから力仕事である。勤務は三年でそれを終えると国に帰る。吉備出身とは前段のクロヒメからの連想か。

倉人女　天皇たちの衣服を管理する蔵司（くらのつかさ）の職員らしい。こういう端役たちが活躍するところがいかにもゴシップらしい。

御津前　「津」は「港」で、「御」がついているのは公務の船が入るから。前（さき）は「崎（さき）」。この話、地名の由来としてはちょっと苦しいか。

そのまま　衝動的に、とい

葉広 斎つ真椿
其が花の 照り坐し
其が葉の 広り坐すは 大君ろかも

（つぎねふや）山代河を遡って、川を上って私が行くと、
川辺にサシブの木が生えていて、サシブがあって、その下には広い葉のよく繁った神様めいた椿が生えていて、
その花のように照り輝く方こそ
我が大君であることよ。

と歌った。
そして山代から回って那良の山口まで行ったところでまた歌って言うには――

う感じ。直情径行の女性なのだ。
船を引かせて 岸から綱で引いて流れを遡上する。
堀江 このあたり、地理の描写が具体的である。
つぎねふや 山代（山城）に掛かる枕詞。
山代河 木津川。淀で宇治川と合流して淀川になる。その河口にあるのが難波津だからずいぶん上っている。
烏草樹 「さしぶ」はツツジ科の植物。今は「しゃしゃんぼ」と呼ぶ。
斎つ 「神に関わる、神聖な」の意。
大君 天皇。この歌そのものが豊楽の宴で君主を讃えるもので、それをイハノヒメは引用している。椿の盛りは新嘗祭の時期と重なる。

つぎねふや　山代河を
宮上り　我が上れば
あをによし　奈良を過ぎ
小楯　倭を過ぎ
我が見が欲し国は　葛城高宮　吾家のあたり

（つぎねふや）山代河を遡って、どんどん行って、（あおによし）奈良山を過ぎて、（小楯の）倭を過ぎて来たけれど、
私が本当に見たいのは葛城の高宮の我が家のあたり。

こう歌って戻り、とりあえず筒木に住む韓の人、その名を奴理能美（ヌリノミ）という者の家に落ち着いた。

天皇は大后が山代から倭へ行ったと聞いて、舎人で

那良の山口　奈良山の山城側の登り口。
あをによし　奈良（那良）に掛かる枕詞。
奈良を過ぎ　奈良は都ではなく山。
小楯　倭に掛かる枕詞。
倭　ここでは大和国城下郡倭郷。小さな地名である。

鳥山（トリヤマ）という名の者に託して歌を送ったが、その歌というのは——

山代に　い及け鳥山
い及けい及け　吾が愛妻に　い及き遇はむかも

山代で追いつけ、鳥山。
追いつけ追いつけ　私の愛する妻に　追いついて会ってくれ。

それに続いて、
丸邇臣口子（ワニのオミ・クチコ）に届けさせた歌は——

御諸の　その高城なる　大猪子が原
大猪子が　腹にある

鳥山　急使だからこういう名になった。

口子　これも口上を述べる役だからこの名になった。

御諸　神の鎮まる場所、の意。あちこちにあった地名で特定できない。

肝向（きもむか）ふ　心をだにか　相思（あひおも）はずあらむ

御諸の地の高城にある大猪子が原。
その腹の中にある肝、肝と言えば心。
せめて心では私のことを思ってはくれまいか。

もう一つ歌って――

つぎねふ　山代女（やましろめ）の
木鍬（こくはも）持ち　打ちし大根（おほね）
根白（ねじろ）の　白腕（しろただむき）
枕（ま）かずけばこそ　知らずとも言はめ

（つぎねふ）山代の女が木の鍬（くわ）で耕して育てた大根。
その大根のように白い腕を枕に寝た私を知らないとは
言わないだろうな。

高城　猟などの目的のために区切られた場所。
大猪子が原　おそらく地名。
腹にある　「原（はら）」から「腹（はら）」に転じた。
肝向ふ　腹の中だから肝。もともと「肝向ふ」は心に掛かる枕詞だが、ここでは「原」→「腹」→「肝」→「心」と連想が走っている。
山代女　山城は大根や茄子の産地として知られていたらしい。だから「山代女」には素朴な農婦の印象がある。それに対して帰化人が多かった「河内女」は技芸に長け、「大和女」は都の洗練を思わせたという。

と歌った。

この口子臣（クチコのオミ）が歌を伝えた時には雨がざんざん降っていた。

その雨を避（よ）けようともせず、御殿の表口に平伏すると大后は裏の戸口から出ようとし、裏の戸口に平伏すると表の口から出ようとした。

クチコは這（は）って進んで、庭の真ん中で跪（ひざまず）いたが、水たまりに腰まで浸かってしまった。赤い紐（ひも）をつけた青い摺り染めの衣を着ていたので、青い布は紐の色に染まってすっかり赤くなった。

クチコの妹の口日売（クチ・ヒメ）は大后に仕えていた。そして歌に言うには――

山代（やましろ）の　筒木（つつき）の宮（みや）に　物申（ものまを）す
吾（あ）が兄（せ）の君は　涙ぐましも

表口に……裏の戸口に　大后は拗ねて会おうとしないのだ。

水たまり　原文は「水潦（にはたづみ）」。これが「涙」の枕詞なのですぐ後に「涙ぐましも」が出てくる。

　この山城の筒木の宮で口上を述べる兄を見ていると、
　かわいそうで涙が止まりません。

と歌った。

　大后になぜかと問われて、答えて言うには――

「あのクチコの臣は私の兄でございますから」

と言った。

　そこでクチコと、妹の口比売（クチヒメ）、それに大后が泊まる宿の主である奴理能美（ヌリノミ）の三人は相談して計画を立て、天皇に向かってこう言った――

「大后があちらへ行かれた理由は、ヌリノミが飼っている虫にあります。この虫は、一度は
　這う虫になり、次に
　蚕（かいこ）になり、最後には

三人は相談して　天皇と大后の仲を修復するために一計を案じる。大后もあまりに怒ったばかりに引っ込みがつかない、という事態。
蚕　原文は「殼（かいご）」だが、原義は「貝（かい）の中の子」の意か。

飛ぶ鳥になる、
と、三度まで姿を変える不思議な虫です。
それを見にいらしたまでで、それ以外の下心などはありま
せん」
と言った。
そう伝えたところ、天皇が答えて言うには――
「それは私も不思議だと思う。見に行こうか」
と言って、宮廷を出てヌリノミの家に行ったので、ヌリノミ
は三度まで姿を変えるその虫を大后に献上した。
天皇が大后がいる家の戸口に立って歌って言うには――

つぎねふ　山代女(やましろめ)の
木鍬(こくは)持ち　打ちし大根(おほね)
さわさわに　汝(な)がいへせこそ
打ち渡す　やがはえなす　来入(きい)り参来(まゐく)れ

養蚕の技術を伝えたのも大陸から来た人々である。大后に関わるのも、養蚕はもっぱら女性が携わることだったから。

つぎねふ……さわさわにこの歌、前半と後半の繋がりがよくわからない。

（つぎねふ）山代の女が木の鍬で耕して育てた大根。
おまえが騒がしく言い立てるからこそ、
多くを引き連れてこうしてやってきたのだ。

と歌った。

ここで天皇と大后が歌った六つの歌は志都歌（しつうた）の歌返しである。

仁徳天皇とお召しを断った女たち

天皇はヤタノワキイラツメが恋しくて、歌を送った。
その歌で言ったのは――

八田（やた）の　一本菅（ひともとすげ）は
子持（こも）たず　立ちか荒（あ）れなむ　あたら菅原（すがはら）

志都歌の歌返し　志都歌は静かに歌う歌。歌返しはその変奏だろう。このような歌曲の名はずっと後になって中国の雅楽が伝わってからあてはめたもの。

一本菅　菅は茎のみで脇に枝を出さない。それを汲んでの比喩か。
　音の上では菅（すげ）が「清（すが）し」に繫がる。ヤタとアタ、スゲとスガが響き合っている。

言（こと）をこそ　菅原（すげはら）と言はめ　あたら清し女（すがしめ）

八田の菅は一本だけ、子もないままに枯れてゆくのか。
それが口惜しい菅の原。
言葉でこそ菅原と呼んでも、口惜しい美女よ。

これに対してヤタノワキイラツメが答えて歌って言うには

——

八田（やた）の　一本菅（ひともとすげ）は　一人居（を）りとも
大君（おほきみ）し　よしと聞さば　一人居りとも

八田の一本菅は独りで居ますが、
大君がそれでよいとされるのなら、独りでもよろしいの。

ここに来て『古事記』は神話から小説になった感がある。先だって大后のイハノヒメの嫉妬深さが語られ、吉備に帰ってしまったクロヒメの話があり、子なきままに終わるヤタノワキイラツメの嘆き（を天皇が言う）がある。その妹である女鳥王（メドリのミコ）は敢えて反抗の道を選ぶ。その先の展開の速さも実に効果的。

そこで、ヤタノワキイラツメの名代として、八田部（やたべ）を定めた。

天皇は弟の速総別王（ハヤブサ・ワケのミコ）を使者に立てて、母違いの妹である女鳥王（メドリのミコ）を妻にすべく呼び寄せようとした。

そこでメドリが速総別（ハヤブサワケ）に向かって言うには――

「大后（おおきさき）さまが強情なのでヤタノワキイラツメさまは后になれなかった。私は后になりたくない。私はあなたの妻になりたい」

と言って、二人は夫婦になった。

ハヤブサワケは天皇のところに報告に戻らなかった。

天皇がすぐにメドリの居所に自ら赴いて、御殿の戸口の敷居のところに座った。メドリは機（はた）に向かって織物を織ってい

速総別王　天皇の異母弟である。

使者に立てて　仲人として。その先で起こったことについてはオホサザキなど例が多くある。

女鳥王　天皇の異母妹だが、すぐ前で独り身を嘆いたヤタノワキイラツメの実妹である。妹は姉のようにはなりたくないと思った。

た。

そこで天皇が歌って言うには——

女鳥の　我が王の　織ろす服
誰が料ろかも

メドリよ、いとしい君が織っているのは、それは誰のための布だ。

メドリが答えて歌って言うには——

高行くや　速総別の　御襲料

高く飛ぶハヤブサワケの衣装のための布。

天皇は事情を知って宮廷に帰った。

高行くや　ハヤブサに掛かる枕詞だが、この場合は形式的な枕詞ではなく、もっと実感がこもったハヤブサへの賛辞になっている。つまり、この歌は挑発なのだ。これら歌として熟してい

夫のハヤブサワケが戻った時、妻のメドリが歌に言うには
――

雲雀（ひばり）は　天（あめ）に翔（かけ）る
高行（たかゆ）くや　速総別（はやぶさわけ）　鷦鷯（さざき）捕（と）らさね

ヒバリは天高く飛びます。
同じように高く飛ぶハヤブサさん、サザキなど捕って
しまったら。

天皇はこの歌を聞いて、すぐに兵を出して二人を殺そうとした。

ハヤブサワケとメドリは一緒に逃げて、倉椅山（くらはしやま）に登った。

そこでハヤブサワケが歌って言うには――

梯立（はしたて）の　倉椅山（くらはしやま）を　嶮（さが）しみと

ない、ほとんど会話のようなやりとりは、あるいは演劇化されていたのかもしれない。

鷦鷯　サザキは今で言うミソサザイ。ここはもちろん天皇オホサザキのこと。

岩かきかねて　我が手取らすも

　立てた梯子を登るように険しい倉椅山。
　岩を登りかねて、君は私の手にすがる。

また歌って言うには——

梯立の　倉椅山は　嶮しけど
妹と登れば　嶮しくもあらず

　立てた梯子を登るように険しい倉椅山だが、
　君と一緒ならば険しさも苦にならない。

と歌った。

そこから更に先に逃げて、宇陀の蘇邇まで行った時、追討の兵が追い迫って殺した。

宇陀の蘇邇　奈良県宇陀郡曾爾村。大和から伊勢に行く途中である。伊勢神宮はアジール（罪とされた者を匿う聖域）だった。二人はそこを目指した。

この追討軍を率いていた
山部大楯連（ヤマベのオホタテのムラジ）

はメドリが腕にしていた玉釧（たまくしろ）を取って自分の妻に与えた。

しばらくして豊楽（とよのあかり）の宴が開かれた時、臣下たちの妻もみな参加すべく呼ばれた。

大楯連（オホタテのムラジ）の妻はメドリの玉釧を腕に巻いて参上した。

大后のイハノヒメ自らが、大御酒（おおみき）を受けるための柏の葉を臣下の妻たちに配ってまわった。

そしてメドリの玉釧に気付いて柏の葉は渡さず、すぐに退席させた。

夫のオホタテを呼び出して言うことには——

「あのミコたちは不敬なことをしたので討つことにしたのです。それは当然のことでしょう。それなのに、おまえは自分からは主君すじに当たる人の手に巻いた玉釧を、まだその肌も温かいうちに剝ぎ取って妻に与えた。なんというふるま

山部大楯連　山を管理する山部の統率者。軍務にも与るし、「大楯」という名はそれにふさわしい。P423に山部連小楯なる人物が登場する。

玉釧　「釧」は手首や肘につける腕飾り。ここでは宝玉に穴をあけて紐で連ねたものだろう。

い」と言って、死刑にした。

またある時、豊楽の宴を開こうと日女島（ひめしま）に行った時、この島で雁（かり）が卵を生んだ。

そこでタケウチを呼んで、雁が卵を生むということについて歌で下問した。その歌というのは――

たまきはる　内（うち）の朝臣（あそ）
汝（な）こそは　世の長人（ながひと）
そらみつ　倭（やまと）の国に　鴈卵生（かりこむ）と聞くや

（たまきはる）親しいタケウチよ、お前こそは長く世を見てきた人だが、
（そらみつ）この倭の国でかつて雁が卵を生んだことがあったか。

日女島　淀川の河口にあった島。今の大阪市西淀川区姫島のあたり。

雁　今は「雁（ガン）」と呼ばれるが本来は「鴈（カリ）」であり、これもまた鳴き声による命名らしい。言うまでもなく渡り鳥であり、夏はシベリアで営巣する。したがって日本で卵を生むことはない。だからこそこれは瑞兆と見なされたのだろう。

歌で下問した　前のメドリと仁徳天皇のところでも注したが、この時代には話し言葉と歌がまだ分離していなかったような感がある。

たまきはる　「内（うち）」

するとタケウチも歌で返事をして言うには——

高光る　日の御子
諾しこそ　問ひたまへ
まこそに　問ひたまへ
吾こそは　世の長人
そらみつ　倭の国に
鴈卵生と　未だ聞かず

（高光る）天皇さま、お尋ねはごもっとも、よくぞ聞かれた。
私はたしかに長寿の者だが、（そらみつ）倭の国で、雁が卵を生むとは聞いたことがありません。

こう言って、琴を借りて歌って言うには——

に掛かる枕詞。
内の朝臣　身近な廷臣であるおまえよ、くらいの意。
世の長人　長寿の人。建内宿禰は五代の天皇に仕えた。
そらみつ　「倭」に掛かる枕詞。
高光る　「日」に掛かる枕詞。
日の御子　天皇の尊称。

琴を借りて　これの次の話の主役が琴である。

汝が御子や　終に知らむと　鴈は卵生らし

あなたの御子が末長くこの国を治めると伝えるために、

鴈は卵を生んだのでしょう。

と歌った。

これは本岐歌の片歌である。

この天皇の時代に、免寸河の西に一本の背の高い木があった。

その木の影は朝日に当たれば淡道島に届き、夕日に照らされれば高安山を越えた。

その木を伐って船を造ったところ、とても速く進む船ができた。

これに

枯野（カラノ）

本岐歌の片歌　「ホキウタ」「言祝（コトホ）ぐ歌」、目出度い歌。片歌は問答体のはずの片割れ。

免寸　河内国免寸（とのき）村。「き」の音が「木」に通じたのだろう。

背の高い木　いわゆる巨木伝説である。

高安山　河内国高安郡。生駒山系に属し、標高四八八メートル。ハイキング・コースがある。

枯野　（ここは敢えて人名

という名をつけた。

そしてこの船で朝な夕な淡道島の清水を汲(く)み、天皇の飲み水として届けた。

歳月の後、船は壊れたので、その材をもって塩を焼き、さらに余ったところで琴を作った。

その琴の音は七つの里に響いたので、歌を作って言うことには――

枯野(からの)を　塩(しほ)に焼き
其(し)が余(あま)り　琴(こと)に作り
かき弾くや　由良(ゆら)の門(と)の
門中(となか)の海石(いくり)に　振れ立つ
なづの木の　さやさや

枯野で塩を焼き、残ったところで琴を作った。

これを弾くと、由良の港に近い海の中、

扱いとした。)「枯」は「軽い」の意らしい。船足が軽く速いのだ。

淡道島の清水　水質がよいと評判だったらしい。

塩に焼き　藻塩を取るための燃料にしたのだろうか。

琴に作り　船の材は楠など、琴は桐だからちょっと違うが。

由良の門　由良は各地にある地名だが、ここは淡路国津名郡か。門は港か瀬戸(海峡)か。

海石　海の中の岩。暗礁だから木などが生えていれば注目されたはず。

なづの木　海水に浸かった木。海路の目印になる。

そこの岩に水に浸かって立つ木が、さやさやと鳴るかのよう。

と歌った。

これは志都歌の歌返しである。

この天皇は享年八十三。（亡くなったのは丁卯(ひのとう)の年の八月十五日であった。）

御陵(みささぎ)は毛受(もず)の耳原(みみはら)にある。

毛受の耳原　仁徳天皇陵。全長四八六メートルの圧倒的に大きな陵墓である。亡くなる二十年前から工事は始まっていた。

この地も百舌（もず）であり、この天皇の周囲には鳥の名がいくつもまつわっている。

十七代履中天皇と十八代反正天皇

先帝の子(みこ)、イザホワケは伊波礼(いはれ)の若桜宮(わかさくらのみや)に住んで天下を治めた。

この天皇が葛城のソツビコの子葦田宿禰（アシダのスクネ）の娘である

子　次代の天皇が先代の子であることを示す。「下巻」では皇位を継ぐのが子でない場合も少なくない。

イザホワケ　十七代履中

黒比売命（クロ・ヒメのミコト）を妻として生んだ子は、市辺之忍歯王（イチのヘ・ノ・オシハのミコ）。次に御馬王（ミマのミコ）。次に妹の青海郎女（アヲミのイラツメ）、別名は、飯豊郎女（イヒトヨのイラツメ）。以上三名。

この天皇がまだ難波宮にいた頃、大嘗の祭とて豊楽の宴を催した時に、大御酒に心地よく酔ったことがあった。するとの弟の、墨江中王が天皇を殺そうと企んで宮殿に火を放った。

そこで、後の倭の漢の直の祖先である阿知直（アチのアタヒ）が天皇を連れ出して馬に乗せ、倭へ運んだ。多遅比野まで行ったところで天皇はようやく酔いが覚めて、

（りちゅう）天皇。和名イザホワケの「ホ」の音が「火」を呼んで以下の話になったか。

伊波礼の若桜宮　イハレは大和国十市郡。神武天皇の名がカムヤマトイハレビコであったことを思い出しておこう。

葛城のソツビコ　仁徳の嫉妬深い大后石之日売（イハノヒメ）はこの人の娘である。

黒比売命　髪が黒いことを言う、意味の浅い命名。仁徳の同名の恋人とは別人。

市辺之忍歯王　市辺はおそらく地名だが不詳。忍歯は八重歯のこと。目立ったのだろう。やがて二十一代雄略天皇に殺される。

御馬王　これも雄略天皇に

「ここはどこだ」

と尋ねた。

阿知直が答えて言うには――

「スミノエノナカツミコが宮殿に火を点けました。それでご一緒して倭へ逃げてきたのです」と言った。

そこで天皇が歌って言うには――

多遅比野に　寝むと知りせば
立薦も　持ちて来ましもの　寝むと知りせば

多遅比野で寝るとわかっていたら、立薦を持ってきたのになあ。寝るとわかっていたらなあ。

波邇賦坂まで行って、振り返って難波宮の方を見ると、火はまだ燃えていた。

そこで歌って言うには――

殺される。

大嘗の祭　秋の収穫祭か、あるいは天皇としての即位式。

墨江中王　天皇にとっては同母の兄弟。皇位継承はいつも揉めるが、同母兄弟の争いはこれが初めて。

ちなみに履中の後を継いだ反正は同母の弟、それを継いだ允恭も反正の同母の弟。父から子という形式が崩れたのは、そもそも父から子の継承が神話ないしフィクションだったとも考えられる。

倭の漢の直　渡来人が天皇の忠臣になっている。文化的にそれほど近かったのだ。P317の注も参照。

馬に乗せ　そもそも馬をも

波邇布坂（はにふざか）　我が立ち見れば
かぎろひの　燃ゆる家群（いへむら）　妻が家のあたり

埴生（はにゆう）の坂に立って見ると、かげろうに揺れる家々が見える。
あれは妻の家のあたりかなあ。

大坂の山口（やまのくち）まで行った時、一人の女に会った。
その女が言うには——
「武器を持った人たちが大勢でこの山を塞（ふさ）いでいます。当岐麻道（たぎまち）の方へ回って山越えなさった方がよろしいでしょう」と言った。
天皇が歌って言うには——

大坂（おほさか）に　遇（あ）ふや嬢子（をとめ）を　道問へば

たらしたのは渡来人だった。その連想が働いている。

多遅比野　河内国丹比郡。この「ヒ」音も「火」に繋がる。

立薦　薦を編んだ簡単な屏風のようなもの。この「寝むと知りせば」はもともとは恋の状況に対応するもので、出先で恋人を得た時、営みを隠すのに欲しいという意味だったはず。

波邇布坂　意味を取れば「埴生坂」と書く。埴は焼き物に使う土。

かぎろひの　続く「燃ゆる」に掛かる枕詞だが、ここでは「陽炎（かげろう）」である。暑い日に遠いものがゆらゆらと揺れて見える。妻の家を遠く見て恋しく思うのが元の意味。それを火

直(ただ)には告(の)らず　当芸麻道(たぎまち)を告(の)る

大坂で出会った乙女に道を聞いたら、真っ直ぐ行くのではなく、当芸麻道を行けと言った。

と歌った。

そこから登って石上神宮(いそのかみのかみのみや)に落ち着いた。

天皇の同母の弟であるミヅハワケが拝謁を申し出た。

それに対して天皇が言うには――

「私には、おまえもナカツミコと同じことを考えているのではないかという疑いがある。おまえとは会って話すこともしたくない」と言った。

それに対する答えは――

「私に邪心はありません。兄ナカツミコと一緒にしないで下さい」というものだった。

事という状況にはめ込んだ。

当岐麻道　大和国葛下郡。二上山の麓で、後に当麻寺（たいまでら）ができたあたり。

直には……当芸麻道を告る　「ただ」は真っ直ぐ、「たぎ」はくねくね曲がった、の意。

ミヅハワケ　後の十八代反正天皇。

それを聞いて天皇が言うには——

「では今は下がって、ナカツミコを殺してからまた来い。その時は必ず話をしよう」と言った。

ミヅハワケは難波に行って、ナカツミコの近くに仕える曾婆加理（ソバカリ）という隼人出身の者を欺いて言うには——

「私の言うとおりにすれば、私は天皇になって天下を治めることになる。そこでお前を大臣にしてやるがどうだ」と言った。

曾婆訶理は「仰せのままに」と答えた。

そこでたくさんの品をこの隼人に与えて言うには——

「おまえの主人を殺せ」と言った。

ソバカリは主人をこっそり見張っていて、便所に入ったところを矛で刺し殺した。

ミヅハワケはソバカリを連れて倭に向かい、大坂の山口まで行ったところで考えたことには——

曾婆加理／曾婆訶理　「たばかり（策略）」という言葉から作られた名だろう。

便所　ヲウスがオホウスを殺した時と同じ。またセヤダタラヒメのように恋のきっかけの場でもある。

「ソバカリは私のためには大きな手柄を立ててくれたが、自分の主人を殺したのは道義に反することだった。とは言え、ここで手柄に報いないのは信義に悖る(もと)ことだ。かと言って、報いたならばこの男はまた何を考えるかわからない。報いてやった上で本人は殺してしまおう」。

そこでソバカリに向かって言うには——

「今日はこの山口で一泊しよう。ここでまず大臣の位を授けた上で、明日になったら宮殿に参ろう」

と言って山口に泊まることにし、仮の宮を造って大急ぎで豊楽の宴を開き、その隼人に大臣の位を授け、たくさんの役人に平伏させた。

隼人は喜んで、ようやく野望が叶(かな)ったと思った。

ミヅハワケが隼人に向かって言うことには——

「今日は新任の大臣と同じ器で酒を飲もう」と言った。

そして一緒に飲む時に、顔が隠れるほど大きな鋺(まり)に酒をなみなみ入れて勧めた。

鋺 椀はいろいろな素材で作られた。ここの字づかいに従えば金属製の「かなま

まず王子が自分で飲んでみせ、その後で隼人が飲んだ。

顔が鋺に隠れた。

王子は蓆（むしろ）の下に隠しておいた剣を取りだして隼人の首を斬り、その翌日、宮殿に向かった。

その地には近飛鳥（ちかつあすか）という地名が付いた。

倭に行って、天皇に向かって言うには——

「今日はここに留まって、禊（みそ）ぎをしてから明日、神宮に参拝することに致します」と言った。

その地を遠飛鳥（とおつあすか）と呼ぶことになった。

石上神宮に参拝してから天皇に会って言うには——

「平定のことを成し遂げてきました」と報告した。

そこで天皇は王子を近くに寄せてゆっくりと話をした。

天皇はアチのアタヒをまず蔵官（くらのつかさ）に任命し、土地を授けてやった。

また、その治世において、若桜部（わかさくらべ）の臣（おみ）らに

り」である。大臣になった自分には大盃がふさわしい、とソバカリが思ったかどうか。

近飛鳥　「明日になったら」とソバカリに言ったので「あすか」になった。これは河内国安宿（あすか）郡。これを「飛鳥」と書くのは「飛ぶ鳥の」が「あすか」に掛かる枕詞だから。

禊ぎをしてから　血で穢れたから。

遠飛鳥　大和国高市郡。すぐ前に近飛鳥が出てきたが、難波宮からの遠近による命名。

蔵官に任命し　天皇を燃える宮殿から馬に乗せて救い

若桜部
の名を授け、
比売陀君（ヒメダのキミ）らに姓を賜って
比売陀の君
と呼ぶことにした。
また、
伊波礼部
を定めた。

この天皇は享年六十四。（壬申の年の正月三日に亡くなった。）
御陵は毛受にある。

先帝の弟であるミヅハワケは多治比の柴垣宮に住んで天下を治めた。

この天皇は身長が九尺二寸半、歯の長さが一寸、広さが二分。上の歯も下の歯もきれいに揃って珠を連ねたようであっ

出したことへの褒賞と読めるが、もともと彼はこの役職にあって天皇の近くにいたのではないか。
　蔵官は「内蔵（うちのくら）」、すなわち宮廷の私的倉庫を管理する役。国家の倉庫は「大蔵（おおくら）」。

土地　原文では「粮地（たどころ）」。豪族や寺院の私有地。

若桜部　履中天皇は若桜宮にいた。

姓　天皇から授かる世襲の称号。臣（おみ）、連（むらじ）、県主（あがたぬし）、国造（くにのみやつこ）などの類。後に真人（まひと）、朝臣（あそん）、宿禰（すくね）などが加わる。

伊波礼部　阿知直と縁が深い。

た。

天皇が

丸邇之許碁登臣（ワニ・ノ・コゴトのオミ）の娘、

都怒郎女（ツノのイラツメ）を妻として生んだ子は

甲斐郎女（カヒのイラツメ）、次に

都夫良郎女（ツブラのイラツメ）。以上二名。

また、同じ臣の娘である

弟比売（オト・ヒメ）を妻として生んだ子は、

財王（タカラのミコ）、次に

多訶弁郎女（タカベのイラツメ）。合わせて四名であった。

この天皇の享年は六十。（丁丑（ひのとうし）の年の七月に亡くなった。）

御陵は毛受野（もずの）にある。

ミヅハワケ　十八代反正（はんぜい）天皇。歯をほめた命名というのは珍しい。

多治比　河内国。P365の「多遅比野」の注も参照。

身長が九尺二寸半　偉丈夫という賛辞。

歯の長さ　歯の他に長所はなかったのか、などと言ってはいけないが、どうも影の薄い天皇であった。

弟比売　妹の方、というだけで固有名詞になっていない。

十九代允恭天皇

先帝の弟、ヲアサツマワクゴのスクネのミコトは遠飛鳥宮（とおつあすかのみや）に住んで天下を治めた。

この天皇が、意富本杼王（オホホドのミコ）の妹、忍坂之大中津比売命（オサカノオホナカツヒメのミコト）を妻として生んだのが木梨之軽王（キナシ・ノ・**カルのミコ**）、次に長田大郎女（ナガタのオホ・イラツメ）、次に境之黒日子王（サカヒ・ノ・**クロヒコ**のミコ）、次に穴穂命（**アナホ**のミコト）、次に軽大郎女（**カルのオホ・イラツメ**）、別名は衣通郎女（**ソ・トホシ**のイラツメ）。（この名の由来

ヲアサツマワクゴのスクネのミコト　十九代允恭（いんぎょう）天皇である。和名の由来は大和国葛城郡朝嬬（あさつま）に依る。

意富本杼王　応神天皇の孫とある。

忍坂之大中津比売命　これもP330に名がある。

木梨之軽王　軽は大和国高市郡の地名。キナシは「き」が無い、の意。木（き）、柵（き）、城（き）、どれも境界を意味する。後に述べるようにこの若者は

は、身体（からだ）の光が衣装を透してさえ見えたからである。）次に、

八瓜之白日子王（**ヤツリ・ノ・シロヒコ**のミコ）、次に

大長谷命（**オホ・ハツセ**のミコト）、次に

橘大郎女（タチバナのオホ・イラツメ）、次に

酒見郎女（サカミのイラツメ）、

以上合わせて九名。

このうちの穴穂命（アナホのミコト）は後に天皇となり、大長谷命（オホハツセのミコト）も天皇となった。

この天皇が初め、帝位を継ぐようにと言われた時に、それを断って言ったことには――

「私は長い間ずっと病気である。天皇にはなれない」と言った。

しかし大后はじめたくさんの家臣たちが強く勧めたので、天下を治めることを決めた。

実の妹と恋に落ちて糾弾された。彼には人倫の境界が無かった。

梨が「無し」に通ずるのは諺「梨のつぶて」に見るとおり。

黒日子王・白日子王 対になった名だが、運命も似ていて共に後に二十一代雄略天皇に殺される。

穴穂命 二十代安康天皇。

衣通郎女 美女の形容はさまざまあるが、これは格段にすごい。

大長谷命 二十一代雄略天皇。

新良 新羅のこと。

この時に新良の国王が貢物を満載した船八十一隻を送って
寄越した。
　それを司った大使は
　金波鎮漢紀武（コムハチムカムキム）
という名であった。
この人が薬に詳しかったので、天皇の病気は治ったのだ。

　この天皇は、世の人々が氏姓について嘘ばかり言っている
ことを憂えて、味白檮の
　言八十禍津日（コト・ヤソ・マガツヒ）
の前に、くか瓮を据えた。
これによって宮廷に仕える者たちの氏と姓を本来のものに
戻した。
　また木梨之軽太子の名代として
　軽部
を定め、大后の名代として

金波鎮漢紀武　「金」は姓、「波鎮」は新羅の爵位、「漢紀」は王族の号、「武」は名前、であるそうだ。

薬に詳しかったので　医薬も渡来したものの方が優れていた。

氏姓　氏（うじ）とは血縁を軸とする一族。最も有力な家の長が氏上（うじのかみ）として、共有財産の管理権と氏神の祭祀権を掌握して、ぜんたいを統率する。
　姓（かばね）とは、朝廷における政治的地位の標識として氏に与えられる称号。公（きみ）、君（きみ）。連（むらじ）、臣（おみ）、直（あたい）、首（おびと）、史（ふひと）などの類。
　カバネの語源は「骨」であるらしい。屍（しかば

刑部（おさかべ）
を定め、大后の妹の
田井中比売（タヰノナカツヒメ）
の名代として
河部（かわべ）
を定めた。

この天皇の享年は七十八。（甲午（きのえうま）の年の正月十五日に亡くなった。）

御陵は河内（かわち）の恵賀（えが）の長枝（ながえ）にある。

天皇が亡くなった後はカルノミコが皇位に就くことは決まっていたが、物忌みでそれが実行される前に、カルノミコは実の妹である軽大郎女（カルノオホイラツメ）と人倫に反する恋に落ちた。そして歌って言うことには――

あしひきの　山田を作り

ね）と氏姓（うじかばね）は深層で繋がっている。

嘘ばかり　誰もが家系を詐称して収拾がつかなくなったのだ。

味白檮　大和国高市郡明日香にある丘。丘の先端にはどこでも神がいる。Ｐ２３８では甜白檮と表記。

言八十禍津日　嘘を言った者に災厄をもたらす神、の意。「八十禍津日神」（Ｐ62）に言葉に関する機能を加えたという感じ。

くか瓮　クカタチを行うための湯を沸かす器。

クカタチは神意による裁判。漢字では「盟神探湯」と書く。あることについて二人の者の言うことが対立する場合、熱湯に両者の手を入れさせ、火傷の軽重に

山高み　下樋を走せ
下娉ひに　我が娉ふ妹を
下泣きに　我が泣く妻を
今夜こそは　安く肌触れ

（あしひきの）山の田に水を引く樋は
山が高いので地中に引いて人の目には見えない、
同じように、人目に隠れて誘っていた妹と、
私が人目に隠れて泣いて恋した妹と
今夜こそは思うままに共寝ができる。

これは志良宜歌である。
また歌って言うには——

笹葉に　打つや霰の
たしだしに　率寝てむ後は　人は離ゆとも

よって真偽を定めたらしい。

瓮（へ）は湯を沸かす器。菜（な）や魚（な）を煮るのが「な・へ」即ち鍋（なべ）。金属でできたのが鼎（かな・へ）。

ちなみに「な」は食物であり、魚（さかな）は酒（さけ）の場のための「な」である。

実行される前　喪の期間が終わる前。

あしひきの　山に掛かる枕詞。

下樋を走せ　人目をはばかる恋の比喩。水争いで権利なき側が地下水路で水を盗むように、の意か。

志良宜歌　尻上げ歌。音程が上がって終わる歌。

愛しと　さ寝しさ寝てば
刈薦の　乱れば乱れ　さ寝しさ寝てば

笹の原に霰が降って「たしたしたし」と音がする。（たしかに）、一度共寝をした後で相手が離れて行くとしても、それが愛しいと思って寝ることができた後ならば、心乱れるとしても、それはかまわない。刈った薦が乱れるように心乱れてもかまわない、寝た後ならば。

これは夷振の上歌である。

こうなると朝廷の家臣たちや世間の人々の心はカルノミコから離れてアナホの方に移った。

カルノミコはこの成り行きが恐ろしくなって

乱れば乱れ　この後の展開に見るように、これは人倫を乱して世間に逆らう恋である。カルノミコはそれを承知で妹に迫った。

同母の兄と妹の仲は、サホビコとサホビメの例にあるように、親密である場合が少なくない。社会階層のどのレベルに於いても若い男女の出会いの場が少なかったのだろうか。歌垣（うたがき）という行事もそのためだ。

夷振の上歌　田舎風の音調の高い歌、の意か。

カルノミコの悲恋の話に組み込まれているが、それ以前に成立していた歌だろう。志良宜歌とこの歌はセットで歌われたのかもしれ

大前小前宿禰大臣（オホマヘ・ヲマヘのスクネのオホオミ）の家に逃げ込んで、武器を作って戦いに備えた。（この時に作った矢は矢の先を銅にしたので、これを軽矢という。）アナホの方も武器を作った。（こちらの王子が作ったのは今時のものと同じ矢であり、これは穴穂矢と呼ばれる。）アナホは兵士を率いて大前小前宿禰の家を取り囲んだ。門のところまで行ったところですさまじい氷雨が降ってきた。

そこで歌って言うには——

大前　小前宿禰が　金門蔭
かく寄り来ね　雨立ち止めむ

オホマヘヲマヘへの立派な門に寄ってこい。
ここで雨が止むのを待とう。

ない。

こうなると　実妹との恋が知れると。皇位継承は決まっていたことなのに、それが壊れた。つまり継承は家臣や一般の人々の支持があってはじめて実現することだったわけだ。

大前小前宿禰大臣　カルノミコが逃げ込んだ以上、親しかったのか。

軽矢・穴穂矢　矢の先とはおそらく鏃（やじり）で、それが一方は銅で軽く、他方は鉄で重かったのだろう。矢を作る職人は後に矢作部（やはぎべ）という部民になった。

氷雨　雹（ひょう）や霰（あられ）の類。

すると、オホマヘヲマヘが手を挙げ膝を打って、踊りながら出てきて歌って言うには——

　宮人の　足結の小鈴　落ちにきと
　宮人とよむ　里人もゆめ

　　宮人の足に結びつけた小さな鈴が落ちたと、
　　宮人が騒いでいるが、里の人も用心しなさい。

この歌は宮人振である。

こう歌いながらまかり出て言うことには——

「今は亡き我が天皇の御子よ、兄を相手に戦いをなさるのはおやめください。戦いになれば人が笑います。私が捕らえて連れて参ります」と言った。

そこでアナホは兵たちを解散させ、その場で待った。

宮人の　足結の小鈴　「あゆひ」は袴（はかま）の裾を上げて膝のあたりにくくる紐。そこに小鈴が付いていたのだろう。宮仕えの衣装の一部。
　それが落ちたと騒ぐのは、カルノミコの凋落を寓するものか。

里人もゆめ　「ゆめ」は「決して」の意。そんなことにならないよう気を付けろということ。
　このあたり、どれもわかりにくい歌だ。

宮人振　歌謡の種類。

オホマヘヲマへはカルノミコを捕らえて差し出した。
捕らわれたカルノミコが歌って言うには——

天飛む　軽の嬢子
いた泣かば　人知りぬべし
波佐の山の　鳩の　下泣きに泣く

（天飛む）軽の里の乙女よ、
そんなに泣いたら人に知られるでしょう。
泣くのなら波佐の山の鳩のようにひっそりと泣きなさい。

また歌って言うには——

天飛む　軽嬢子
したたにも　寄り寝てとほれ　軽嬢子ども

天飛む　空を飛ぶの意で、雁（かり）を経由して軽（かる）に掛かる枕詞になった。

（天飛む）軽の里の乙女よ、
ひっそりひっそり来て私と共寝しておくれ、軽の乙女よ。

カルノミコは伊余（いよ）の温泉に流罪にされた。
いざ旅立とうとした時に歌って言うには――

天飛（あまと）ぶ　鳥も使（つかひ）ぞ
鶴（たづ）が音（ね）の　聞えむ時は　我が名問（なと）はさね

空を飛ぶ鳥も使者だから、
鶴が鳴くのを聞いたら、私の名を言って消息を尋ねてくれ。

ここまでの三つの歌は天田振（あまだぶり）である。

伊余の温泉に　松山の道後温泉。流刑にも段階があって、伊豆や常陸、佐渡などは刑として重く、信濃や伊予はそれより軽かった。しかも温泉だから、太子という身分に対する配慮があったのかもしれない。

鶴　今いうところの鶴（つる）だけでなく鵠（くぐい）なども含む大きな鳥の総称だったらしい。

天田振　歌謡の種類。前の二つの歌のように「天飛む（あまだむ）」で始まる歌と

また歌って言うには――

王(おほきみ)を　島に放(はぶ)らば
船余(ふなあま)り　い帰(がへ)り来(こ)むぞ　我が畳(たたみ)ゆめ
言(こと)をこそ　畳と言はめ　我が妻(つま)はゆめ

太子である私を島に流しても、帰ってくるぞ。それまでは私の畳を、いやはっきり言えば私の妻を、汚さないようにしてくれ。

これは夷振(ひなぶり)の片下(かたおろし)である。

そこで妻の衣通郎女(ソトホシノイラツメ)ことカルノオホイラツメが答えの歌を贈って言うには――

夏草(なつくさ)の　あひねの浜の　蠣貝(かきがひ)に
足踏ますな　明かしてとほれ

いうこと。

船余り　「帰る」に掛かる枕詞。

畳　専用の座蒲団や寝床と理解するといい。それがそのまま妻のことになる。誰かが旅行中に畳を動かすと旅先で凶事が起こると信じられた。

夷振の片下　これも歌謡の種類。

夏草の　枕詞だが何に掛かるかはっきりしない。

あひねの浜　不詳。「相寝（あひね）」に通じるのかもしれない。

明かして　旅先の夫の足元

（夏草の）あひねの浜の牡蠣は踏むと怪我をします。
夜明けを待って通ってください。

カルノオホイラツメは夫を慕う気持ちを抑えきれず、追って伊余に行くと心を決めたが、その時に歌って言うことには

――

君が往き　日長くなりぬ
山たづの　迎へを行かむ　待つには待たじ

あなたの旅はあんまり長くなりました。
（山たづの）迎えに行きます。とても待てません。
（ここで「山たづ」と言っているのは今でいうところの「造木」である。）

を案じているようだが、元は一夜を共に過ごした恋人を少しでも引き留める歌だったのだろう。

往き　名詞。旅のこと。
日　ケと読む。今の二日三日（ふつかみっか）のカ、暦（こよみ）のコ、と同じ。日数。
山たづの　「迎え」に掛かる枕詞。すぐ後にあるように、「山たづ」は「造木（みやつこぎ）」であり、これは現代ではニワトコと呼ばれる木である。ヤマタヅからミヤツコギまでの間に既に時間の流れがある。
　この歌は『万葉集』に仁徳天皇の妻イハノヒメの歌として少し違った形で出て

妻が自分を追って来るのを待っている時にカルノミコが歌って言うには――

隠り国の　泊瀬の山の
大峰には　幡張り立て
さ小峰には　幡張り立て
おほをにし　なかさだめる　思ひ妻あはれ
槻弓の　臥やる臥やりも
梓弓　起てり起てりも
後も取り見る　思ひ妻あはれ

（隠り国の）泊瀬の山の高い峰に旗を立て、低い峰にも旗を立て、（おほをにし　なかさだめる）愛しい妻が哀れでならない。槻で作った弓を自分が寝る時は弓も寝かせて、

いる（巻二‐八五）。『万葉集』の編者は『古事記』を参照していたのだろう。

隠り国の　「泊瀬」に掛かる枕詞。

大峰には・さ小峰には　泊瀬は葬送の地だったから、この旗はみな葬儀のためである。カルノミコたちに関わるこれらの歌は恋の歌にどこか挽歌の印象が混じる。

槻　今でいう欅（ケヤキ）。弓に向いた材なのだろう。

おほをにし　なかさだめる　意味を取るのがむずかしい。「おほを」を「大小」として、その「中」を取って「仲」に繋げるという解釈もあるが、これも無理がないか。遥か昔の歌なのだから解けないものがあってもおかしくないとしよう。次

梓で作った弓を自分が起きるときは弓も起こして、後々まで手に取るように思う愛しい妻が哀れでならない。

また歌って言うには——

隠り国の　泊瀬の河の
上つ瀬に　斎杙を打ち
下つ瀬に　真杙を打ち
斎杙には　鏡を懸け
真杙には　真玉を懸け
真玉如す　吾が思ふ妹
鏡如す　吾が思ふ妻
ありと言はばこそに　家にも行かめ　国をも偲はめ

（隠り国の）泊瀬の河の上流に清めた杙を打って鏡を

の弓と妻を重ねる比喩もどこか唐突な気がする。

ありと言はばこそに　ここも前段との繋がりがぎくしゃくしてはいないか。歌は歌として育って変化を遂げて、矛盾を含めてある形に定まる。それが物語のある場面に応用される。ずれがあるのはしかたがないし、それをも読者は楽しむことができる。

　カルノミコと妹の恋の話はどこか現実性に欠けて、それを歌謡で補っている感がある。ゴシップでありスキャンダルなのに話の実体がない。二人の心理が見えない。

掛け、
下流には立派な杙を打って立派な玉を掛け、
その鏡のように玉のように私が大事に思う妻、愛しく
思う妻が、
本当にそこにいると言うのなら、その家に行こう、
いると言うのなら、その国を偲びもしよう。

こう歌って二人とも自ら命を絶った。
この二つの歌は読歌（よみうた）である。

二十代安康天皇

先帝の子であるアナホは石上（いそのかみ）の穴穂宮（あなほのみや）に住んで天下を治めた。
天皇が弟の大長谷王子（オホハツセのミコ）のために坂本（さかもと）の臣（おみ）などの祖先である

読歌　歌い上げるのではなく朗読する歌ということか。

アナホ　二十代安康（あんこう）天皇。
石上　和泉国山辺郡石上郷。
根臣　右の石上の豪族であ

根臣（ネのオミ）

を大日下王（オホクサカのミコ）のところへ遣わして言わせたことには――

「おまえの妹である若日下王（ワカクサカのミコ）をオホハツセと結婚させようと思う。こちらに寄越しなさい」と言わせた。

オホクサカが四度も深く頭を下げて言うことには――

「そのようなお申し出があろうかと思っておりました。それゆえ、外に出さず手元に留め置きました。恐れ多いことで。仰せのままにそちらに遣わします」と答えた。

それでも言葉だけの返事では礼を欠くかと考えて、妹に添えて押木（おしき）の玉縵（たまかづら）を持たせて送り出した。

根臣（ネのオミ）はその贈り物の玉縵を盗み取り、オホクサカの言ったことをねじまげて、天皇に報告して言うことには――

「オホクサカは勅命（おおみこと）は受け取れないと申して、『私の妹を同族の者の下敷きにさせるわけにはいかない』と言って、太刀の柄（つか）を摑（つか）んで怒りました」と言った。

それを聞いた天皇は怒り狂ってオホクサカを殺し、その妻

る。

大日下王・若日下王　十六代仁徳天皇とカミナガヒメの間に生まれた兄妹。

押木の玉縵　不詳。木の枝の形の冠に珠を嵌め込んだものか。

下敷きに　性的含意として、女が下になる「正常位」をほのめかしているのかもしれない。

長田大郎女　十九代允恭天皇の娘（Ｐ３７２）。つまり二十代安康天皇にとっては実の姉のはず。カルノミコ・カルノオホイラツメの話のすぐ後でこれはまずいのではないか。

他の文献では長田大郎女は十七代履中天皇の娘とあり、これならば従姉あるいは従妹になる。

であった長田大郎女（ナガタのオホイラツメ）を連れてきて自分の妻にした。

しばらくの後、天皇が神床で昼寝をしたことがあった。起きてから后（きさき）に向かって言うことには――

「おまえ、何か気になることはないか」と言うと、答えて言うには――

「天皇（おおきみ）のご厚意に包まれて暮らして、何一つ気になることなどありません」と言った。

その時、后が前の結婚で生んだ子である

目弱王（マヨワのミコ）

は七歳だったのだが、たまたま御殿の床下で遊んでいた。

天皇が、幼い王が床下で遊んでいることを知らぬままに言ったことには――

「実はずっと気に掛かっていることがある。何かと言うと、おまえの子である目弱王（マヨワのミコ）、あれが成人した時に自分の父を殺したのがこの私だと知って、反逆の思いを抱くのではないだろう。

神床で昼寝　神床は本来は夢に神の言葉を聞く神聖な場所である。そこで妻と共寝したために悪い結果になったとも考えられる。床下で遊ぶ子供に気付かずに「気になること」を口にしたのは神がそう仕向けたのだろう。

目弱王　マヨワは巻貝のこと。巻貝はツブとも呼ばれる。

　言うまでもなくこの子の父は讒言で殺されたオホクサカ。ちなみにカタツムリはカタツブリ、「堅いツブ」が語源である。

床下で　高床式だったのだろう。

ろうか」と言った。

御殿の床下で遊んでいたマヨワはこれをしっかり聞いて、天皇が眠っている時にこっそりと忍び寄り、傍らに置いてあった太刀を取って天皇の首を斬り、そのまま

都夫良意富美（ツブラ・オホミ）

の家へ逃げ込んだ。

この天皇は享年五十六。

御陵は菅原(すがわら)の伏見の岡にある。

この時、オホハツセはまだ大人の髪型になる前だった。天皇である兄が死んだことを聞いて、怒りまた嘆いてまっすぐ次兄の境之黒日子王(サカヒノクロヒコのミコ)のところに行って言うことには――

「天皇が殺された。どうしよう」と言った。

しかしクロヒコは驚くこともなく態度もはっきりしない。

オホハツセが兄を罵って言うことには――

「殺されたのは天皇であり、しかもあなたには弟に当たる人

天皇の首を斬り　正に単刀直入、いかにも『古事記』らしい展開。

都夫良意富美　よくわからない人物だが、その名のツブは先に述べたようにマヨワと縁がある。

菅原の伏見の岡　大和国添下郡。

オホハツセ　十九代允恭天皇の子で、アナホこと二十代安康天皇の弟。整理すれば、

カルノミコ
クロヒコ
アナホ
カルノオホイラツメ
シロヒコ

でしょう。弟が死んだと聞いても驚きもせずぼんやりしている。あなたはまったく頼りにならない」と言って、すぐに襟首を掴んで引きずり出し、刀を抜いて斬り殺した。

もう一人の兄である八瓜之白子王(ヤツリノシロヒコのミコ)のところに行って同じように訴えたが、こちらもまたクロヒコと変わらぬ様子だった。これも襟首を掴んで引きずり出し、小治田(おはりだ)まで連れ出して穴を掘り、立ったまま埋めて土を入れていったところ、腰まで埋まったところで両方の目が飛び出して死んでしまった。

オホハツセは兵を率いて都夫良意富美(ツブラオホミ)の屋敷を囲んだ。相手の方も兵士を集めて待ち構え、放たれる矢はまるで葦(あし)のように飛び交った。

オホハツセが矛を杖(つえ)のように地面に立て、屋敷に向かって佇立(ちょりつ)して問うて言うには——

「私と言い交わした乙女はこの家の中にいるか」と問うた。

それを聞いてツブラオホミは出てきて、身に着けた武器を

オホハツセ　みな同母の兄弟姉妹である。

大人の髪型になる前　成人前でヲグナと呼ばれる。

襟首を掴んで引きずり出し　この乱暴な殺しかたはヤマトタケルを思わせる。彼も兄を殺した時はまだヲグナだったし、この連想は作者の意図するところだろう。

小治田　大和国高市郡飛鳥。

穴を掘り　劇画的な迫力だが、穴が出てくるのは殺されたのがアナホノミコだったからかもしれない。

葦のように　矢が乱れ飛ぶのが葦の穂が散るのに似ている。

訶良比売　いきなりここで登場したが、この人はやがてオホハツセの后となって

置き、八回深くお辞儀をしてから言うようには――

「先に妻にと問われた娘

訶良比売（カラ・ヒメ）

はお渡しします。それに際しては五箇所の屯宅(みやけ)も添えましょう。

（ここにいう五箇所の屯宅とは葛城の五つの苑人(そのひと)のことである。）

しかし私自身がそちら側に行くことはできません。

そのわけは、遠い昔から今に至るまで、臣(おみ)や連(むらじ)が王の屋敷に逃げ込んだことはあっても王子(みこ)が臣の家に立てこもったという例はないからです。

どう考えても、このツブラオホミがここでいかに力を尽くして戦ったところで勝つ見込みはない。

しかし私を頼みにしてこの貧しい家に逃げ込んだ王子を見捨てることは、たとえ私が死ぬことになるとしてもできません」と言った。

後に二十二代清寧天皇を生んだ。

苑　宮廷のために野菜を作る畑。「苑人」はそこで働く人。

見捨てることは……できません　かっこいい。念のために言うが、ツブラオホミが共に死ぬ相手の王子は七歳である。儒教の倫理なのだろう。

そう言ってまた武器を手に取って中に戻り、戦いを続けた。

やがて力も失せ矢も尽きたので、王子に向かって言うことには――

「私はいくつも手傷を負いました。矢ももうありません。これ以上は戦えない。どうしましょうか」と言った。

それを聞いたマヨワが言うには――

「ならばこれ以上はすることもない。私を殺してくれ」と言った。

ツブラオホミは刀で王子を刺し殺し、自分も首を切って死んだ。

また後の話。

淡海の佐佐紀の山の君の祖先で、名を

　韓帒（カラ・ブクロ）

という男が言うには――

「淡海のくた綿の蚊屋野というところには猪鹿がたくさんい

佐佐紀　近江国蒲生郡篠笥郷。

山の君　宮廷に獣肉を供する係。だから猟の話になる。

韓帒　ずっと後でその子孫が罰せられる。P431の注も参照。

くた綿　地名。「来田綿」と書いた例もある。近江国蒲生郡。

蚊屋野　蚊屋（かや）は萱（かや）。

猪鹿　漢字では二種類の獣だが、ここでは鹿のみ。それは以下の比喩でわかる。もともとシシは食用の肉のことで猪（ヰ）の肉がヰノシシであった。

荻　今はこの字をオギと読むがここではススキらしい。

枯松　杉はまっすぐだからスギ。松は股（また）に分

ます。足だけを見ればまるで荻（すすき）の原のようで、角だけを見ればまるで枯松（からまつ）の林のよう」と言った。

そこでオホハツセは市辺之忍歯王（イチノヘノオシハのミコ）を誘って淡海に行き、その野に着いたので、それぞれに別の仮宮を造って宿とした。

翌朝、まだ日も出ない時間に、イチノヘノオシハは馬に乗ってオホハツセの仮宮のところまで行って、何の含むところもなくオホハツセの供の者に向かって言うことには――

「まだ起きていないのか。起きるよう声を掛けなさい。もう夜も明けた。猟場に行く時間だ」と矢継ぎ早に言った。

そして馬を進めて行ってしまった。

そこでオホハツセに仕える者どもが言うには――

「変なことを言う王子（みこ）ですねえ。気を付けた方がよろしいでしょう。防備を固めてください」と言った。

そこでオホハツセはいつもの衣類の下に鎧（よろい）を着て、弓矢も持って、馬で出て行った。

馬と馬が並ぶやいなやオホハツセは矢をつがえてイチノヘ

かれているのでマツ。鹿の角そのまま。カラマツという読みはカラブクロの名に繋がる。

市辺之忍歯王　十七代履中天皇の長男だからオホハツセにとっては従兄に当たる。二十代安康天皇はこの人に皇位を継承したいと考えていた。オホハツセはそれを妬んで凶行に及んだ。

馬槽　馬の飼葉（かいば）を入れる器。ものを入れる大きな器をフネと呼ぶ。

土に埋めて平らに均した　墳墓であれば土を盛り上げて塚を造る。ここは死者に対して最小限の礼儀もなかったということ。

ノオシハを射殺し、その身体を刻んで、馬槽に入れて、土に
埋めて平らに均した。

殺されたイチノヘノオシハの子である
意祁王（オ・ケのミコ）と
袁祁王（ヲ・ケのミコ）
の二人はこの災厄のことを聞いてすぐに逃げた。
山代の苅羽井まで行き着いて、ここで乾飯を食べていると、
顔に刺青のある老人が来て、その乾飯を奪った。
二人の王子が言うには――
「その乾飯は別に惜しくはないけれど、それにしてもあなた
は誰だ」と言った。
すると相手が答えて言うには――
「俺は山代の猪甘だ」と言った。
二人は更に逃げて玖須婆の河を渡り、針間国に行き着いて、
そこに住む

意祁王　後の二十四代仁賢天皇。

袁祁王　後の二十三代顕宗天皇。

この二人の名のオとヲは大と小である。大碓（オホウス）命と小碓（ヲウス）命などと同じ兄弟の命名法。

山代の苅羽井　山城国綴喜（つづき）郡に樺井（かにばい）月神社がある。

乾飯　原文は「粮（かれひ）」。携行食。一度炊いてから乾かした米で、澱粉がアルファ化しているから水でふやかすとすぐ食べられる。

刺青のある　原文は「面黥（オモサ）ける」。動物の飼育や漁猟に関わる人たちの風習。『魏志倭人伝』にある「黥

志自牟（シジム）という男の家に入って身を隠し、ここで馬甘（うまかい）・牛甘（うしかい）として働くことにした。

面文身」は皮膚の下に色素を入れるのではなく、傷を作って瘢痕を残す方法だったかもしれない。これは今もアフリカのヌバ族などに見られる。

猪甘　猪を飼う人の意だが、もちろんこれは豚を飼っていたのだ。唐突に現れた老人はこの先で二人が選ぶべき仕事を告げるものだったらしい。仏教が殺生を禁じるまでは豚は日本でも広く食べられていた。

玖須婆　逃げる兵が怯えて糞を漏らしたという強烈なエピソードで飾られた地名。P221では久須婆と表記。

針間　播磨である。

志自牟　播磨国美囊郡志深郷。地名がそのまま人名扱いされている。

二十一代雄略天皇

オホハッセは、長谷(はつせ)の朝倉宮(あさくらのみや)に住んで天下を治めた。
この天皇はオホクサカの妹、
ワカクサカべ
を妻とした。(子はなかった。)
この天皇が、
ツブラオホミの娘の
韓比売(カラヒメ)
を妻として生んだ子は
白髪命(シラカのミコト)。次に妹
若帯比売命(ワカ・タラシ・ヒメのミコト)。以上二名。
この白髪太子(シラカのヒツギのミコ)の名代(なしろ)として

オホハッセ 二十一代雄略(ゆうりゃく)天皇。
長谷 大和国城上(しきのかみ)郡長谷。今では長谷寺で知られる。
朝倉宮 今の奈良県桜井市黒崎・岩坂のあたり。
大日下王 根臣(ネのオミ)の企みで殺された。
ワカクサカべを妻とした この結婚は安康天皇の意思であった。
白髪命 後の二十二代清寧天皇。
若帯比売命 長じて伊勢の斎宮になったらしい。

白髪部を定め、
長谷部の舎人を定め、
河瀬の舎人を定めた。

この頃、呉の人が渡来した。

この人たちを呉原に住まわせたので、この地にその名が付いた。

初めの頃、まだ河内の日下に住んでいた大后を、天皇が倭から直越の近道を通って訪れたことがあった。

山の上から国の中を見下ろすと、屋根の棟の上に鰹木を並べた立派な家があった。

天皇がその家のことを訊ねて言うには――

「あの鰹木を並べたのは誰の屋敷だ」と問うと、答えて言うには――

「志幾の
大県主（オホ・アガタヌシ）

舎人　P318の注参照。

呉　『三国志』にある「呉」である。江南にあった国。当時は魏だけでなく呉とも行き来があったのだ。P316の注「呉服」も参照。

呉原　大和国高市郡檜前（ひのくま）郷。今の明日香村栗原。呉原（くれはら）が栗原（くりはら）に変わった。

初めの頃　まだ妻にする前ということ。

大后　ワカクサカベ。

直越の近道　大和から日下山を越えて河内に行く道。山がちなので普通は南の龍田の方へ迂回した。

国の中を見下ろすと　国見というほど正式のものではない。

の家でございます」と言った。

そこで天皇が言うには――

「こやつ、自分の家を天皇の御殿に似せて造りおった」と言って、すぐに人を送ってその家を焼いてしまおうとした。その志幾の大県主（オホアガタヌシ）が頭を地面にすりつけて詫（わ）びて言うには――

「私は卑しき者にございまして、卑しきままそれと気付かず大間違いを致しました。まことと恐れ多いことで、まずはお詫びの品を差し上げたいと存じます」と言って、白い犬に布を掛け、鈴を着けて、族名（うがらな）を

腰佩（コシハキ）

という者にその犬の縄を取らせて献上した。

そこで天皇はその家に火を点けることはやめにした。

ワカクサカベの家に着いた時、その犬を渡して、言うことには――

「これは今日、ここに来る途中の道で手に入れた珍しいものだ。妻問いの品としよう」と言って手渡した。

鰹木　屋根の棟に直角に等間隔に並べた飾りの材。今見られるのは神社ばかりだが昔は屋敷にもあった。

志幾の大県主　河内国志紀郡の豪族。

こやつ　原文は「奴（ヤツコ）や」。今の奴（やっこ）の語源は「家（や）つ子」である。

白い犬　犬は早くから家畜化され、愛されていた。名を付けられた例もある。白い犬は特に珍重された。

腰佩　たぶん犬の腰に縄を巻いて連れていった故の命名。もったいぶっているだけおかしい。

その犬を渡して　求婚の引き出物として。

太陽を背に負って　太陽神の子孫である天皇が太陽と

ワカクサカベが天皇に向かって言うには――

「太陽を背に負ってここまで来ていただいたのは恐れ多いことです。ここにお迎えするのではなく私がそちらに赴いて、后としてお仕えしましょう」と言った。

そこで、宮廷に帰る途中でまた同じ山の坂の上まで行った時に歌って言うには――

日下部(くさかべ)の　此方(こち)の山と
畳薦(たたみこも)　平群(へぐり)の山の
此方此方(こちごち)の　山の峡(かひ)に
立ち栄(ざか)ゆる　葉広熊白檮(はびろくまかし)
本(もと)には　いくみ竹生ひ
末方(すゑへ)には　たしみ竹生ひ
いくみ竹　いくみは寝ず
たしみ竹　たしには率寝(ゐね)ず
後(のち)もくみ寝む　その思ひ妻(づま)　あはれ

同じく東の大和から西の河内へ来たから。

ここにお迎えするのではなく　求婚は一度は断るという儀礼。

日下部の　此方の山　生駒山地。

畳薦　平群に掛かる枕詞。

いくみ竹　葉や小枝が組んだように密なほど繁った竹。

たしみ竹　「しみ」は「繁く」と同じ意味の副詞「しみに」から。やはりよく繁った竹。

思ひ妻　恋しく思う妻、ではなく思うばかりでなかなか会えない妻。

日下のあちらの山、こちらの山、
(畳薦) 平群の山
あちらこちらの山の間に
生えた葉の広い立派な檮(かし)の木、
その木の根かたにはいくみ竹、
その木の先の方にはたしみ竹。
いくみ竹のように手と手を組んでは寝ず
たしみ竹というように思うまま共寝もしないまま。
いずれは思うまま共に寝ようと思いつつ別れた妻がいとしい。

と歌った。

この歌を持たせた使者をワカクサカベのところへ送り返した。

歌を持たせた　紙に書いたのではなく記憶させて遣わしたらしい。ど忘れしたら大変。

ある時、天皇が物見遊山に出て美和河（みわがわ）まで行った時、そこの河で衣類を洗っている乙女がいた。とてもとても綺麗（きれい）な乙女だった。

天皇がその乙女に向かって問うことには——

「お前は誰の子だ」と問うと、答えて言うには——

「私の名は

引田部赤猪子（ヒケタ・べのアカ・ヰ・コ）

と申します」

と答えた。

そこで告げて言うには——

「お前は夫を迎えてはならない。いずれ呼び寄せるから」と言って、宮廷に帰った。

赤猪子（アカヰコ）は天皇から呼び出しが来るのを待って年を経ること八十年になった。

そこでアカヰコが思うには——

「お召しをお待ち申し上げる間にずいぶんな歳月がすぎて、

美和河　大和国の三輪山のふもとを流れる初瀬川。

お前は誰の子だ　名を問うのはそれ自体が求婚である。

引田部赤猪子　引田は初瀬の地名。大和国城上（しきのかみ）郡辟田（ひきた）郷。

父の名を問われて自分の名を言ったのは身分のない娘だったのかもしれない。

身体は痩せてしぼみ、召されるあてもなくなった。でも、お待ち申し上げたこの思いをお伝えしないままというのも気持ちが収まらない」と思って、百基の卓にも余るほどの貢ぎ物を身内の者に持たせて宮廷に参上した。

天皇は前に言ったことをすっかり忘れていて、アカヰコに問うて言うには――

「おまえはどこの老女だ、何をしに来たのだ」と言った。

アカヰコが答えて言うには――

「あの年のあの月から、天皇さまのお言葉のままにお召しをお待ち申し上げますうちに八十年が過ぎました。今は美貌もすっかり失せて、今さらおそばにも参れますまい。それでもお待ち申し上げた思いだけはお伝えしたいと考えて伺いました」と言った。

天皇は心から驚いて、

「それを私はすっかり忘れていた。それなのにおまえは夫を持たぬまま呼び出しを待って、女盛りの日々を無駄に過ごし

八十年　長い歳月ということ。仮にこれを十年として みたら実感が湧くだろう。

てしまった。かわいそうなことをした」と言って、心の中ではこれを妻にしようかと思いながらも、あまりに老いていることも考えて、妻にはしないで歌を贈った。

その歌に言うには――

御諸の　厳白檮がもと
白檮がもと　ゆゆしきかも　白檮原童女

御諸の神聖な檮の木は人が触れない。その檮と同じように神聖になって人に触れなかった乙女はおまえか。

また歌って言うには――

引田の　若栗栖原
若くへに　率寝てましもの　老いにけるかも

御諸　三輪の神域。

引田の、若い栗の木の多い原、
栗のように若い時なら寝たものを老いてしまったなあ。

それを聞いて泣いたアカヰコの涙はすべて着ていた丹摺(にずり)の衣装の袖を濡(ぬ)らした。

そこで贈られた歌に答えて歌うには——

御諸(みもろ)に　つくや玉垣(たまかき)
つき余(あま)し　誰(た)にかも依(よ)らむ　神(かみ)の宮人(みやひと)

御諸に玉垣を築いたが、築いた甲斐(かい)はなかった。
神の宮人は誰に頼ればよいのでしょう。

また歌って——

丹摺　赤土を摺って染めた袖。赤猪子からの赤の連想。

玉垣　迎えの使者を迎える垣か。

神の宮人　自分を三輪神社の巫女になぞらえている。男を近づけないという意味でも巫女。

日下江の　入江の蓮
花蓮　身の盛り人　羨しきろかも

日下の沼には蓮が多い。

花と咲く蓮のように今が盛りの人がうらやましい。


と歌った。

そこでたくさんの賜物を渡して老女を帰らせた。

この四つの歌は志都歌である。

天皇が吉野宮に行った時、吉野川の浜に乙女がいた。姿かたちの美しい乙女だった。

その乙女を妻として、宮廷に連れて帰った。

その後でまた吉野に行くことがあったので乙女を連れて行って、かつて出会ったところに大御呉床を立て、そこに坐って、琴を弾き、乙女に舞いを舞わせた。

日下江　生駒山の西の日下の地には淀川と大和川が合流して沼沢地になっていた。

吉野宮　吉野の宮滝に近い離宮。

呉床　足のついた高い座。そこに坐るのが呉床座。

その舞がとても見事だったので歌を作った。
その歌に言うには――

呉床座の　神の御手もち　弾く琴に
舞する女　常世にもがも

呉床の上に坐って琴を弾けば神韻縹渺、
乙女の舞い姿が永遠に続くといいのに。

と歌った。

吉野の阿岐豆野に行って狩りをした時、天皇は呉床に坐っていた。
そこにアブが来て腕を刺した。
すると蜻蛉が来てそのアブを喰って飛び去った。
そこで歌を詠んで、その歌に言うようには――

神の御手もち　神は天皇自身だが、それよりここは琴の音をほめたもの。

常世　永遠の世。理想郷。吉野は仙郷と言われた。天皇が神仙となる。

阿岐豆野　吉野離宮の近くの野。

呉床に坐って　この場合は、次の詩の四行目に見るように、樹上などに作った足場に隠れて下を通る獲物を待つ。

み吉野の　袁牟漏が岳に　猪鹿伏すと
誰ぞ　大前に奏す
やすみしし　我が大君の
猪鹿待つと　呉床に坐し
白栲の　袖著そなふ
手腓に　蝈かきつき
その蝈を　蜻蛉早咋ひ
かくの如　名に負はむと
そらみつ　倭の国を　蜻蛉島とふ

吉野の袁牟漏が岳には猪や鹿がいると
誰が天皇に告げたのか。
（やすみしし）大君が白い袖の衣服をきちんと着て呉床に上って猪や鹿を待っていると、
アブが来てその腕を刺した。

蜻蛉　トンボ。トンボの語源は「飛ぶ羽」、「飛ぶ棒」などと言われているが、なぜ古語の「あきづ」が「とんぼ」に替わったのだろう。

そもそもアキヅには果敢に動くものという印象がある。この世のありとある罪を「かか呑む」、つまり一気に呑んで消滅させる女神は速開都比咩（ハヤ・アキツ・ヒメ）と呼ばれる（「六月晦日大祓」）。

袁牟漏が岳　具体的な山に比定する説もあるが、ヲムロの語源はおそらく峯群（ヲムレ）であり、連なる峰々だった。ここは吉野の山の一つと考えてよい。

白栲の　袖に掛かる枕詞としていいか。実際袖は白いのだろう。

と思う間もなくアキヅが来てそのアブを咥(くわ)えていった。
そこでアキヅの武勲にちなんで
(そらみつ)倭の国を蜻蛉島(あきづしま)と呼ぶ。
それ以来、この野を阿岐豆野(あきづの)と呼ぶ。

雄略天皇とヒトコトヌシ

ある時、天皇は葛城(かづらき)の山に登った。

手腓 今では「こむら」は筋肉が攣(つ)る「こむら返り」にしか使われず、これは足のことだが、ここでは二の腕の太いところの意。
そらみつ 倭に掛かる枕詞。
蜻蛉島 たぶん順序は逆なのだろう。稲の実りを喜ぶ秋というありようを考えて、季節を基本に国のありようを考えて、そこから生まれた「秋つ島」がやがて蜻蛉と結びついたのではないか。トンボの国では命名として軽すぎるように思う。
葛城の山 大和と河内の境

すると大きな猪が出てきた。
天皇は鳴鏑でその猪を射たが、猪は怒ってうなりながら迫ってきた。
天皇はうなり声が恐ろしくて近くの榛の木に登った。
そこで歌って言うには——

やすみしし　我が大君の
遊ばしし　猪の　病猪の
うたき畏み　我が逃げ登りし
あり尾の　榛の木の枝

（やすみしし）私の天皇さまが狩りをしていたら
猪が手負いになってうなったのが恐くて、
私が逃げて登った、その高い丘の榛の木の枝。

と歌った。

にある山。狩りをしようと登った。

鳴鏑　鏑矢。P95の注も参照。

榛　今はハンノキと呼ぶ。樺科。

やすみしし　大君に掛かる枕詞。

遊ばしし　ここでは狩りをすること。

病猪　鳴鏑が当たった手負いの猪。猪は一発では仕留められず、暴れ回るので危ない相手だった。

我が逃げ登りし　はじめは「我が大君の」と三人称なのにここで一人称に変わっているのは、この歌が演技を伴って歌われたからか。
天皇にしてはみっともない姿だから『日本書紀』では木に登ったのは舎人とい

またある時、天皇が葛城の山に登るとて、たくさんの家臣たち全員に赤く染めた腰紐と青摺りの衣（ころも）を配って着せた。

山に行ってみると、向こうの山の尾根伝いに山に登る者たちがいた。

その姿はこちらの天皇の鹵簿（みゆきのつら）とまるで同じ、身に着けた装束も、付き添う人々もそっくりだった。

それを遠く見た天皇が問うて言うには――

「この倭国（やまとのくに）に私以外に王（きみ）はいないはずなのに、あそこを行くのはいったい誰だ」

と言えば、相手はまったく同じ問いを返してよこし、その言いようもまた天皇のままであった。

天皇は大いに怒って弓に矢をつがえた。随行の家臣たちもそれぞれに矢をつがえた。

すると向こうの人々も同じように矢をつがえる。

そこで天皇がまた問うて言うには――

うことになっている。

あり尾の　尾はおそらく峰の意。「あり」は高くて目立つということらしい。猪は谷から出てきて、天皇は上へ上へと逃げて最後に木に登った、という所作だろうか。

葛城の山に登る　弓矢を持っていたのだから狩りだが、その一方で全員が威儀を正していたのだから御幸でもある。

たくさんの家臣たち全員　原文は「百官（モモノツカサ）の人等（ヒトドモ）」。決まり文句であり、百人いたわけではない。

赤く染めた腰紐と青摺りの衣　正装ということ。

鹵簿　天皇の行幸の列。漢

「そこまでするのなら名を名乗れ。お互いに名乗って矢を射ることにしよう」と言った。

相手が答えて言うには――

「最初に問われたのは私だからまず私が名乗ろう。私は、悪いことも一言、良いことも一言、言葉を放つ神、葛城の一言主之大神（ヒトコトヌシノオホカミ）である」と言った。

天皇がいたく恐れ入って言うことには――

「我が大神、恐れ多いことであります。まさか自らお姿を現されますとは思いもよりませんでした」と言って、身に着けた太刀と弓矢をはじめ、随行の家臣たちの着ている衣服まで脱がせて、拝んで献上した。

一言主（ヒトコトヌシ）は手を打って喜び、これを受けた。

天皇が山を降りる時、大神もまた山を降りて、長谷の登り口まで送ってくれた。

これこそヒトコトヌシが姿を現した時であった。

語（「ロボ」と読む）を直輸入で使って権威を強調している。

この倭国に　これも大げさな言いかただが、実際には倭国を中心とする我が勢力範囲ということではなかったか。

同じ問いを返してよこし　山の中だし、当然こだまを連想させる。

悪いことも一言、良いことも一言　言葉が現象に先行する。めでたいことを言えばそれは実現し、不吉なことを言うとそれも実現する。そういう言葉を発する神、言葉の呪力を具体化した神。言代主神（コトシロヌシ）に重なる。P129、132の注も参照。

天皇が丸邇の
　佐都紀臣（サツキのオミ）の娘である
　　袁杼比売（ヲド・ヒメ）
を妻にしようと春日に行った時、その当人に道で会った。
袁杼比売は天皇が来るのを見て、岡に逃げ込んで隠れてしまった。
天皇は歌を作った。
その歌に言うことには――
　嬢女の　い隠る岡を
　金鉏も　五百箇もがも　鉏き撥ぬるもの
　乙女が隠れた岡を鋤き返すのに、金鋤が五百基欲しい。
そこでこの岡を金鉏の岡という。

丸邇　この一族の拠点の一つが春日である。
佐都紀臣　他には出てこない。
岡に……隠れてしまった　入内が嫌だったのか、ただ恥ずかしかったのか。しかし、後で宴会で天皇に酒を勧めている。してみると隠れても見つけられてしまったらしい。
金鉏　土を耕すのに、上から振り下ろすのが鍬（くわ）、下からすくい上げるのが鋤（すき）。鍬は女でも使えるが鋤には男の筋力が要る。この時期、男たちが狩猟から農耕へシフトしたのかもしれない。
　金鉏は牛馬に牽かせる唐鋤で、しかもブレードは金

天皇が長谷の槻(つき)の木の下で豊楽(とよのあかり)の宴を開いた時、伊勢の三重から来ている采女(うねめ)が酒を持った大盃(おおさかずき)を天皇のもとに捧(ささ)げて運んだ。

その盃に百本枝の槻の木の葉が落ちた。采女はそれに気付かず、そのまま天皇に大盃を差し出した。天皇は酒に浮いた葉を見て、采女をその場に押し倒して押さえ込み、首に刀を当てて殺そうとしたが、その時、采女が天皇に向かって言うには——

「私を殺さないで下さい。申し上げたいことがあります」と言った。

そして歌って言うには——

纏向(まきむく)の　日代(ひしろ)の宮は
朝日の　日照(ひで)る宮
夕日の　日がける宮

属製。威力から言えば重機というところ。それを五百台並べても探し出すという。力に任せるのはこの天皇の性格である。

鉏き撥ぬる　鋤き返して土をはねちらかす。「すく」は櫛で髪を「梳く」でもある。乙女を探そうと「草の根を分ける」に近い。

金鉏の岡　実在しない。話のついでに地名の由来を捏造しただけ。

槻　欅（ケヤキ）。大木になる。枝は長く横に伸び、その下では宴会が催せるほど。この話には巨樹信仰の雰囲気がある。

三重　伊勢国三重郡。

采女　郡司など地方豪族の家から当主の姉妹や娘など

竹の根の　根足る宮
木の根の　根蔓ふ宮
八百土よし　い杵築の宮
真木さく　檜の御門
新嘗屋に　生ひ立てる
百足る　槻が枝は
上つ枝は　天を覆へり
中つ枝は　東を覆へり
下枝は　鄙を覆へり
上つ枝の　枝の末葉は
中つ枝に　落ち触らばへ
中つ枝の　枝の末葉は
下つ枝に　落ち触らばへ
下枝の　枝の末葉は
あり衣の　三重の子が
捧がせる　瑞玉盞に

を出仕させる制度、ないしその当人。忠誠を保証する人質という説もあるが、一族にあって霊力を担う女性を宮廷に集めて地方の力を削いだのかもしれない。

それに気付かず　目より高く捧げ持っていたから。采女の仕事の一つに天皇の食膳の世話をすることがある。相手が相手だけに粗相は赦されない。

纏向の　日代の宮　本来ならば景行天皇の宮で、雄略帝は長谷（はつせ）の朝倉宮だから食い違うのだが、どうもこの宮の名の方がめでたい。いずれにしても既成の歌がこの場に填め込まれたわけだから。

朝日の　日照る宮／夕日の日がける宮　ホノニニギ

浮き脂(あぶら)　落ちなづさひ
水(みな)こをろこをろに　是(こ)しも　あやに畏(かしこ)し
高光る　日の御子(みこ)
事の　語言(かたりごと)も　是(こ)をば

纏向の日代の宮は朝日に照り映える宮、夕日に輝く宮、
竹の根が縦横に走り、木の根が密集する宮、
(八百土よし)土を杵で突き固めた立派な宮
(真木さく)檜の御門を設けた
新嘗(にいなめ)の祭りのための見事な宮
そこに立った槻の木には枝が百本
上の枝は天を覆い、中の枝は東国を覆い、下の枝は辺境を覆う。
上の枝先の葉は落ちて中の枝に触れ、
中の枝先の葉は落ちて下の枝に触れ、
下の枝先の葉が落ちかかって

が天から日向の高千穂に降り立った時の発言(P139)にあるような賛美の定型句。こういう展開のためにも場所は「日代の宮」でなければならない。

竹の根の　根足る宮/木の根の　根蔓ふ宮　次と繋がって、建物の基礎がしっかりしている意。地震の時は竹林に逃げ込めとも言う。

八百土よし　い杵築の宮　「八百土よし」は枕詞だと言うが、元の意味は充分残っている。よい土を杵でしっかりと突き固めた上に建てた宮。版築(はんちく)工法である。

真木さく　檜に掛かる枕詞。スギやヒノキは木目が通っていて真っ直ぐに割けるから、まだ鋸がなかった古代

（あり衣の）三重の采女が捧げ持った
美しい大盃にはらりと入って、
脂が浮くように漂うさまは、
古(いにしえ)の「水こおろこおろ」の場面さながらのめでたさ。
光り輝く日の御子さま、
ことはこういう次第にございます。

と歌った。
この歌を献上したので、罪は赦(ゆる)された。
そこで大后(おおきさき)が歌った。
その歌に言うことには――

倭(やまと)の　この高市(たけち)に
小高(こだか)る　市のつかさ
新嘗屋(にひなへや)に　生ひ立(だ)てる

には建材として多用された。

新嘗屋　収穫祭である新嘗のための仮設の建物。

上つ枝は……　以下、枝を連ねる三段階のレトリックが二回繰り返される。それがこの采女の出身地である「三重」という地名に重なる。

あり衣の　三重に掛かる枕詞。「あり衣」は絹の着物で、それを重ねて着るから「三重」になる。後の十二単衣（じゅうにひとえ）を連想させる。

瑞玉盞　瑞も玉も美称。盞は酒杯で「うき」と読む。大皿のように大きかった。

浮きし脂・水こをろこをろに　イザナキ・イザナミが大地を創った場面（P39）をあからさまに引用してい

葉広（はびろ） ゆつ真椿（まつばき）
其（そ）が葉の 広（ひろ）り坐（いま）し
その花の 照り坐す
高光る 日の御子（みこ）に
豊御酒（とよみき） 献（たてまつ）らせ
事の 語言（かたりごと）も 是（こ）をば

大和の市が開かれるこの岡に、小高いこの岡に、
新嘗の儀式のために建てた宮、
その横に繁る神聖な椿、
その葉が広いように、その花が照り映えるように輝く
日の御子にこそ、御酒を差し上げなさい。
と、こういうことでございます。

代わって天皇が歌って言うには――

る。つまりあの場面は雄略の時代の人々に広く知られていたのだ。みなの教養がこの采女の命を救ったとも言える。

そもそもこの歌はおそらく天皇の即位式である大嘗祭のためのもので、それがこの場に嵌め込まれたのだろう。大嘗祭では仮に時代を高天の原まで戻って天地創造を繰り返すことで天皇の権威を確認した。

全体を講評すれば、この天皇はともかく気が短くてかなわない。采女はレトリックを総動員して、命がけでほめまくって、手討ちにされる危機を逃れたわけだ。

大后 ワカクサカベ。

高市 大和国に高市郡はあ

ももしきの　大宮人は
鶉鳥　領巾取り懸けて
鶺鴒　尾行き合へ
庭雀　うずすまり居て
今日もかも　酒水漬くらし
高光る　日の宮人
事の　語言も　是をば

（ももしきの）宮廷に仕える者たちよ、
鶉が肩にスカーフを掛けているのを真似て
鶺鴒が尾を交わすのを真似て、
また雀が蹲るのを真似て、
今日ばかりは酒に浸るまで飲みに飲んで、
輝く日の御子を讃えよう。
と、まあ、こういうことだ。

るが、ここは地名になる前の一般名詞かもしれない。小高いところは人が集まって市（いち）を開きやすかった。市（いち）・町（まち）・道（みち）、どれも「ち」は道の意であり、巷（ちまた）も道が分かれるところのこと。

つかさ　小高いところ。役人などを意味する「司」の字を「つかさ」と呼ぶのはその転用。高いところから号令したのだろう。

新嘗屋　そこに収穫祭の仮屋を造った。

葉広　ゆつ真椿　「葉広」は美称。「ゆつ」は「神聖な」の意。市が立つ岡に目印として椿が植えられていたのだろう。椿は常緑で花も派手でいかにもめでたい。

と歌った。

この三つの歌は天語歌である。

この豊楽の宴に三重の采女を誉めて、多くの品々を賜った。

この豊楽の日、春日のヲドヒメが大御酒を差し上げた時、

天皇が歌って言うには——

みなそそく　臣の嬢子　ほだり取らすも
ほだり取り　堅く取らせ
下堅く　弥堅く取らせ　ほだり取らす子

（みなそそく）酒器を持つ乙女よ、
それをしっかり持てよ、
間違いのないように、できるかぎり、しっかり持てよ、
乙女よ。

ももしきの　「大宮」に掛かる枕詞。
鶉鳥　ウズラ。鳥が付くのは鴛（ヲシ）がヲシドリになるのと同じく歌謡の語法。
領巾取り懸けて　ウズラの肩から胸にかけて斑紋があるのを領巾（ひれ）、すなわちスカーフないしショールに喩えた。
鶺鴒　セキレイ。尾をぴくぴくと動かす仕種が性交を思わせるので、イザナキとイザナミがやりかたがわからない時にそれを教えたという伝説があり、それ故にトツギヲシヘドリという異名を持つ。ここは明らかにこの歌詞に合わせた滑稽で猥褻な所作があったはず。
天語歌　歌の種類としかわ

と歌った。

これは宇岐歌である。

そこでヲドヒメも歌を返して言うことには——

やすみしし　我が大君の
朝戸には　い倚り立たし
夕戸には　い倚り立たす
脇机が下の　板にもが　あせを

（やすみしし）我が大君が
朝にも身を預ける脇息の、
夕べにも身を預ける脇息の、
その腕の乗る板になりたいものでございます、
我が君どの。

と言った。

からない。いずれにしても宴会で舞を伴う賑やかな歌である。

春日のヲドヒメ　天皇が行ったら岡に逃げ込んでしまったあの乙女である。

みなそそく　漢字で書けば「水灌」。「臣」に掛かる枕詞だが、ここでは酒を注ぐという場面にも合っている。

臣の嬢子　宮廷に仕える乙女。

ほだり　「ほ」は「秀」で優れて丈が高いことを表す。「たり」は酒器。盃に酒を「垂らす」からか。後の樽（たる）にも通じるが、この時代には保存ではなく給仕用の器。受けるのが大盃だから「ほだり」もずいぶん大きくて重かったのでは

これは志都歌（しつうた）である。

天皇は享年百二十四。己巳（つちのとみ）の年の八月九日に亡くなった。

御陵は河内の多治比（たじひ）の高鸕（たかわし）にある。

ないか。

　この歌では「ほだり」が三回、「取らす」が五回、「堅く」が三回出てくる。宴のはじめに乙女が天皇の大盃に酒を注ぐ時に歌われたのかもしれない。半ば注意を促し、半ばは囃してからかうような。

堅く取らせ　先の三重の采女など大盃に木の葉が一枚浮いていただけで殺されかけたのだから。

宇岐歌　ウキは盞（さかずき）のこと。

脇机　貴人が坐る席の脇に置かれる肘掛け。

あせを　囃し言葉であり、これが乙女個人の詠ではなく宴会の席での集団の天皇讃歌であることを示す。

河内の多治比の高鸕　大阪

二十二代清寧天皇から二十五代武烈天皇まで

先帝の子である白髪大倭根子命は伊波礼の甕栗宮に住んで
天下を治めた。
この天皇には皇后がおらず、子もなかった。
そこで名代として
白髪部
を定めた。
亡くなった後、次に天下を治めるべき王がいなかった。
次の天皇となる人を探し求めたところ、イチノヘノオシハ
の妹である
忍海郎女（オシヌミのイラツメ）、別名を
飯豊王（**イヒトヨのミコ**）

府羽曳野市。後にこの墓はあばかれそうになる。

白髪大倭根子命　二十二代清寧（せいねい）天皇。

伊波礼の甕栗宮　「伊波礼」は奈良県桜井市。初代神武天皇「カムヤマトイハレビコ」の名の一部である。甕栗宮は不詳。

王がいなかった　允恭・安康・雄略・清寧と父子ないし同母の兄弟を経て続いた皇統はここでひとまず途絶える。

イチノヘノオシハ　十七代履中天皇（允恭天皇の兄弟）と黒比売の間の子。清

が葛城の忍海(おしぬみ)の高木の角刺宮(つのさしのみや)にいることがわかった。

　この時、

　山部連小楯（ヤマベのムラジ・ヲタテ）

を針間の宰(みこともち)に任命した。

　山部連小楯(ヤマベのムラジヲタテ)はその国に住む、名を

　　志自牟(シジム)

という者の家の新築を祝う宴会に招待された。宴は大いに盛り上がり、酒も入った勢いでみなが舞いはじめた。

　そこで竈(かまど)のところで火の番をしていた二人の少年にも舞わせることにした。

　その一方が言うには――

「兄さん、先に舞いなよ」

と言うと、兄もまた、

「弟、お前が先に舞え」と言った。

寧天皇からすれば祖父の兄弟の子。雄略天皇に殺された。Ｐ３６３とＰ３９３の注も参照。

忍海郎女　履中天皇の系譜には「青海郎女、別名は、飯豊郎女」とあった（Ｐ３６３）。この女性は中継ぎの仮の天皇だったのかもしれない。

　忍海は大和国忍海郡。

高木の角刺宮　高木は地名ではなく猟に好都合な高いところの意か。

　角刺宮は、千木（ちぎ）が角のように突出しているなど、建物の形に由来する美称ではないか。

山部連小楯　ここで初めて登場する。「山部大楯連」についてはＰ３５７の注を

二人が譲り合っているのを見てその場のみなが笑った。

結局、兄がまず舞って、次に弟が舞う時に、舞に言葉を付けてゆっくりと言うことには――

物部の　我が夫子が
取り佩ける　太刀の手上に　丹画き著け
其の緒は　赤幡を載り　赤幡を立てて
見ゆれば五十隠る　山の三尾の
竹をかき苅り　末押し縻かすなす
八絃の琴を調べたる如
天の下治め賜ひし
伊邪本和気の　天皇の御子
市辺の　押歯王の　奴末

勇猛な私の主君が腰に着けた太刀、その太刀の柄は丹を赤く塗り、その紐には赤い布を飾り赤い旗を立てる

参照。
針間　播磨。
志自牟　逃げてきた二人の王子を匿った家の主（P394）。
シジムは口を「つぐむ」の意で、静寂のことを「しじま」というのも同じ。また貝のシジミもなかなか口を開かないことからこれに由来されるという。
新築を祝う宴会　ヲウスのミコト（後のヤマトタケル）がクマソタケルを討ったのも新築の宴であった。
みなが笑った　少年たちは原文では「二人」ではなく「二口」と書かれている。火の番は卑しい仕事で、まだ子供だということもあって、一人前には扱われていない。それが礼節を尽くし

が、それが目立つのとは逆に山の尾根に見ても隠れるような竹を根から刈り取り、それを先がずらりと並ぶように地面に敷くように、あるいは八絃（はちげん）の琴を正しく調弦するように、天下をまちがいなく治められた天皇の子、イチノヘノオシハのその子こそ、私たちだ。

と言った。

それを聞いたヲタテは驚きのあまり坐っていた床から転がり落ち、すぐにその場に居合わせた者どもをすべて追い出し、二人の王子を両の膝に坐らせて、感激の涙にむせんだ。

それから人々を集めて仮宮を仕立て、そこに兄弟を入れて、駅使（はゆまづかい）を宮中に送った。

二人の叔母に当たる飯豊王（イヒトヨのミコ）は大いに喜んで兄弟を呼び寄せた。

この二人がまだ天下を治めるようになる前に、平群（へぐり）の臣の

て互いに譲り合う姿を笑った。後にこの二人が皇位を譲り合うことの伏線。

ゆっくりと言う　原文は「詠」という字で「ながめごと」と読まれる。つまり悠然たる語りであって歌ではないらしいのだが、舞に合わせた以上は節がなかったとも思えないのでここは歌謡の形で書く。

物部の　我が夫子が　以下、上記の訳文に記したとおりだが、なお要約すれば——太刀の飾りから始まって、連想で竹に至り、琴に繋がり、それを正しく調律するかのように天下を治めた履中天皇の子であるイチノヘノオシハの子が自分たちだ、と名乗る。

しかし、「正しく調律す

祖先である

　志毘臣（シビのオミ）

が歌垣に出てきて、袁祁命（ヲケのミコト）が声を掛けていた乙女の手を取ったことがあった。

その乙女は菟田（うだ）の首の娘で、名を

大魚（オフヲ）

と言った。

言うまでもなく、ヲケもその歌垣の場にいた。

そこで志毘臣（シビのオミ）が歌って言うには――

　大宮（おほみや）の　彼（をと）つ端手（はたで）　隅傾（すみかたぶ）けり

　おまえの家のあっちの端は傾いているぞ。

と歌った。

こう歌って、返しを求めたところ、ヲケが歌い返して言う

るかのように天下を治めた」を履中ではなくイチノヘノオシハに掛かるという読みもある。二人の父は事実上すでに天皇だったと考える。

両の膝に坐らせて　そんなに幼く小さかったはずはないけれど、すべては神話的な時間の中の話。雄略天皇の寿命が百二十四歳だったと同じことで歴史としてつじつまを合わせない方がいい。

駅使　急使。ヤマトタケルが亡くなった時のことを思い出そう。

叔母　父の妹。

二人がまだ　それぞれ後の二十三代顕宗天皇と二十四代仁賢天皇になるから、そ

には――

大匠（おほたくみ）　拙劣（をぢな）みこそ　隅傾（すみかたぶ）けれ

大工がへたくそで隅が傾いただけさ。

それを聞いてシビが歌って言うことには――

王（おほきみ）の　心を緩（ゆら）み

臣（おみ）の子の　八重（やへ）の柴垣（しばかき）　入り立たずあり

おまえの心がたるんでいるから、

わたしの八重の柴垣に入れないんだ。

そこで王子（みこ）がまた歌って言うには――

の即位以前ということ。

平群の臣　P202の注参照。

志毘臣　シビは今でいうマグロのこと。だからこの先でヲケにからかわれる。すぐ先には大魚（オフヲ）がいるし、後世の蘇我入鹿（ソガのイルカ）はイルカのことだし、魚の名が人の名というのも珍しいことではない。

歌垣　集団で互いに歌を掛け合う求婚の行事。そこでライバル同士の歌合戦になった。

菟田の首　不詳。首（おびと）は「おほひと」であり、首長の意。

彼つ　「をとつ」はこちらから見て遠い方。「おととい」や「おととし」も同じ。

潮瀬の　波折を見れば
遊び来る　鮪が端手に　妻立てり見ゆ

速い潮に重なる波また波を見ると
鮪の鰭の横になんと妻が立っている。

シビがいよいよ怒って歌って言うことには――

王の　御子の柴垣
八節結り　結り廻し
切れむ柴垣　焼けむ柴垣

おまえの芝垣はあっちこっち縛ってはあるけれど、
所詮は芝垣、切れば切れるし焼けば焼ける。

王子が歌って返すには――

返しを求めた　歌合戦だから歌いかけられたら歌で返す。

八重の柴垣　その中に大魚（オフヲ）という乙女を連れ込もうという意。

鮪　同音の鮪（しび）に相手の姓の志毘（しび）を懸けてからかう。鮪のくせに妻がいるとは笑止千万。またここの「端手」はシビの最初の歌の「端手」と同じだが、最初は家の端でここでは鮪の鰭である。相手の言葉を取って鋭く切り返した。

御子の柴垣　もともと芝垣を持ち出したのはシビで、今度は相手の芝垣をけなしている。

大魚(おふを)よし　鮪突(しびつ)く海人(あま)よ
其(し)があれば　心恋(うらこほ)しけむ　鮪突く鮪(しび)

（大魚よし）鮪を突こうとしている漁師さん
鮪が逃げたら泣きっ面、鮪(しび)突く志毘(しび)さん。

こう歌って、夜が明けるまで歌合戦を続けて、やがてそれぞれ帰宅した。

その朝、兄のオケと弟のヲケが相談して言うことには――「朝廷の連中は午前中は宮中に行くが、昼にはシビの家に集まる。今ならばシビは寝ている。それにあいつの家には誰もいない。今ここで討たなければ機会はない」と言って、兵を動かして家を囲み、シビを殺した。

二人の王子は天皇の位を互いに譲り合った。

大魚よし　鮪に掛かる枕詞だが、この時代にはもう原義がわからなくなっていた。だから『古事記』の作者はこれを乙女の名と解釈した。

シビの家に集まる　勢力があるからみなが媚びる。

シビを殺した　乙女を廻る争いはそのまま権力争いである。

互いに譲り合った　兄弟で

兄のオケが弟のヲケに譲って言うことには——

「針間のシジムの家に住んでいた時、きみがぼくたちの名を敢えて公表しなければ皇位は回ってこなかった。これはきみの手柄だ。だから、ぼくの方が兄ではあるが、きみがまず天下を治めるのがいい」と言って、どうしても譲る意思を枉げなかった。

そうまで言われると辞退のしようもなくて、ヲケが天下を治めた。

イザホワケの子のイチノヘノオシハの子であるヲケは近飛鳥宮に住んで天下を治めること八年に及んだ。

この天皇は

石木王（イハキのミコ）の娘

難波王（ナニハのミコ）

を妻としたが、子はなかった。

皇位を譲り合う話はオホサザキとウヂノワキの間にもあったが、ウヂノワキが亡くなったのでオホサザキが即位した（仁徳天皇）。P321の注も参照。この場合は異母兄弟であるが、このオケとヲケは同母の兄弟である。譲り合う話があるということは、争う方が普通だったからだろう。長い空位の後だからこそ、美談が必要になったとも言える。

イザホワケ　十七代履中天皇。

ヲケ　二十三代顕宗（けんぞう）天皇。原文では「袁祁之石巣別命」。「石巣」はここで初めてこの名に加わった。皇位に就いたから名前も長く立派にしたのか。

天皇が父であるイチノヘノオシハの遺体を探していたところ、淡海国に住む身分の低い老女が参上して言うことには
「王子さまのご遺体を埋めた場所を私はよく存じております。歯を見ればそれと知れるはずでございます」と言った。（その歯は先が三つに分かれた八重歯であった。）
そこで人民を動員して土を掘って遺体を探した。
首尾よく見つかったので、蚊屋野の東の山に御陵を造って埋葬し、韓帒の子孫を御陵の番人にした。
後に遺骨を倭に持ち帰った。
戻ってから、老女を呼び出して、父の遺体を埋めた場所がわからなくならないようよく見ておいたことを誉め、
置目老媼（**オキメ**のオミナ）
という名を授けた。
更に宮中に召し入れて、大事に住まわせた。
その場所も自分が居るところの近くにして毎日のように顔

石木王　雄略の子の磐城（イハキ）皇子か。
イチノヘノオシハの遺体　後の雄略であるオホハツセに殺され、その遺体は埋められて土は平らに均され、目印がなかった（P394）。
身分の低い老女　後に出る韓帒の縁者だったという説もある。
八重歯　めでたいとされた。実際に八重歯だったかどうか、「忍歯」という名からの連想で作られた話かもしれない。
蚊屋野　殺害の現場（P392）。
韓帒の子孫を……　オシハノミコを蚊屋野に誘ったのが韓帒だったので、その懲罰として。子孫とはいえ殺

を見た。

大殿の戸に鐸を懸けておいて、老女を呼びたいと思う時はその鐸を鳴らした。

そして歌を作ったのだが、その歌に言うことには——

浅茅原　小谷を過ぎて
百伝ふ　鐸ゆらくも　置目来らしも

（浅茅原）小谷から百の谷々まで響く音の鐸を
ゆらりと揺すって鳴らすと、置目がやってくる。

やがて置目老媼が言うことには——

「私もずいぶん老いました。元の国に戻りたいと思います」

と言った。

その言葉のとおりに帰らせることにしたが、そこで天皇が見送って歌って言うことには——

さないのは軽い罰と言える。

置目　遺体が埋められた場所に目を置いて、つまり視線を固定して、忘れぬようにした。

鐸　「ぬて」と読む。釣鐘のような大きな鈴。この字は銅鐸という言葉でのみ知られているが、実体はこういうものだった。

元の国に戻りたい　天皇の近くに仕えた女が老いて郷里に戻るのは采女の場合にしばしばあったことで、それへの連想があるかもしれない。

置目もや　淡海の置目
明日よりは　み山隠りて　見えずかもあらむ

オキメよ、淡海のオキメ、
明日からは山の向こう、姿も見えないのだなあ。

と歌った。

ずっと以前、まだ災難から逃げ回っていた頃に、乾飯を奪った猪甘と名乗った老人を天皇は探した。見つかったので呼び出し、飛鳥川の河原で斬って殺し、その子や孫は膝の腱を切って歩けないようにした。だから彼らは今もって倭に行く日には足が不自由な仕種で進むことになっている。

この老人がいた場所をはっきりと見て示したので、この地

猪甘　Ｐ３９５の注参照。

膝の腱を切って　そういう刑罰。

見て示したので　ここはよくわからない。志米須という地名も不詳。

を志米須と言う。

天皇は自分たちの父を殺したオホハッセを深く恨んで、その霊に報復をしたいと思っていた。

そこでオホハッセの御陵を壊そうと考えて人を送ろうとしたが、その時に兄のオケが言うことには——

「御陵を壊すということは人に任せてやらせるようなことではない。私が自分で行って、おっしゃるとおり壊してきましょう」と言った。

天皇が言うには——

「そういうことならば、行ってください」と言った。

オケは自ら赴いて、御陵の隅の方を少し掘っただけで戻って、

「壊してきました」と報告した。

オケがあまりに早く戻ったことを怪しんだ天皇が言うには

——

御陵を壊そう　墓はそれ自体が神聖なものであり、壊すというのはゆゆしきことである。父がオホハッセに殺され、埋められた時には地面を平らにされ墓の体裁さえなかった。その怨みが深いからこそ、こういう強い復讐心が生まれたのだが。

「どうやって壊しましたか」と問えば、答えて言うには――

「御陵の隅の方を少しだけ掘ってきました」と言った。

それを聞いて天皇が言うには――

「父王の仇に報いようと思って御陵を壊せと言ったのに、なぜ少し掘るだけにしたのですか」と言えば、答えて言うには――

「そうした理由を申し上げます。父王の怨みを殺害者の霊に報いようというのは一つの道理です。しかしこのオホハツセは、父の敵ではありますが、同時に我々には従父に当たり、しかも天下を治めた天皇でした。ただ父の敵に報いるという思いだけで天下を治めた天皇の御陵を壊したとなると、後の世の人たちが我々を非難するでしょう。それでも父の仇をそのままにはできない。そこで御陵の隅を少しだけ掘ることで仇を辱め、報復の思いを後の世に示すことにしたのです」と言った。

そう説明したところ、天皇が答えて言うことには――

従父　実際にはオホハツセ（二十一代雄略）は祖父（十七代履中）の兄弟（十九代允恭）の子。

我々を非難するでしょう　墓の神聖性と天皇の権威はそこまで強かった。遠い時代の話のようだが、現代に至っても考古学者はまったく同じ理由から天皇陵とされる古墳を発掘することが

「それもまた筋の通ったことですね。それでよろしいでしょう」と言った。

天皇が亡くなったので、兄のオケが後を継いで天下を治めた。

この天皇は享年三十八。皇位にあること八年だった。

御陵は片岡の石坏（いわつき）の岡の上にある。

ヲケの兄であるオケは石上（いそのかみ）の広高宮（ひろたかのみや）に住んで天下を治めた。

この天皇が

オホハツセの子である

春日大郎女（**カスガ**のオホ・イラツメ）を妻として生んだのが

高木郎女（タカキのイラツメ）、次に

財郎女（タカラのイラツメ）、次に

久須毘郎女（クスビのイラツメ）、次に

手白髪郎女（**タシラカ**のイラツメ）、次に

できない。科学的には否定されたとしても、ツタンカーメンの呪いの話もあるし。

片岡の石坏　大和国葛下郡。

オケ　意祁命。二十四代仁賢（にんけん）天皇。

石上　大和国山辺郡。

オホハツセの子である春日大郎女　なんと宿敵の娘だ。恋ではなく勝者の権利の行使なのか。

手白髪郎女　後に二十六代継体天皇の皇后になった。

小長谷若雀命（ヲハッセのワカサザキのミコト）、
次に
真若王（マワカのミコ）。
また、丸邇（わに）の
日爪臣（ヒツマのオミ）の娘である
糠若子郎女（ヌカのワクゴのイラツメ）を妻として生
んだのは、
春日山田郎女（カスガのヤマダのイラツメ）。
この天皇の子は合わせて七名。
そのうち、小長谷若雀命（ヲハツセのワカサザキのミコト）が次の天皇になった。
ワカサザキは長谷（はつせ）の列木宮（なみきのみや）に住んで天下を治めること八年
であった。
この天皇には後継者がいなかった。
そこで御子代（みこしろ）として
小長谷部（おはつせべ）

ワカサザキ　二十五代武烈（ぶれつ）天皇。この名に、雀（サザキ）が入っているのはオホサザキ（「大雀」、十六代仁徳天皇）の系譜に連なる最後の天皇だからか。
長谷の列木宮　大和国城下郡長谷郷。「列木」は地名か美称かわからない。
子代　P229の注参照。

を定めた。

御陵は片岡の石坏の岡にある。

天皇が亡くなった後、皇位を継承する者がいなくなった。そこで品太(ホムダの)天皇から五代を隔てた孫の袁本杼命（ヲホドのミコト）を近淡海国(ちかつおうみのくに)から呼び寄せ、手白髪郎女(タシラカのイラツメ)を妻として配して、天下を治めさせた。

品太天皇　十五代応神天皇。

袁本杼命　次の二十六代継体天皇のことだが、五世の孫とあるだけでその間を繋ぐ具体的な人名が挙げられてない。

近淡海国から呼び寄せ　天皇は後継者確保のために子を増やさなければならない。しかし増えすぎるのも困る。皇位継承はなにかとトラブルだし、それを避けるために地方に向かう（母が采女ならば実家に帰る）例も増える。そうして朝廷から離れて久しい子孫が呼び戻された。これは皇統の危機であった。

天下を治めさせた　重臣たちの合議があったのだろう。

二十六代継体天皇から三十三代推古天皇まで

品太王（ホムダのミコ）の五代目の孫である袁本杼命（ヲホドのミコト）は伊波礼（いはれ）の玉穂宮（たまほのみや）に住んで天下を治めた。

天皇が
三尾（みお）の君などの祖先である
若比売（ワカ・ヒメ）を妻として生んだ子は――
大郎子（オホ・イラツコ）、次に
出雲郎女（イヅモのイラツメ）。以上二名。

次に、
尾張（おわり）の連などの祖先である
凡連（オホシのムラジ）の妹、
目子郎女（メコのイラツメ）を妻として生んだ子は
広国押建金日命（ヒロクニ・オシタケ・カナヒのミ

袁本杼命　二十六代継体（けいたい）天皇。
伊波礼の玉穂宮　伊波礼は倭国十市郡。玉穂宮は美称。
三尾　P229に注。
若比売　女性を一族の祖先とした例は他にもある。
大郎子　これは長男という意味だから他にちゃんとした名があったはず。
尾張の連　P191に注。
目子　美女の意か。
広国押建金日命　後に二十七代安閑天皇になる。
建小広国押楯命　後に二十八代宣化天皇になる。

コト）、次に
建小広国押楯命（タケ・ヲヒロクニ・オシタテのミ
コト）。以上二名。
また、
オケの子である、
タシラカノイラツメを大后として生んだ子は、
天国押波流岐広庭命（アメクニ・オシハルキ・ヒロ
ニハのミコト）。以上一名。
また、
息長真手王（オキナガマテのミコ）の娘、
麻組郎女（ヲクミのイラツメ）を妻として生んだ子は、
佐佐宜郎女（ササゲのイラツメ）。以上一名。
また、
坂田大俣王（サカタのオホマタのミコ）の娘、
黒比売（クロ・ヒメ）を妻として生んだ子は、
神前郎女（カムサキのイラツメ）、次に

タシラカノイラツメ　仁徳から直系の二十四代仁賢天皇の娘だから、これでだいぶ血が濃くなった。
天国押波流岐広庭命　後に二十九代欽明天皇。
息長　近江国坂田郡の地名。
坂田　近江国坂田郡。
黒比売　美称。髪が漆黒だから。
神前　地名としては近江国

茨田郎女（マムタのイラツメ）、次に
馬来田郎女（ウマクタのイラツメ）。以上三名。
また、
茨田の連である小望（ヲモチ）の娘、
関比売（セキ・ヒメ）を妻として生んだ子は、
茨田大郎女（マムタのオホ・イラツメ）、次に
白坂活日子郎女（シラサカのイクヒのコイラツメ）、
次に
小野郎女（ヲノのイラツメ）、別名は
長目比売（ナガメ・ヒメ）。以上三名。
また、
三尾の君である加多夫（カタブ）の妹、
倭比売（ヤマト・ヒメ）を妻として生んだ子は、
大郎女（オホ・イラツメ）、次に
丸高王（マロコのミコ）、次に
耳王（ミミのミコ）、次に

神崎郡神崎郷。
茨田　河内国茨田郡茨田郷。
馬来田　上総国望陁（まうた）郡。
白坂　地名か。
小野　近江国滋賀郡。

大郎女　長女。
丸高　もともとは個人名ではなく貴人の子に親しんで呼びかける語。
耳・赤比売　どちらも愛称めいている。

　赤比売郎女（アカヒメのイラツメ）。以上四名。
また、
阿倍之波延比売（アベノハエ・ヒメ）を妻として生んだ
子は、
若屋郎女（ワカヤのイラツメ）、次に
都夫良郎女（ツブラのイラツメ）、次に
阿豆王（アヅのミコ）。以上三名。
この天皇の子は合わせて十九名。（男王七名、女王十二
名。）
この中で、天国押波流岐広庭命（アメクニオシハルキヒロニハのミコト）は後に天皇になった。
また、広国押建金日命（ヒロクニオシタケカナヒのミコト）も天皇になった。
また、建小広国押楯命（タケヲヒロクニオシタテのミコト）も天皇になった。
佐佐宜王（ササゲのキミ）は伊勢神宮を祀（まつ）る役に就いた。
この天皇の治世に
竺紫（つくし）の君である石井（イハヰ）
がなにかと命令に従わず無礼なふるまいも多かったので

天国押波流岐広庭命は後に天皇に……　先に述べたように二十九代欽明天皇だが、他の二人を差し置いてこの名を出したのは、彼が母を経て仁徳の直系と言えるからか、あるいは二十七代安閑と二十八代宣化は架空の存在なのかもしれない。

佐佐宜王　ササゲは豆の一種だが、伊勢の斎宮になったわけだし、あるいはこの名は神にものを「捧げる」の意を含むか。ヤマトタケルを助けた叔母ヤマトヒメのように、伊勢の斎宮は『古事記』においてなかなか重要な役割を担う。

竺紫の君である石井　『日本書紀』には「筑紫国造磐

物部荒甲之大連（モノノベのアラカヒノ・オホムラジ）、大伴之金村連（オホトモノ・カナムラのムラジ）を遣わして石井を殺した。

この天皇、享年は四十三。（丁未の年の四月九日に亡くなった。）

御陵は三島の藍の御陵である。

先帝の子であるヒロクニオシタケカナヒは勾の金箸宮に住んで天下を治めた。

この天皇には子がなかった。（乙卯の年の三月十三日に亡くなった。）

御陵は河内の古市の高屋の村にある。

先帝の弟であるタケヲヒロクニオシタテは檜坰の廬入野宮に住んで天下を治めた。

この天皇が

井」と書く。新羅と通じて朝廷に反抗したので物部大連麁鹿火（モノノベのオホムラジ・アラカヒ）がこれを攻めて斬ったという。

三島の藍　摂津国嶋下郡安威（あい）郷。

ヒロクニオシタケカナヒ　二十七代安閑（あんかん）天皇。

勾の金箸宮　今の奈良県橿原市曲川。

河内の古市の高屋の村　河内国古市郡に高屋神社があるがそのあたりか。

タケヲヒロクニオシタテ　二十八代宣化（せんか）天皇。

オケの子である
　橘之中比売命（タチバナノ・ナカツ・ヒメのミコト）
　　を妻として生んだ子は
　　石比売命（イシヒメのミコト）、次に
　　小石比売命（ヲイシ・ヒメのミコト）、次に
　　倉之若江王（クラノ・ワカエのミコ）。
また、
川内之若子比売（カフチノワクゴ・ヒメ）を妻として生
んだ子は、
　火穂王（ホノホのミコ）、次に
　恵波王（ヱハのミコ）。
この天皇の子は合わせて五名（男王三名、女王二名）であ
った。
火穂王は志比陀の君の祖先、
恵波王は韋那の君、多治比の君の祖先である。

檜坰の廬入野宮　檜坰は大和国高市郡檜前（ひのくま）郷。廬入野も地名だろう。
オケ　二十四代仁賢天皇。
橘之中比売命　この娘のことは『古事記』に書いてない。
石比売命　この「石」は「イハ」ではなく「イシ」と読めと細注にある。この人は二十九代欽明天皇の大后になった。
小石比売命　姉が石比売だから妹は小石比売。
倉之若江王　次の細注では「男三女二」とあって、この人を男にしないと数が合わないが、『日本書紀』には女となっていて、欽明の后の一人である。
川内之若子比売　川内は河

先帝の弟であるアメクニオシハルキヒロニハは師木島の大宮に住んで天下を治めた。

この天皇が
檜坰天皇の子である
石比売命を妻として生んだのが、
八田王（ヤタのミコ）、次に
沼名倉太玉敷命（ヌナクラ・フトタマシキのミコト）、次に
笠縫王（カサヌヒのミコ）。以上三名。

その妹の
小石比売命を妻として生んだのは、
上王（カミのミコ）。以上一名。

次に
春日之日爪臣（カスガ・ノ・ヒツマのオミ）の娘、
糠子郎女（ヌカコのイラツメ）を妻として生んだ子は、
春日山田郎女（カスガのヤマダのイラツメ）、次に

内だろう。
志比陀　摂津国河辺郡。
韋那　摂津国河辺郡為奈郷。
多治比　河内国丹比郡と関係があるか。

このあたりまで来ると、すぐ先で聖徳太子や蘇我馬子が登場して、我々の知っている歴史時代に入る。そこはもう『古事記』の守備範囲の外であり、神話の空気はかけらもない。

アメクニオシハルキヒロニハ　二十九代欽明（きんめい）天皇。
師木島　大和国磯城（しき）郡磯城嶋（しきしま）。後にこの地名は「敷島の」という大和に掛かる枕詞になる。

麻呂古王（マロコのミコ）、次に宗賀之倉王（ソガ・ノ・クラのミコ）、以上三名。

また、宗賀之稲目宿禰大臣（ソガ・ノ・イナメのスクネのオホオミ）の娘、岐多斯比売（キタシ・ヒメ）を妻として、生んだ子は、橘之豊日命（**タチバナ・ノ・トヨヒ**のミコト）、次に妹の石坰王（イハクマのミコ）、次に足取王（アトリのミコ）、次に豊御気炊屋比売命（**トヨ・ミケ・カシキヤ・ヒメ**のミコト）、次にまた麻呂古王（マロコのミコ）、次に大宅王（オホヤケのミコ）、次に伊美賀古王（イミガコのミコ）、次に山代王（ヤマシロのミコ）。次に妹の

檜坰天皇　二十八代宣化天皇。
沼名倉太玉敷命　後の三十代敏達天皇。
上王　上は大和の地名かもしれない。
麻呂古王　なぜかすぐ後にまた出てくる。そして三十四代舒明天皇の父となる。
宗賀之倉王　次がまた「宗賀之稲目宿禰大臣」とソガだから出てきただけか。言葉遊びは『古事記』に少なくない。
宗賀之稲目宿禰大臣　ソガは大和国高市郡の地名。蘇我氏と関わりがある。
岐多斯比売　次に見るように二人の天皇の母となった。
橘之豊日命　後の三十一代用明天皇。
足取王　アトリは小鳥の名。

大伴王（オホトモのミコ）、次に
桜井之玄王（サクラヰノユミハリのミコ）、次に
麻奴王（マヌのミコ）、次に
橘本之若子王（タチバナのモト・ノ・ワクゴのミコ）、次に
泥杼王（ネドのミコ）。以上十三名。

次に
岐多志比売（キタシヒメ）の叔母である
小兄比売（ヲエ・ヒメ）を妻として生んだ子は、
馬木王（ウマキのミコ）、次に
葛城王（カヅラキのミコ）、次に
間人穴太部王（**ハシヒトのアナホベ**のミコ）、次に
三枝部穴太部王（サキクサベのアナホベのミコ）、
別名は
　須売伊呂杼（スメイロド）、次に
長谷部若雀命（**ハツセベのワカサザキ**のミコト）。

豊御気炊屋比売命　三十三代推古天皇。

小兄比売　蘇我稲目（ソガのイネメ）の妹。つまり蘇我馬子の叔母に当たる。

間人穴太部王　後に三十一代用明天皇の皇后になり、聖徳太子を生む。

須売伊呂杼　スメラミコトのイロド、つまり天皇の同母の弟の意だが、実際にはそうではなかった。単なる美称かもしれない。

以上五名。

この天皇の子は合わせて二十五名に上った。

この中で沼名倉太玉敷命（ヌナクラフトタマシキのミコト）が次の天皇になった。

その次に橘之豊日命（タチバナノトヨヒのミコト）が天下を治め、豊御気炊屋比売命（トヨミケカシキヤヒメのミコト）が天下を治め、更に、長谷部之若雀命（ハツセベノワカサザキのミコト）が天下を治めた。合わせて四名が天下を治めたことになる。

先帝の子であるヌナクラフトタマシキは他田宮（おさだのみや）に住んで天下を治めること十四年。

この天皇が異母妹である

トヨミケカシキヤヒメを妻として生んだ子は、

静貝王（**シヅカヒ**のミコ）、別名は

貝鮹王（**カヒタコ**のミコ）、次に

竹田王（タケダのミコ）、別名は

小貝王（ヲカヒのミコ）、次に

小治田王（ヲハリダのミコ）、次に

長谷部若雀命　後の三十二代崇峻天皇。蘇我馬子に暗殺された。

ヌナクラフトタマシキ　三十代敏達（びだつ）天皇。

他田宮　大和国城上郡。

静貝王、別名は貝鮹王　聖徳太子の妻になったという。「貝鮹」はイイダコのことらしい。

このあたり、母の豊御気炊屋比売や次の小貝王など、食べる物に関わる名が多い。

葛城王（カヅラキのミコ）、次に
宇毛理王（ウモリのミコ）次に
小張王（ヲハリのミコ）、次に
多米王（タメのミコ）、次に
桜井玄王（サクラヰのユミハリのミコ）。以上八名。

また
伊勢大鹿首（イセのオホカのオビト）の娘、
小熊子郎女（ヲクマコのイラツメ）を妻として生んだ
子は、
布斗比売命（フトヒメのミコト）、次に
宝王（タカラのミコ）、別名は
糠代比売王（ヌカデ・ヒメのミコ）。以上二名。

また、
息長真手王（オキナガマテのミコ）の娘、
比呂比売命（ヒロ・ヒメのミコト）を妻として生んだ
子は、

多米王　三十四代舒明天皇の妻となった。後の三十五代皇極天皇、重祚して三十七代斉明天皇。

伊勢大鹿首　伊勢国河曲（かはわ）郡に大鹿三宅神社がある。三宅は屯倉、つまり朝廷の領であって、この人はそこの首長だった。地方の豪族であり、娘を采女として天皇のもとに送ったのだろう。

宝王　三十四代舒明天皇の母。妻となった多米王の異母姉。

忍坂日子人太子（オサカ・ヒコヒトのヒツギのミコ）、別名は麻呂古王（マロコのミコ）、次に坂騰王（サカノボリのミコ）、次に宇遅王（ウヂのミコ）。以上三名。

また、春日中若子（カスガのナカツワクゴ）の娘、老女子郎女（オミナコのイラツメ）を妻として生んだ子は、難波王（ナニハのミコ）、次に桑田王（クハダのミコ）、次に春日王（カスガのミコ）、次に大俣王（オホマタのミコ）。以上四名。

十七名いたこの天皇の子の中で日子人太子（ヒコヒトのヒツギのミコ）が異母妹である

坂騰王　大和国添上郡に酒登荘（さかのぼりのしょう）という地名があると東大寺の古文書にある。

宇遅王　伊勢神宮の斎宮になったが、池辺皇子に犯されて解任されたと『日本書紀』にある。斎宮は清純でなければならなかったらしい。

田村王（タムラのミコ）、別名は
　糠代比売王（ヌカデヒメのミコ）
を妻として生んだ子がのちに岡本宮で天下を治めた天皇である。
　その他に
　中津王（ナカツミコ）と
　多良王（タラのミコ）がいた。以上三名。
また、
漢王（アヤのミコ）の妹、
大俣王（オホマタのミコ）を妻として生んだ子は、
智奴王（チヌのミコ）。次に妹の
　桑田王（クハダのミコ）。以上二名。
また、異母妹の
玄王（ユミハリのミコ）を妻として生んだ子は、
　山代王（ヤマシロのミコ）、次に
笠縫王（カサヌヒのミコ）。以上二名。すべて合わせ

田村王　P449の宝王の別名。

岡本宮で天下を治めた天皇　三十四代舒明（じょめい）天皇。父である忍坂日子人太子の別名もまた麻呂古王。マロコは貴人の子の通称だからそのまま正式の名になってしまったらしい。

智奴王　三十五代皇極（こうぎょく）天皇・三十六代孝徳（こうとく）天皇の父。

て七名。

（この天皇は甲辰（きのえたつ）の年の四月六日に亡くなった。）

御陵は川内（かわち）の科長（しなが）にある。

先帝の弟であるタチバナノトヨヒは池辺宮（いけのへのみや）に住んで天下を治めること三年。

この天皇が

稲目宿禰大臣（イナメのスクネのオオオミ）の娘、

意富芸多志比売（オホ・ギタシ・ヒメ）を妻として生んだ子は、

多米王（タメのミコ）。以上一名。

また異母妹である

間人穴太部王（ハシヒトのアナホベのミコ）を妻として生んだ子は、

上宮之廏戸豊聡耳命（ウへのミヤ・ノ・ウマヤトのトヨトミミのミコト）、次に

川内の科長　河内の磯長（しなが）の中尾陵がそれと言われる。母の入る陵墓に共に葬られたらしい。

タチバナノトヨヒ　三十一代用明（ようめい）天皇。

池辺宮　大和国十市郡池上（いけのべ）郷。

意富芸多志比売　この名は岐多斯比売の姉を意味するが、この人は欽明天皇の妻だった。父の妻の姉が子の妻になるというのはあり得ない。誤伝らしい。

上宮之廏戸豊聡耳命　聖徳太子。父が愛して宮殿の南の上殿に住ませたから「上宮」、母が廏舎の近くに行った時に生まれたから「廏

久米王（クメのミコ）、次に
植栗王（ヱクリのミコ）、次に
茨田王（マムタのミコ）。以上四名。

また
当麻之倉首比呂（タギマノクラのオビト・ヒロ）の娘、
飯女之子（イヒメノコ）を妻として生んだ子は、
当麻王（タギマのミコ）、次に妹の
須賀志呂古郎女（スガシロコのイラツメ）。

（この天皇は丁未の年の四月十五日に亡くなった。）
御陵は石寸の掖上にあったのを後になって科長の中の陵に移した。

先帝の弟であるハツセベノワカサザキは倉椅の柴垣宮に住んで天下を治めること四年。（壬子の年の十一月十三日に亡くなった。）
御陵は倉椅の岡の上にある。

戸」、たくさんの人が同時に言うことを聞き分けたから「豊聡耳」。ちなみに「聖徳」は仏教系の用語である。

当麻之倉首比呂　当麻は大和国葛（かづらき）下郡当麻郷。倉首は姓（かばね）。『懐風藻』に詩が一つ載っているという。これもまた歴史時代に入ったことを示すものだろう。

掖上　池上の誤記かもしれない。石寸（いはれ）の池辺ならば住んでいたところに近い。

ハツセベノワカサザキ　三十二代崇峻（すしゅん）天皇。

崇峻に関するこの素っ気なさは何だろう。妻や子の

先帝の妹であるトヨミケカシキヤヒメは小治田宮（おはりだのみや）に住んで天下を治めること三十七年。（戊子（つちのえね）の年の三月十五日に亡くなった。）

御陵は大野の岡の上にあったのを、後になって科長の大きな陵に移した。

こともなければ、陵についてもあまりに簡潔。『日本書紀』によれば崇峻は蘇我馬子に殺され、その日のうちに倉梯岡陵に葬られたという（これが『古事記』完成の百二十年前）。しかしそういうことに『古事記』は何の関心も示していない。

まるで太安万侶はさっさと『古事記』を終わらせようとしているかのようだ。あるいは書いたものがばっさり削除されたのか。

倉椅　大和国十市郡。

トヨミケカシキヤヒメ　三十三代推古（すいこ）天皇。日本で初めての女帝。東アジアで初めてとも言われる。

小治田宮　飛鳥にある。

御陵は……　『日本書紀』

は、臨終に際して「わざわざ陵を造って盛大に葬ったりしないでほしい。竹田皇子の陵に入れてくれればいい」と言ったと伝える。竹田皇子は息子。

彼女の人生もまた波瀾万丈だったが、『古事記』はそれを記述しないままそっと終わる。

〈古代天皇の系図〉（初代〜44代まで）

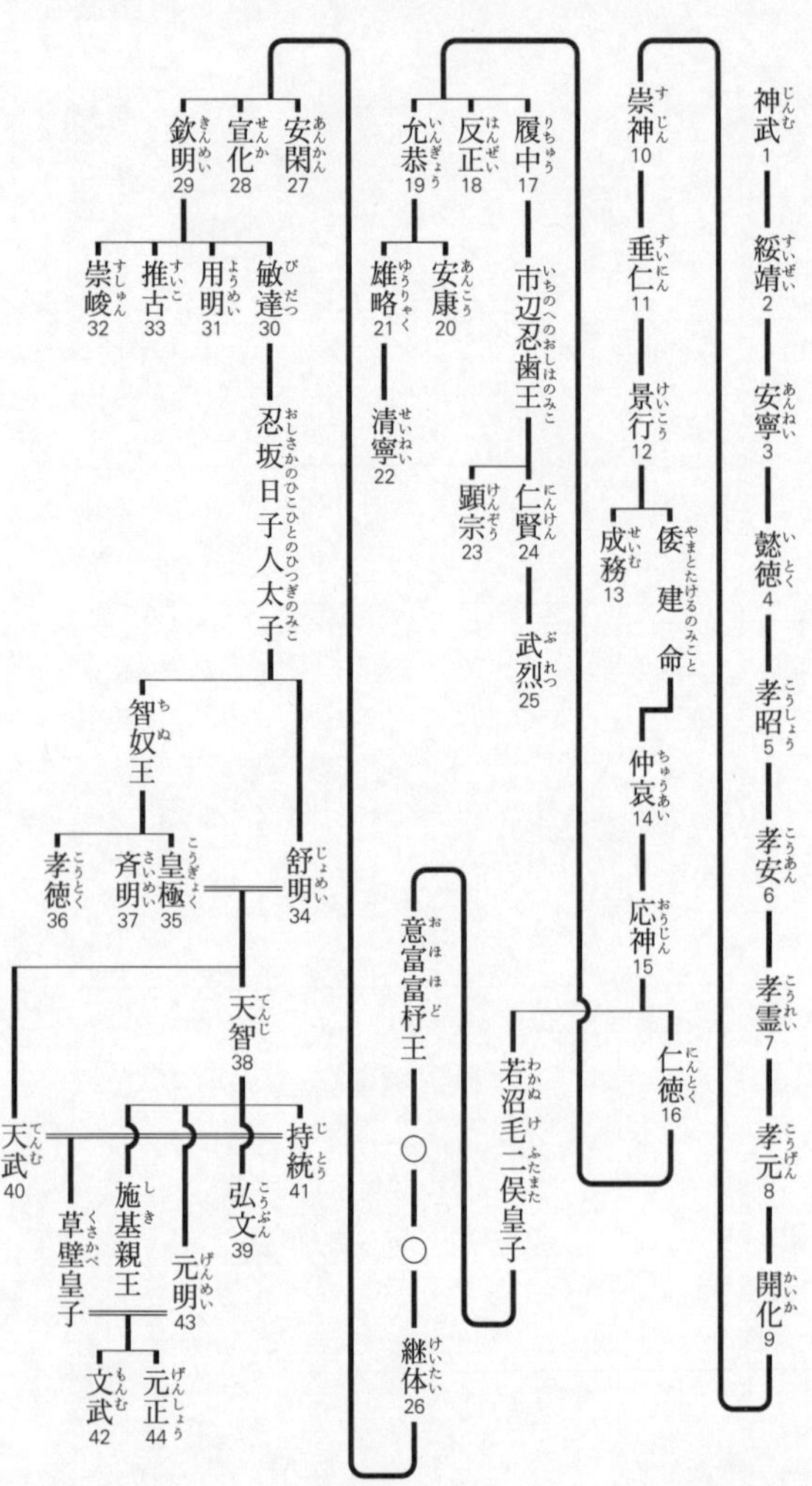

解説

池澤夏樹

翻訳は精読である。原典に書かれたことを一語残らず丁寧に読み取って別の言語に移す作業である。

だから、『古事記』の現代語訳を終えたぼくはこの日本で最初に完成した文学作品をすっかり読んだことになる。ぼくの目が辿らなかった文章はない。

それならばこのまとまらない思いは何だろう？　読後感ならぬ訳後感が与える戸惑いは何だろう？　豊饒（ほうじょう）と混乱、目前に聳える未だ整理のつかない宝の山、という印象は？

ぼくはこの本の最初に載せた「この翻訳の方針」という文章の中で、作者・太安万侶（おほのやすまろ）の「存在があまりに近く親しく感じられた」ために翻訳がむずかしかった、と書いた。それはそのとおり。しかしその一方で、彼の作者性が希薄であるがゆえに読んだ後に混乱した思いが残る、ということも否定できないのだ。

紫式部が『源氏物語』を書いたというのと同じ意味で太安万侶が『古事記』を書いたということはできない。彼は漢字で日本語を記すというイノベーションの主導者であり、天皇と国家の支援のもとに『古事記』を構築するプロジェクトの推進者であったけれど、しかし一個人ではなかった。自分の名を冠して巻頭に載せた「序」でさえ後世の偽書であるという説がある。この人物が実在したのは明らかだし、墓誌も見つかっているが、どこまで行っても彼はその職掌にあった官僚でしかない。まして稗田阿礼（ひえだのあれ）に至っては性別はおろか存在そのものが古代史の霧の中。

ことは引っ越しに似ている。

太安万侶は新居の側にいて搬入される荷物の置き場を指示する係なのだが、運び込まれるものが余りに雑多なので置くべき位置を速やかに指定できなかった。家財はどんどん運び込まれるのに、居間と寝室と書斎と地下の倉庫に向けての分類が間に合わない。厨房の横の酒庫・食料庫に入れるべきものも少なくないようだし。

この新居の設計図を描いたのはたしかに彼だけれど、事態は手に余った。他の例と比べれば、『アーサー王伝説』は何人もの騎士を巡るエピソードの束だが武勲と恋と宿命という主題は一貫している。ギリシャ神話だって神々と英雄たちに関するゴシップの範囲を出るものではない。『今昔物語』の説話群は、内容は多種多様であっても一つ残らず説話である。

『古事記』も部分を取り出せば同じようなものだと言える。

ヤマトタケルの生涯が出生からいくつもの冒険を経て死に至り、更に白い鳥となって飛び去るまでが詳細に辿られる。彼は粗暴な美少年から父に疎まれる悲劇の英雄になり、多くの女たちに慕われ、郷里に戻る途中で力尽きて亡くなった。系譜によればその一方で実はたくさん子供も作っていた。即位はしなかったし諡（おくりな）もないけれど、ほとんど天皇に準じる扱いを受けた。これが『古事記』において最も一貫性のある統一的な英雄物語である。

その前、オホクニヌシは兄弟たちと求婚に行く途中で兎（うさぎ）を助け、多くの試練を経てヤガミヒメの心を射止め、それとは別に根の国に行ってスサノヲの娘であるスセリビメを獲得して地上に戻って国を作った。しかしオホクニヌシはすでに混乱の中にある。一人の神だというのに名前が多すぎる。研究者に言わせれば彼は各地の豪族たちがそれぞれに立てていた神格を強引に統合して作られた神であり、だからこそそれらの神格を「大（オホ）きな国（クニ）の主（ヌシ）」という抽象的な名前でまとめなければならなかったのだ。

そもそも、アマテラスを始めとする天上界の神々はなぜオホクニヌシが統一した地上界を自分たちに譲らせるという迂遠な方法を経て統治権を確立したのか？　日本神話の神々はエホバのように全知全能ではない。地域ごとのまつろわぬ豪族どもを平定して国家を造るのにずいぶん苦労している。平定と中央集権の実現までの（たぶん現実の歴史に沿った）過程をどこかに反映している。出雲の勢力は倭の政権にとって最大の競争相手であって、その統合ないし懐柔は七世紀末になってもまだ伝承された記憶に生々しかったのだろう。だから『古事記』は『日本書紀』のようにあっさり出雲神話を無視できなかった。『日本書紀』が想定した読者はこの列島内だけでなく唐は長安の外務官僚たちも含んでいたから王権の正統性を強調せざるを得なかっただろうが、『古事記』にはそんな遠い慮りは要らなかった。

だからいよいよ混乱したのだろうか。執筆の意図自体が最初から欲張りすぎたものだった。帝紀と旧辞に混じった嘘を正すという天武天皇の指令はそうそう簡単には実現しない。何が嘘で何がまことかを決めるのは正に政治的なプロセスで、それがこの厖大な数の神名・人名のリストを生んだ。神と天皇とその周辺の人々を巡るエピソードの数々について、『古事記』は一つを採って他を捨てるという方針を貫いた。「一書に曰く……」と併記を重ねる『日本書紀』とはそこが違う。後者が妥協の産物ならば前者は決断の産物である。エピソード同士の間に矛盾が生じてもそれは問わないことにする。

太安万侶において見るべきは創造性ではなくエディターシップだ。先に引っ越しと言ったが、まずはこの事業を始めようとした時に彼の手元に集まった原資料の量を想像しなければならない。各地の豪族や職能集団はあまり上手でない漢文で書かれた文書をどんどん提出しただろうし、安万侶のもとに参上して滔々と記憶された記録を朗誦する者もいたかもしれない。稗田阿礼はそういう伝承者たちを束ねた人格に与えられた名ではないのか。有力者たちからの圧力も少なくなかっただろう。

国家は天皇の名のもとに統一されたが、記録は統一以前の混乱を残している。それをできるかぎりまとめるのが安万侶に与えられた任務であって、彼は（彼が率いる部局は）ずいぶんよくやったと思う。そこではやりすぎないこと、混乱の印象をある程度までは残すことも考慮されたはずだ。混沌から秩序への変化を書くことが天武天皇の最初の意図だったのだから。

国の始まりというのはなべてそういうものである。

国の始まり。はるかな昔、後に日本列島と呼ばれることになったこの島々に、南から、北から、人間たちが渡ってきた。南島づたいに来た東南アジア系の人々、朝鮮半島から来た北東アジアの人々、ずっと後の時代まで倭文化圏に入らなかったサハリン経由の人々、とルートは三つあって、それぞれが異なる時期に違う種類の人々を呼び寄せた。みなが自分たちの神話を持ってやってきた。

だから多様性をその要素に分解・分類する研究者の作業はかぎりなく続く。天の権威によって統治者を立てるという思想はたぶん北東アジアから来た。本来はタカミムスヒが最も高位にいる神であって、それがある時点でアマテラスに置き換えられたという説がある。それかあらぬかアマテラスは最高神にしては機能が弱い。高天の原でスサノヲを迎える時は「髪をほどいて男のようなみづら型に巻き直し」戦闘モードに入ったが、うけいの後はスサノヲの乱暴におろおろするばかり。最後には拗ねて岩屋に籠もってしまい、他の神々の計略でようやく外に出る。自分の権能がわかっていないという感じで、その先のいくつもの判断にしても一々タカギやオモヒカネなどの知恵を借りている。早い話が、『古事記』においてアマテラス登場の場面はスサノヲに比べてずっと少ない。安万侶はいわば彼女を最上階に導いた上で梯子(はしご)を外してしまった。

南から来た民がもたらした話もある。

ホデリとホヲリ、よく知られている名で言えば海幸彦と山幸彦の話がほとんどそのままインドネシアの民話にあるという。十九世紀になってヨーロッパ人の学者が口承文芸から採取した民話が、千三百年前にずっと北の列島に伝わった話と同じであったということに驚く。物語はかくもまちがいなく伝承されるのだ。この列島はさまざまな民の最終到着地であった。この先には陸地はないから神話・民話はここで濃縮され、『古事記』に見るようないささかの混乱を残した完成形に至った。

同じような民話があちこちでそれぞれに発生したわけではないだろう。レヴィ＝ストロースは「因幡の白兎」とほぼ同じ話が南米の先住民の間に伝わっていると記している。木に挟まれて死ぬオホクニヌシの話はスティス・トンプソンの『北アメリカ・インディアンの物語』の中に三十ほどの類話を持ち、「H一五三二」と分類されている（と、これもレヴィ＝ストロースに依る）。スサノヲのもとに行ってからの試練と結婚も他に同じパターンの例があるらしい。

大陸と南島の対称性のついでに言えば、ずっと時代を降った時期の、安万侶にとってはずっと身近に感じられた朝鮮半島と東国の対称性も考えた方がいい。歴史書として『古事記』を読む場合には、さりげなく書いてあることも鋭く解釈しなければならない。沖ノ島から筑前大島を経て宗像市へと連なる宗像三女神の神社は海の向こうの半島と大陸への備えであり、伊勢に置かれた神宮はまだ不安定だった東国への征旅の起点だった。ヤマトタケルはここに寄って叔母であるヤマトヒメから草薙の剣を貰って、東の国々を平定する旅に出た（そして生きては戻らなかった）。伊勢神宮の政治力はアマテラスがタカミムスヒを差し置いて最高位の神になった理由であるかもしれない。

『古事記』ぜんたいを貫くのは混乱から秩序へという流れである。

イザナキとイザナミが手にした矛の先から滴った塩水が凝って陸地を生んだように（ぼくはこの場面が海のほとりの製塩の現場に由来するのではないかと想像するのだが）、ページをめくるにつれて国家という、「青人草」が安心して豊かに暮らせる安定した機構が造られてゆく。それはまるで太古の霧の中を歩いているうちに、少しずつ立派な建造物が現れるのを目の当たりにするようだ。

言うまでもなく『古事記』はその建物を顕彰するためにこそ書かれたのであり、太安万侶の編集の意図には安定した国家で暮らす幸福感を伝えたいという思いが籠もっていた。彼が権力の中枢近くにあって繁栄を享受できる特権的な立場にあったことを差し引いても、彼の世界観の基礎に豊かで幸福な社会という概念があったのは否定できない。

歴史や神話学を離れ、文学として『古事記』を読んでみよう。

ぜんたいは三つの巻に分かれているがそれは決して機械的な区分けではなく、一つ終わって次に進むごとに雰囲気ががらりと変わることを読み取るべきだ。

「上巻」は神々が生まれ、大地が造られ、そこに人間社会が構築されて天皇による統一を待つまでを扱う。ここでは登場する神や人のふるまいは直線的で逡巡がないが、それと言うのも彼らにはいつでも使命があるからだ。混沌から秩序を作り出すという遠大な目的のためにその時々の困難を超える。迷いの余地は少ないし、それゆえに彼らには内面もない。スサノヲもオホクニヌシも、天から降るホノニニギも、ためらうことなく決めた方へまっすぐ進む。

ホノニニギがコノハナノサクヤビメを妻にしようとすると、姉のイハナガヒメも付いてきた。こちらは美女ではないので返したことから天皇の寿命が限られることになった。このいきさつは単純明快で心理の綾がない。

「中巻」でも人を動かす原理はまだ天であって、つまり要所要所で神々の言葉がその場の主人公の行動を決定する大きな要因になる。初代の天皇が「神武」と諡されたのもそのためだ。「神」の「武勲」を体現する名。

そこに登場するのは「上巻」よりもずっと人間らしい面々だ。

英雄であり美女であるけれど弱い面も持つ人々。話の展開は速く、恋や野心はあっさりと死に繋がる。速いことは『古事記』の特徴の一つかもしれない。すべての事件が速やかに起こりあっという間に終わる。『源氏物語』がモデラート・カンタービレで進むとすれば『古事記』はプレストだ。

神武天皇はイスケヨリヒメを妻にした。三人の息子が生まれた後、天皇は亡くなり、イスケヨリヒメは亡き夫の別の妻の子、つまり自分の息子たちには母違いの兄にあたるタギシミミの妻となった。そういうことが珍しくなかった時代である。彼女は新しい夫が息子たちを殺そうとしているのを知って、歌に托して密かに警告を発した。息子の一人がタギシミミを殺して皇位に就いた。二代綏靖(すいぜい)天皇。万事がこんな風にさくさくと進む。

サホビメの話はもっと悲劇的だ。彼女は十二代景行天皇の妻だったが、兄のサホビコからいきなり「夫と兄とどちらが愛(いと)しいか」と問われて、目の前の兄に向かって思わず「兄の方が愛しい」と答えてしまった。兄は皇位簒奪(こういさんだつ)を企て、それに巻き込まれて妹も共に追われて砦(とりで)に籠もることになる。砦の中で天皇の子を産んだ彼女はその子を天皇方に渡し、自分も共に連れ戻そうとする企みを予め策を尽くしておいて逃れた上、夫に新しい妻を指名し育児の指図まで残して亡くなる。

「下巻」の最初に登場する天皇は「仁徳」と諡された。この時代を動かすのはもう列島オリジナルの汎神論ではなく大陸から渡来した儒教である。だから天皇は民の負担の軽減を図り、「仁」と「徳」の主と認定される。この思想に沿って、例えばオケとヲケの兄弟は宴席で歌う順序を互いに譲り合い、後には皇位を譲り合う。社会の流れを思想が決めるわけだが、それでも『古事記』にはまだ仏教は入っていない。

その一方で登場人物はいよいよ人間化して、奔放にふるまって迷える弱い姿をさらし、その分だけ読む者の共感を誘う。エピソードの一つずつが宮廷とその周辺の日常に近くなり、神話を超えて文学になる。

仁徳天皇を巡る女たちの配置を考えてみよう。一夫多妻が当然とされた宮廷にあっても正妻のイハノヒメはとても嫉妬深い。夫の恋人を徹底して排除する。感情的になって「なにかことがあると足をばたつかせて妬みまくる」ので女官たちも戦々恐々と日を送っている。

美貌ゆえに宮廷に呼び寄せられた吉備のクロヒメはそんな事態に堪えられず、さっさと郷里に帰ってしまった。天皇はその後を追って吉備まで行って会って手料理など振る舞われるが、彼女を呼び戻すことはできない。

その後の恋人ヤタノワキイラツメはイハノヒメを恐れて自ら身を引き、生涯ずっと独身で過ごした。

次のメドリの場合は更にドラマティックだ。天皇はこの評判の美女を得ようと弟であるハヤブサワケを使者に立てた。しかしメドリはこの使者に向かってこう言う――

「大后(おおきさき)さまが強情なのでヤタノワキイラツメさまは后になれなかった。私は后になりたくない。私はあなたの妻になりたい」

この言葉の背後にはもちろん皇位簒奪の野心があったのだけれども、ことは二人が「そこから更に先に逃げて、宇陀(うだ)の蘇邇(そに)まで行った時、追討の兵が追い迫って殺した」とあっさり終わる。

(王の名代として迎えに行った使者が当の美女と仲よくなるというのは、『アーサー王伝説』の中の騎士トリスタンとマルク王の妻イゾルデの話とまったく同じである。媚薬の扱いを間違えたと言うのは恋する二人の言い訳でしかない。)

あるいは、アナホノミコすなわち二十代安康天皇の場合はどうだろう。

アナホノミコは伯父オホクサカを殺してその妻ナガタノオホイラツメを自分の妻

にした。たまたま昼寝の時に、妻の連れ子の七歳のマヨワが床下で聞いているとも知らず、いずれその父を殺したことを知ったマヨワが自分に復讐を図るのではないかという懸念を妻に、つまりマヨワの母に明かした。それを聞いたマヨワは速やかにアナホノミコを殺した。

おもしろいのはこの先だ。アナホノミコの弟であるオホハツセがマヨワを追った。マヨワは親しい家臣であったツブラオホミという男の屋敷に逃げ込む。軍勢が包囲する。オホハツセは匿っているマヨワを引き渡せと言う。ツブラオホミにとっては絶体絶命という事態で、彼の答えが爽快——

「遠い昔から今に至るまで、臣（おみ）や連（むらじ）が王の屋敷に逃げ込んだことはあっても王子（みこ）が臣の家に立てこもったという例はないからです」と言った上で、「どう考えても、このツブラオホミがここでいかに力を尽くして戦ったところで勝つ見込みはない。しかし私を頼みにしてこの貧しい家に逃げ込んだ王子を見捨てることは、たとえ私が死ぬことになるとしてもできません」と言い切る。少年と老家臣は一緒に死を選ぶ。これも儒教的な倫理だろうか。

こうして見てきてわかるとおり「下巻」で顕著なのは敗者たちへの共感である。

王制にはいつでも後継者の問題が絡む。後継者を絶やさないために王は多くの女と結婚してたくさんの子を成す。その先には選択と排除が待っており、敗者には死が強いられる。

『古事記』には負けた側への同情の色が濃い。おおよそこの国の君主は古代以来ずっと政敵への報復に消極的で、反逆者当人は殺しても一族を根絶やしにすることはしなかった。そのうちに具体的な権力への執着を捨てて、摂関政治の後は神事と和歌などの文化の伝承だけを任務として悠然と暮らすようになる。これはまこと賢い判断であって、こんなのんきな王権は他に例を見ない。その萌芽を『古事記』に読み取ることができる。

全巻を通じて歌謡がいくつも紹介される。『古事記』以前の文芸の主流は歌謡だったから、太安万侶がこの宝の山を無視するはずがなく、できるかぎり多くをストーリーの中に組み込んだ。

いちばん目立つのは宴会で歌われたものだろうか。古代人は何かにつけて料理と酒をたくさん用意した上で宴会を開き、赤い顔になるまで飲んで酔って歌って舞った。

何度となく使われる「豊明（とよのあかり）（豊楽）」という言葉を大野晋の『古典基礎語辞典』

で確認してみよう――

解説　トヨは美称、アカリは酒を飲んで顔が赤くなる意。

語釈　①豊富な酒食で顔が赤らむこと。

②宮中で儀式の後に催される宴会。のちに、新嘗祭または大嘗祭のあとに、天皇が新穀を食し群臣に賜う儀式を特に豊明節会と称し、白酒・黒酒を賜わり、吉野の国栖の奏楽や五節の舞などが行われた……（以下略）

これが神武天皇の時からこのとおりに行われていたとは思えないけれども、しかし「久米歌」は出陣の前にせよ後にせよ、あきらかに宴会での戦意高揚を目的としている。

もう一つは異性を誘う歌。こちらだって形式化されているから初めて聞いた者が受けた衝撃は想像すべくもないのだが、それにしても「栲綱の　白き腕／沫雪の　若やる胸を／そ手抱き　手抱き愛がり／真玉手　玉手さし纏き／股長に　寝は寝さむを（栲の布のように白い腕で（あなたを抱き）、泡雪のように白い胸に（あなたを抱き）、手と手を絡み合わせ、腿と腿をぴったり重ね合わせて思うかぎり共に夜を過ごしますから）」という歌に読み取れる性的誘惑のメッセージの生々しさ。

これらの恋の歌と歌垣の歌はどういう関係にあったのだろう？　歌垣は掛け合いであり、露骨な誘いよりは機知の勝負であったのか。その雰囲気を女を争う男同士のヲケとシビの歌合戦の場面から推測してみよう。

千三百年前に書かれた『古事記』がそのまま現代に繋がる場面がある。

今、いわゆる天皇陵について考古学者は発掘を望み、宮内庁はこれを拒んでいる。陵墓（りょうぼ）が研究者にとって宝の山だということはよくわかる。

しかしここでオケとヲケの逸話を思い出そう。この兄弟は父イチノヘノオシハを（後に雄略天皇となる）従父オホハツセに殺された。オホハツセは遺骸を「刻んで、馬槽（うまぶね）に入れて、土に埋めて平らに均（なら）した」。つまり葬送の儀礼を行わず、墓所を造らず、死者を冒瀆（ぼうとく）した。

オケとヲケは凶手を逃れて遠い播磨まで走り、身分を隠して家畜の世話をする下僕となって暮らしたが、のちに見出されて都に戻って皇位に就いた。弟のヲケが二十三代顕宗天皇、兄のオケは二十四代仁賢天皇。

天皇になった時、弟は父の復讐を言い出す。雄略の陵墓を壊して死者を辱めようというのだ。兄のオケは一応はうなずいて自ら出向くが、しかし大人数を以て御陵を壊すことはせず、隅の方を形ばかり崩して戻った。その意図を説明して、仇は仇として従父でもあり天皇でもあった人物の墓を壊しては後世のそしりを免れないと言った。弟は納得する。

墓は神聖なのだ。少なくとも子孫が特定できる間はこれを侵してはいけない。今上は古代の天皇たちの子孫であるから、宮内庁が発掘を拒むのは当然と言える。そういう事情をぼくは『古事記』を訳すことを通じて理解した。

『古事記』は不思議な本だ。細部に夢中になると全体の印象が拡散する。素材があまりに多様なので、また話の展開があまりに速いので、全体が一つのストーリーにくっきりとまとまらない。

現代の詩人である入沢康夫に、『古事記』や『風土記』など古代文学を下に敷いて作った『わが出雲・わが鎮魂』という名作がある。その一節に――

やつめさす
出雲
よせあつめ　縫い合された国

出雲
つくられた神がたり
出雲
借りものの　まがいものの
出雲よ
さみなしにあわれ

とある。ぼくはこの詩を読んで「さみなしにあわれ」をなんとなく「まあ、かわいそうに」くらいに思っていたが、訳すうちに出て来たのは「刀身がないとはお気の毒」という嘲りの台詞だった。

さて、この詩の印象を『古事記』そのものに重ねてしまっていいものかと迷いながら、『古事記』は正にこの出雲と同じなのだとも思う。素材が多すぎて、口調が速すぎる未整理の宝の山。

冒頭に記した混乱の印象はそれはそれで正しい訳後感だったかもしれない。

エピソードの一つ一つはどれもまっすぐな心とまっすぐなふるまいの記録であり、それらの寄せ集めが整理不充分なままこの本になった。

統一がとれていないからこそ、混乱の中に彼らの息吹が感じられる。これ以上整理してしまっては何か大事なものが失われると太安万侶はわかっていた。それは彼の時代にはもうなかったものだから、彼はこれを慎重な手つきで扱った。文学者としてだけでなく歴史家としても正しい姿勢だろう。

そう考えると、本居宣長が慎重な手つきを精一杯だいじにしたことの意味もわかる。壊れ物を壊さないように次の世代に手渡す。西郷信綱も同じように『古事記』を丁寧に扱った。

その末席に自分も連なっている、とぼくが言えればよいのだが。

参考文献

基本テクスト
・『古事記注釈』西郷信綱　ちくま学芸文庫　全八巻
・『新潮日本古典集成　古事記』西宮一民　校注　新潮社

翻訳
・『現代語訳　日本の古典　古事記』福永武彦　訳　河出書房新社
・『新釈古事記』石川淳　ちくま文庫
・『現代語訳古事記』蓮田善明　岩波現代文庫
・『口語訳古事記　神代篇・人代篇』三浦佑之　文春文庫
・『ぽおるぺん古事記　天の巻・地の巻・海の巻』こうの史代　平凡社

参考（多数あるうちの四点のみ挙げる）
・『アマテラスの誕生――古代王権の源流を探る』溝口睦子　岩波新書
・『月の裏側――日本文化への視角』クロード・レヴィ＝ストロース　川田順造　訳　中央公論新社
・『古典基礎語辞典』大野晋　編　角川学芸出版
・『古事記』中村吉右衛門　新潮ＣＤ　新潮社

謝辞

三浦佑之さんにはぼくの訳と脚注に目を通して素人ゆえの無数の基礎的な間違いを正していただき、かつ貴重なご意見を賜った。

ここでも先達はあらまほしきもので、心からお礼を申し上げる。

池澤夏樹

文庫版あとがき

振り返ってみよう。

『古事記』の現代語訳に手を染めた時、ぼくはこの古典のことを何も知らなかった。勉強すればなんとかなるだろうと軽く考えたのだ。

まず、あちこち拾い読みして全体像を摑もうとして当惑した。何なのだ、この多要素から成る（英語で言えば heterogeneous な）構成は？ 一個の文学作品として形が整っていない。

神話・物語の部分はわかる。みんなが知っているのはここのところ、ウミサチとヤマサチや因幡の白ウサギの話だ。後の方には仁徳天皇と民の竈というのもあった。

歌謡が多いのもわかる。日本の古典では散文に歌をはめ込むという手法は広く使われる。『源氏物語』がそうだし、『伊勢物語』のように和歌と散文が主客転倒しているものもある。歌謡を読み解くのはむずかしくはないだろう。

しかし、この神名・人名の羅列はどうか？　これは文芸ではなく戸籍簿である。

しばらく考えてだいたいの方針を立てた。

散文の部分、つまり神話・物語のところは少し読んでみて速度が大事だとわかった。すべてがアレグロで進む。登場する神や人は逡巡することなく速やかにことを決めて行動する。内面の悩みなどはない。一方、遠い昔の話だから現代人が知らないことが多出する。その説明を訳文に織り込むと速度が落ちる。説明は思い切って脚注にすることにした。ぼくは『ハワイイ紀行』とか『カヴァフィス全詩』とか、脚注のある本をいくつか作ってきた。本文の下にぞろぞろ小人たちが居並ぶようなあの方式が好きなのだ。話を読んでいて気になることがあれば視線を下に落とす。そこで小人の一人が得意顔で説明をしてくれる。

歌謡は意味と声の響きである。文字になっているが本来は歌ったものだ。だから文字テクストに振り仮名を付けて朗読できるようにし、意味の方は散文訳を添える。この時代の歌謡は作りがゆるやかで、後の世の和歌のように技巧を凝らした圧縮表現がなく、その分だけすっきりしている。ただし、大半が既成のものの応用だから神話・物語へのはめ込みかたが不器用。それでぎくしゃくすることもあるが、それでも歌謡は表現力が強いから置かれた場に臆することなく堂々と立つ。そして何よりも読む者の記憶に残る。繰り返し読めば暗唱できる。

さて神名・人名。政治的な要請から持ち込まれたもので文芸作品にとっては夾雑物である。しかしそもそも『古事記』の製作の意図は政治にあった。それは無視できない。それに丁寧に読むと神の名も人の名もそれぞれ意味を含んでいて、その相互の位置にも構造性がある。

従来の現代語訳はしかたなく羅列していた。一例を挙げれば——

この天皇（仁賢天皇）が、オオハツセノワカタケノ天皇（雄略天皇）の御子、春日大郎女（カスガノオホイラツメ）を妻として、生ませた御子は、高木郎女（タカキノイラツメ）。次に財郎女（タカラノイラツメ）。次に久須毘郎女（クスビノイラツメ）。次に手白髪郎女（タシラガノイラツメ）。次に小長谷若雀命（ヲハツセノワカサザキノミコト）。次に真若王（マワカノミコ）。また、丸邇の日爪の臣の娘、糠若子郎女（ヌカノワクゴノイラツメ）を妻として、生ませた御子は、春日山田郎女（カスガノヤマダノイラツメ）。

この天皇の御子たちは、合わせて七柱（ななはしら）いた。そのうち、ヲハツセノワカサザキノ命が、のちに天下を治めた。

（福永武彦訳）


これでは読み飛ばせと言っているようなもの。

ぼくは改行を増やし、インデント（行頭の一字下げ）を用いて少しでも読みやすくした。世代が代わるごとに一字下げる。福永訳と同じ部分が――

この天皇が
オホハツセの子である
春日大郎女（**カスガ**のオホ・イラツメ）を妻として生んだのが
高木郎女（タカキのイラツメ）、次に
財郎女（タカラのイラツメ）、次に
久須毘郎女（クスビのイラツメ）、次に
手白髪郎女（**タシラカ**のイラツメ）、次に
小長谷若雀命（ヲハツセの**ワカサザキ**のミコト）、次に

また、丸邇（わに）の
日爪臣（ヒツマのオミ）の娘である
糠若子郎女（ヌカのワクゴのイラツメ）を妻として生んだのは、
春日山田郎女（カスガのヤマダのイラツメ）。
この天皇の子は合わせて七名。
そのうち、小長谷若雀命（ヲハツセのワカサザキのミコト）が次の天皇になった。

となる。読み飛ばしてもいいがその気になったら読めるよう工夫する。コンピューターがあるから作れた組版で、紙の原稿用紙でこれをする苦労は想像したくない。

訳を始めたのは二〇一三年の十一月だった。本になったのが翌年の十一月。ちょうど一年かかった。

翻訳というのはまず文体を決めることで、その先は筆を進めるだけ。創作と違って話の展開に迷うとか登場人物の性格に悩むとか、そういうことは一切ない。つまりは知的な肉体労働。その日に仕上げた枚数がそのまま仕事量である。黙々と励んだ。

基本とするテクストは西郷信綱の『古事記注釈』（ちくま学芸文庫　全八巻）。これの基礎は本居宣長による『古事記伝』である。西郷先生は謦咳に接したことはなかったが、ぼくの友人笠井雅洋は横浜市立大学で授業を受けていて、その話をぼくは同時期に聞いている。世代を言えばそういう関係である。ちなみに二十代でぼくが得た友人・知人の多くは彼の紹介で知り合った。結節点のような男だった。

派生的な仕事。

この翻訳を通じて得た知識・知見を改めて整理・敷衍して『古事記ワールド案内図』という新書を書いた。

また、二十一代雄略天皇を主人公とする長篇『ワカタケル』を書いた。『古事記』だけでなく『日本書紀』や多くの歴史家の著述を参考にして古墳時代における国家の成立を辿った。雄略という強烈な性格を持った英傑を中心に据えると国が「むくむくと」成ってゆく過程がわかる。

さらに、この翻訳をきっかけに未成で眠っていた詩集を仕上げることができた。二十代の半ばにヨルク・シュマイサーというドイツ生まれの版画家の手になる木版画のシリーズを知った。主題は『古事記』。この絵に触発されて自分の詩を合わせる詩画集を作ろうと思い立った。しかし半分ほど書いたところでその先の詩が出てこなくなった。五十年以上放置しておいたが、二年前、今ならば書けると気づいた。こうして『満天の感情』ができあがった。

一九七〇年の十二月十四日に銀座の青木画廊で開かれたシュマイサーの個展にぼくを誘ってくれたのは中央公論社で笠井雅洋の同僚だった勝川直子である。彼女は笠井の紹介ではなくそれ以前からの友人だった。

これでたぶん『古事記』に関わるぼくの仕事は終わるだろう。古典はこのように継承されるという一つの事例を生きたと思っている。

二〇二三年四月　安曇野　池澤夏樹

解題

三浦佑之

池澤夏樹氏の手になる『古事記』は、端正で媚びるところのない現代語でつづられている。そして、それが池澤氏の現代語訳『古事記』の理想のすがたであることは、冒頭に置かれた「この翻訳の方針――あるいは太安万侶さんへの手紙」のなかで表明されている。

ぜんたいの基本方針としてあまり自分の言葉を補わず、あなたの文体ないし口調をなるべく残すことを心掛けました。

「あなた」と呼ばれている太安万侶についてはあとでふれるとして、まずは、『古事記』の文体ないし口調を現代語に移す作業に対する池澤氏の揺るぎない立場に注目したい。読みようによってはいささか素っ気なさすぎるとも感じられる文体だが、池澤氏によれば、「これまでの作家たちの現代語訳は普通の読者が知らないことの説明を本文に織り込んで」おり、「そうするとどうしても文体が間延びして温い緩いものになってしまう」ので、それを回避するために編み出されたのだという。

短い例をあげてみる。スサノヲが父イザナキに追放され、高天の原を治める姉アマテラスの許に挨拶に行った時の、待ち受ける姉のさまを描いた場面の一部である。

大地を両足でしっかと踏みしめて、
泡雪を散らすように地面を蹴って、
雄々しく叫んで強く問うには、
「おまえは何のために昇ってきたのか」と問うた。
スサノヲはこれに答えて、
「邪心があってのことではありません。……」

この場面の『古事記』本文がどうなっているかというと、池澤氏が依拠した西郷信綱『古事記注釈』（ちくま学芸文庫）では、次のようになっている（池澤氏の文章に合わせて改行した）。

堅庭は向股に蹈みなづみ、
沫雪如す蹶散かして、
いつの男建蹈み建びて待ち問ひたまひしく、
「何故上り来つる」と、とひたまひき。
爾に速須佐之男命、答へ白ししく、
「僕は邪き心無し。……」

一行目と三行目にはこの神話独特の言い回しがあって訳しにくいのだが、そこはすっきりした現代語に置き換え、二行目では「地面を」という語を補うことで文意を通じやすくしている。そしてたしかに、池澤氏の基本方針のとおりの訳になっている。全体的には、池澤氏の訳は他の作家たちの訳した『古事記』とはずいぶん違って禁欲的といってよいほどである。たとえば、福永武彦訳『現代語訳　古事記』（河出文庫）は、同じ場面を次のように描いている。

まるで泡雪を蹴散らすように土を跳ね返しながら、股まで沈むほど地面を強く打ちつけた。こうして地面を踏みしめ踏みしめ、露ほども恐れる様子もなく、弟君の来るのを待ち受けたうえ、烈しく次のように問いかけた。

「お前がこうして私の国へ上ってきたというのは、いったいどういうわけなのか？」

姉君に問いただされて、スサノヲノ命は次のように答えた。

「私はけっして姉君に背く心を隠し持っているわけではありません。……」

池澤訳の簡潔さは、ほんの短い引用からも一目瞭然である。一方、福永訳では語順を入れ換え説明のための言葉をいくらか補ってはいるが、それは『古事記』本文の理解を助けるものであって、どちらがすぐれているかというような判断を迫るものではない。読み手の好みで選べばいいのだと思うが、わたしが興味を持ったのは、池澤訳も福永訳も、『古事記注釈』の「待ち問ひたまひしく」を、敬語を抜いて「問うには」とか「問いかけた」とか訳している点である。『古事記注釈』の本文は原則として、本居宣長『古事記伝』を踏襲するかたちになっている。そして、宣長が創出した訓読や注釈は、二百数十年を経た現在においても、さまざまな修正を施されてはいるが、その根幹は『古事記』研究の絶対的な拠り所として生き続けているのである。

今も一部には、ことに知識人や読書家のあいだには、古典を現代語訳で読むことを潔しとしない風潮が存するかもしれない。しかし、そのような認識がほんとうにあるとするなら、『古事記』をきちんと読んだことがある人など、ほとんどいないことになってしまう。というのは、われわれが原文だと思って読んでいるのは、じつは、宣長によって漢字仮名まじり文に翻訳された『古事記』でしかないからだ。元の文体は、漢文を基本構文としながら日本化した倭化漢文によって記述され、挿入されている一〇〇首あまりの歌謡は漢字を一字一音として用いた音仮名（万葉仮名）で書かれている。さきほど紹介した部分の原文を掲げると次のようになっている。

堅庭者、於向股踏那豆美、
如沫雪蹶散而、
伊都之男建踏建而待問、
何故上来。
爾速須佐之男命答白、

僕者無邪心。

池澤氏の訳文に合わせて改行したので、対照してほしいが、三行目の原文末尾には「待問（待ち問う）」とあるだけで、尊敬の表現（賜や給）は用いられていない。ところが宣長は、アマテラスの行為だというので「待ち問ひたまはく」と訓読し、以降の研究者はそれを踏襲するから『古事記注釈』も敬語を用いて「待ち問ひたまひしく」と訓み下しているのである。それはこの場面だけではなく、『古事記』全体に及んでおり、神や天皇の行為は、尊敬語があってもなくても敬語を加えて訓むという原則ができあがってしまった。

このように考えれば、十九世紀以降の日本人のほとんどは、本居宣長という国学者が翻訳した色つきの訓み下し文で『古事記』を読んできたのであり、われわれが現代語訳で読むのと大して変わりはしなかったのである。そのなかで池澤氏の『古事記』が、「あなた」＝太安万侶にリスペクトし、宣長を飛び越えて安万侶の文体に寄り添おうとしたのは、画期的な試みだといってよい。なぜなら、読者は、翻訳でありながらもっとも『古事記』原文に寄り添った読書体験ができるのだから。

『古事記』「序」によれば、天武天皇が自ら「削疑定実（疑わしいところを削り内容を正すこと）」し、稗田阿礼という側近に誦習させていた帝紀と旧辞を、三代あとの元明天皇の命令により三巻の書物にまとめたのが、太朝臣安万侶という官僚であった。その際の、阿礼が記憶する伝えを文字に移すうえでの苦労は、「序」のなかに縷々述べられている。その安万侶の仕事に立ち返った地点で『古事記』を読もうとしたのは、文字を駆使する小説家である池澤氏にとっては、しごく当然の決断であったと考えられる。そうした安万侶へのリスペクトによって出現した現代語訳は、西郷信綱というもっとも信頼できる古事記学者の研究成果に支えられることで、現時点では最先端の『古事記』になったといっても大げさではない。

ただし、わたし自身は、『古事記』「序」は九世紀になって書物の権威化のために後付けされたものであり、元の『古事記』は王権から外れた「稗史」としてあったと考えているので、ことさらに安万侶という人物に寄り添おうと考えているわけではない。ただ、安万侶という特定の人物ではないとしても、池澤氏のいう「あなた」はかならず存在するわけで、その時点に生じた「文字」との出会いが『古事記』という作品を生み出したのは疑いようがない。

稗史とは、民間で伝えられていた取るに足りない歴史的な伝えといった意味で用いているが、わたしが以前、得体の知れない古老を語り手とした翻訳（『口語訳古事記［完全版］』文藝春秋）を出したのは、無文字の語りとしてあったはずの原『古事記』に接近しようとする試みであった。一方、音だけだった言葉に文字が介在した時、表現はどのように立ち現れてくるかというところに、池澤氏の『古事記』は存在するといえようか、烏滸（おこ）がましい対比だが。

その、はじまりの時に位置する『古事記』を翻訳する際の「困難」について池澤氏は、「テクストの多様性」にあると指摘する。具体的には、「神話・伝説」と「系譜」と「歌謡」という、「形式において互いに関係の薄いテクストが混在」していることだと述べている（「この翻訳の方針」）。その三つのテクストがぶつかり融合する渦中に、『古事記』は生みなされているのだ。そして池澤氏は、その混在する三つのテクストを次のような方法で巧みにあやつりながら、元は漢字だけで書かれていて読みにくい『古事記』を、原本に近いのに新しい姿をした読みやすい『古事記』に変貌させてくれたのである。

中心となる「神話・伝説」では、「テンポよく進む」「そのスピード感を壊さないようにと、言葉をなるべく補わない」文体で叙述し、省略されがちな「系譜」はべた書きで連ねるのではなく、神名や人名を一柱（一人）ずつ並列して表記することで系譜の存在感を強めて作品のなかでの自己主張を読みとりやすくする。そしてもう一つの「歌謡」は、音仮名表記された元の言葉の音声やリズムをそのまま漢字仮名まじり文で表記したうえで、訳文を並べてわかりやすくする。そうすることによって、三者三様の文体が混在するテクストは現代語に復元されたのであり、そこに池澤氏の手になる『古事記』の翻訳の斬新さと安定性は保たれることになった。

いずれにしても、本書は、現時点でもっとも安心して読むことのできる『古事記』だと断言してよいと思う。

（みうら・すけゆき／古代文学・伝承文学研究者）

本書は、二〇一四年十一月に小社から刊行された『古事記』（池澤夏樹＝個人編集　日本文学全集01）の文庫化です。文庫化にあたり、一部加筆修正し、書き下ろしの解題を加えました。

古事記（こじき）

二〇二三年一〇月一〇日　初版印刷
二〇二三年一〇月二〇日　初版発行

訳　者　池澤夏樹（いけざわなつき）
発行者　小野寺優
発行所　株式会社河出書房新社
〒一五一－〇〇五一
東京都渋谷区千駄ヶ谷二－三二－二
電話〇三－三四〇四－八六一一（編集）
〇三－三四〇四－一二〇一（営業）
https://www.kawade.co.jp/

ロゴ・表紙デザイン　粟津潔
本文フォーマット　佐々木暁
本文組版　KAWADE DTP WORKS
印刷・製本　大日本印刷株式会社

Printed in Japan　ISBN978-4-309-41996-1

河出文庫 古典新訳コレクション

古事記 池澤夏樹［訳］
百人一首 小池昌代［訳］
竹取物語 森見登美彦［訳］
伊勢物語 川上弘美［訳］
源氏物語1〜8 角田光代［訳］
堤中納言物語 中島京子［訳］
土左日記 堀江敏幸［訳］
枕草子1・2 酒井順子［訳］
更級日記 江國香織［訳］
平家物語1〜4 古川日出男［訳］
日本霊異記・発心集 伊藤比呂美［訳］
宇治拾遺物語 町田康［訳］
方丈記・徒然草 高橋源一郎・内田樹［訳］
能・狂言 岡田利規［訳］
好色一代男 島田雅彦［訳］
雨月物語 円城塔［訳］
通言総籬 いとうせいこう［訳］
春色梅児誉美 島本理生［訳］
曾根崎心中 いとうせいこう［訳］
女殺油地獄 桜庭一樹［訳］
菅原伝授手習鑑 三浦しをん［訳］
義経千本桜 いしいしんじ［訳］
仮名手本忠臣蔵 松井今朝子［訳］
松尾芭蕉 おくのほそ道 松浦寿輝［選・訳］
与謝蕪村 辻原登［選］
小林一茶 長谷川櫂［選］
近現代詩 池澤夏樹［選］
近現代短歌 穂村弘［選］
近現代俳句 小澤實［選］

＊以後続巻
＊内容は変更する場合もあります